EL FIL DE PLATA

Lluís-Anton Baulenas

EL FIL DE PLATA

Premi Carlemany de Novel·la, 1998

COLUMNA - PROA

COL·LECCIÓ CLÀSSICA
PRIMERA EDICIÓ: OCTUBRE DE 1998
PROJECTE GRÀFIC: COLUMNA COMUNICACIÓ, S.A.
© LLUÍS-ANTON BAULENAS, 1998
© DE LES CARACTERÍSTIQUES D'AQUESTA EDICIÓ
COLUMNA EDICIONS, S.A.
CARRER VILADOMAT, 135 - 08015 BARCELONA
ISBN: 84-8300-625-1
DIPÒSIT LEGAL: B. 43.691-1998
IMPRÈS A: HUROPE, S.L.
CARRER LIMA, 3 BIS - 08030 BARCELONA

L'ELABORACIÓ D'AQUESTA OBRA VA OBTENIR
UN AJUT DE LA INSTITUCIÓ DE LES LLETRES CATALANES
PER A LA CREACIÓ D'OBRES LITERÀRIES L'ANY 1997

A l'Empar.
Com abans, com ara, com demà.

Vull agrair a la família Santacana la seva col·laboració, en especial als meus amics Jaume Santacana i Ventura Pons, que han tingut la paciència d'explicar-me com, quant i per què pesa una pel·lícula de cinema. I si ocupa poc o gaire.

«*El futur no pertany pas als morts, sinó als qui fan parlar els morts, als qui expliquen perquè els morts han mort...*»

Els infants humiliats,
GEORGE BERNANOS.

Taula

PRIMERA PART

Disc de pedra, 1935, amb tres veus _____ 13

SEGONA PART

Fragments dispersos
«1935-36, fins al començament de la g.» _____ 75

    1 _____ 77
    2 _____ 90
    3 _____ 135
    4 _____ 172
    5 _____ 173

TERCERA PART

Les nostres guerres, tots sols _____ 213
    La guerra d'en Gregori (1) _____ 215
    La guerra d'en Pere (1) _____ 230

La guerra de la Maria (1) _____ 240

La guerra d'en Pere (2) _____ 249

La guerra d'en Gregori (2) _____ 252

La guerra de la Maria (2) _____ 257

QUARTA PART

31 DE DESEMBRE DE 1985 _____ 263

PRIMERA PART

DISC DE PEDRA, 1935, AMB TRES VEUS

GREGORI, 1

«...i un dia, el meu besavi Tonet va dir a la meva besàvia Carme: Me'n vaig. I ella, sense deixar de planxar li va preguntar: A on? I ell va fer: A Cuba... La besàvia, immutable, va deixar la planxa al fogó i li va respondre: Ja no és nostra. La vam perdre l'any passat. Et caldrà el passaport.

I va recuperar la planxa, va tocar el ferro amb un dit llepat de saliva per tastar-ne l'escalfor i va continuar allisant la roba.

Ell va posar-se el barret de palla d'anar a batre olives, regal d'un amic pagès, i li va dir: Doncs, fet per fet, llavors me'n vaig al Brasil.

Tot seguit va entrar a la seva habitació, es va despullar i es va ficar al llit. S'hi va estar fins a la mort, als noranta-un anys, disset més tard. Durant aquest temps sempre va mantenir el cap clar i va fer com si s'estigués al Brasil. Va estar tractant la meva besàvia com si fos una mena de minyona carioca. Es comunicava només amb ella i ho feia amb un portuguès tot particular que consistia a parlar en català, però fent que les paraules femenines acabessin en -*inya* i les masculines en -*ão*. Li deia: Carminya, acosti'm uns quants paperãos d'escriure cartinyes. També un tinterão i una plominya.

I cada mes, puntualment, sense que se'n descuidés ni una vegada, va estar escrivint una carta a la família des del seu Brasil particular per explicar com li anava l'aventura. Un cop escrita, la lliurava a la seva dona i li deia: Carminya, faci'm el favorão de dur la cartinya al correuão.

I ella l'agafava i, tot sanglotant de pena, se l'enduia a l'habitació del costat i la llençava directament al fons d'un calaix. A la família es deia (un pèl melodramàticament) que mai no en va llegir ni una, de carta (més que res perquè la besàvia no sabia llegir). Evidentment, això només ho he conegut de referències, ja que quan vaig néixer, ell ja era mort. Jo, aquestes cartes, sempre les vaig veure embolicades amb fulls de diari formant un paquetot lligat amb cordill, dalt d'un armari.

Tenir tota la vida ton pare a l'habitació del costat i no poder-hi parlar devia marcar el meu avi Josep, el pare de la meva mare, ja que també va acabar tocat del bolet. Ella mateixa explica que l'avi, de jove, fins i tot havia intentat comunicar-se amb el besavi Tonet a còpia de picar a la porta de l'habitació, entrar-hi i fer acabar els femenins en -inya i els masculins en -ão. Però ni així. De manera que, tal com es diu a casa en veu baixa, l'avi també va «caure-hi». No cal dir que no ens referíem a un clot del carrer. L'avi, doncs, era ja el segon home que «queia» d'un dia per l'altre sense cap causa o cap motiu clars. Ningú no els notava cap malestar, cap símptoma que fes témer unes ganes sobtades d'escapar. L'única diferència amb el besavi Tonet és que, després d'anar perdent progressivament l'orientació, l'avi Josep, en comptes de tancar-se a l'habitació, va acabar desapareixent de debò. La versió de la mare és que de sobte, un matí, es va mudar, va fer un petó a la seva dona i li va dir: Ara torno. Ella li va preguntar on anava i ell, tot mirant-se al mirall-paraigüer del rebedor, li va respondre: Al Brasil, a buscar el pare.

La meva àvia va pensar: "Està tocat del bolet però encara té sentit de l'humor." No el va veure mai més.

Va ser a finals d'agost de 1929 i ho tinc present com si fos ara ja que estava a punt de fer dotze anys. El comandament de la situació va agafar-lo el meu pare, un home d'ordre, catòlic de convicció, d'aquells que gasten aires d'antic patrici i que diuen "collons", "putes" i paraules així però després se'n confessen. El fan sortir de polleguera els precedents de desori mental de la seva família política. De veu profunda, té un cabell tendint a escàs de color negre, però una barba espessa, molt grisa. De petit sempre em va impressionar molt perquè semblava que anés disfressat amb una barba postissa. De caràcter devot i amable, fora de la seva feina de comptable (en què és pràctic i precís) es torna distret i desendreçat i pot arribar a dir els disbarats més grossos (i misteriosos, sense sentit) si no troba una cosa on creu que l'ha deixada. Per exemple: Em cago en putes! (així, en plural).

Llavors la meva mare apareix amb l'objecte perdut a la mà i li diu: Octavi, no diguis *putes*.

Quan va desaparèixer l'avi, el pare, tement-se el pitjor, va recórrer hospitals i cases de socors buscant-lo. Inútil, ningú no en tenia ni idea. En aquella època, entre els pistolers del Sindicat i els accidents de tramvia, de cadàvers, en sobraven, però cap no es va correspondre mai amb el del seu sogre. Fins i tot va arribar a fer unes quantes gestions discretes prop de les autoritats governatives. Res de res. I no solament això, sinó que se'n van burlar cruelment. El pare, mort de vergonya, deia als policies: El meu sogre està tocat del bolet i potser s'ha embarcat al Brasil... I es veu que li contestaven: Si li serveix de consol, sàpiga que no ha salpat cap embarcació cap a Amèrica en els darrers dies... I tot eixugant-se les llàgrimes de riure, el felicitaven: Més d'un i més de dos haurien pagat molts diners per desembarassar-se del sogre d'una manera tan neta...

Tot plegat era enutjós, el cas li era com una mena de pedra a la sabata, al meu pare. El molesten les coses mal acabades, no suporta les miques: La gent, o viva o morta, però no desapareguda. Es veu que deia a la mare: Si almenys hagués deixat una carta o algun paper...

La mare és dolça, de la mena que diu que té mal de cor quan té gana. Ella mateixa em va ensenyar de llegir i escriure i les quatre regles. I la doctrina, és clar. I suporta amb resignació cristiana la creu d'haver tingut un pare i un avi amb un cargol fluix. No ha patit mai per ella mateixa ja que el cor li diu que aquest estigma familiar només és cosa d'homes. Però... i si és com l'hemofília? I si resulta que l'hi has transmès a ell, el teu únic fill?, brama el pare. Això, que no m'ho han dit mai a la cara, treu el nas en l'ambient familiar de tant en tant. I provoca que, segons l'època, jo mateix investigui cada moviment que faig, a veure si hi trobo rastres de comportaments estranys. I cada any igual, arriben els meus aniversaris i el pare em mira i diu: Per molts anys, fill! Però toquem fusta! I se'n va tot remugant: I quan dic "toquem fusta", sé per què ho dic, collons! I ma mare: Octavi, no diguis *collons*.

No estranyi ningú, doncs, que sigui un noi una mica neurastènic...»

MARIA, 1

«...i quan va morir el meu pare jo tenia onze anys i me'n vaig anar a viure amb la meva tia Esther, la seva germana gran, perquè era la meva padrina. La meva mare havia mort quan em va tenir a mi.

Em vaig trobar la tia tal com la recordava, rossa i grassa, tranquil·la, fresca com un all. El seu home, l'oncle Carles, és més aviat alt i prim, xuclat de galtes i gasta uns bigotis tipus kàiser que es pentina amb un raspallet. Tot ho fa al seu temps i entre tots dos porten el restaurant La Paella de Cullera, Menjars i Llits al costat de l'estació de França. Havien agafat el negoci d'un propietari anterior i no li havien canviat el nom tot i que ni la seva especialitat era la paella (no en feien mai) ni hi havia llits per llogar (l'antic espai dedicat a fonda era el que s'havia arreglat la família per viure-hi). Però, davant la por de perdre clientela a causa del canvi de nom, van estimar-se més no tocar res i encara ara, si ve algú demanant habitacions, amb molt bones maneres diem que en aquest moment no n'hi ha de disponibles i ja som al cap del carrer.

Tenien —i tenen— un parell de fills, tots dos molt més grans que jo. La meva entrada a la família no els va fer ni fred ni calor. Eren dos nois. El gran, l'Hug, pot dir-se que no el vaig conèixer ja que no era mai a casa pel seu ofici de mariner mercant. Sempre estava a punt d'arribar. Rebíem una carta i els oncles deien: És de l'Hug, que arriba per Nadal!, o L'Hug farà port a Tarragona d'aquí a quinze dies i potser ens vindrà a veure, o L'Hug serà aquí per Pasqua! Les primeres vegades m'atabalava i passava un parell de dies trasbalsada per la notícia. Després vaig veure que l'Hug no acabava d'arribar mai. De fet, en set anys no va arribar ni una vegada. I si no vaig pensar que els oncles estaven tocats del bolet parlant d'algú inexistent va ser perquè hi havia una foto solemne de la família, tots quatre, al menjador particular, al costat del quadre del sant sopar. Era de deu anys enrere i s'hi veia els oncles, asseguts, amb dos noiets darrere estirats com un rave. Que el noi existia també ho provaven els diversos enviaments que feia, sempre de les coses més estrambòtiques provinents dels llocs més impensables. Els objectes s'anaven apilant i col·locant a l'entrada del restaurant i li donaven un aire d'allò més exòtic: Coses de l'Hug, feien els oncles orgullosament quan algun client els ho preguntava. I deien paraules com ara "Austràlia" o "Guinea", sospiraven i deixaven anar allò que fer de mariner era ben bé com un sacerdoci.

Després hi havia el Carles, el petit, que estudiava la carrera de Dret i tot just el veia durant els àpats. Estudiava a totes hores i feia ulls de vaca i sa mare, com que ella no els tenia i son pare tampoc, deia que se li havien fet d'estudiar. Era molt despistat i va trigar un mes i mig a captar que jo m'havia ins-tal·lat a casa seva. Els primers dies me'l trobava pel passadís i m'espantava. Despentinat com un boig, en pijama, bata i sabatilles, em deia: Qui ets tu? Què hi fas, aquí? Jo li responia, tota espantada, que era la Mariona, la seva cosina. No en tinc pas cap de cosina!, cridava. I li explicava que era la filla del germà petit de la seva mare i que ara vivia a casa seva. I se'm quedava mirant i remugava: Aquí? Què dius, ara? I de sobte, quan ja em pensava que em coneixia, entrava a l'habi-tació a dur-li un bol de llet calenta amb bunyols i, sota la llum del flexo i entremig de dues piles de llibres, aixecava el cap, em confonia amb la nova minyona i em tractava de vostè.

Aquest és el panorama que em vaig trobar. També va ser entrar a viure amb ells i deixar d'anar a escola, i això sí que em va saber una mica de greu. No per les monges, sinó per les amigues, i també perquè era l'únic que em quedava de la vida amb el meu pare. Sempre més he recordat quan, de petita, des de la finestra de casa, com que es veia el col·legi, espiava la sortida de les nenes grans. A diferència de nosaltres les petites, les grans no sortien a corre-cuita cridant i empentant-se. Ho feien a poc a poc i agafades del braç, somrient i xiuxiuejant-se coses a l'orella. I a mi sempre m'intrigava què es devien dir i per això m'agradava espiar-les des de la finestra de casa i pen-sar que aviat seria una alumna de les grans i podria fer com elles.

Però el meu pare es va morir, i en aquells moments la tieta em deia que a onze anys, una noieta com jo, com Déu mana, orfeneta i amb tota la vida al davant, sabent les quatre regles i llegir i escriure ja en tenia més que prou per posar-se a aprendre qualsevol ofici decent. I que a més era la meva obli-gació. Li vaig caure bé, a la tieta. Em deia: Et vull al meu costat al restaurant, Mariona. Que amb un marit, dos fills grans i dos menjadors plens de ferroviaris i de clients amb por de perdre el tren, n'estic més que tipa, d'homes i de feina. Que val més salut sense diners, que diners sense salut.

I és clar, demanant-t'ho així, què li havia de dir...

La tieta m'agradava perquè em recordava molt el meu pare, tots dos amb aquella cara vermellota, tan grassos i rodons...»

PERE, 1

«...i pel setembre de 1931, a catorze anys, van enviar-me a Barcelona a estudiar. A casa no és que lliguéssim els gossos amb llonganisses, però tal com es diu, no em va faltar mai de res. Mon pare, sastre, i ma mare, modista, la parella ideal! Vivíem en una casa enmig de Ripoll, que tenia uns baixos amb dos locals independents, l'un per a la modista, per on transitaven les senyorasses de la comarca, i l'altre per al sastre. Recordo els pares fregant-se les mans i presumint de tenir clients com ara el senyor alcalde o la dona d'un diputat provincial. Damunt les botigues, hi havia el pis, que ocupàvem la família. Tinc una germana gran que és alta, seca i patronista (treballa amb la mare). No vull parlar-ne perquè em tenia amargat. Sempre Peret cap aquí, Peret cap allà i si no, patapam!, clatellot. Em deia, Et fotré un clatellot que la paret te'n donarà quatre. Em vaig pensar que era boja fins que a l'escola no em van ensenyar les quatre regles. No vaig ser ni bon estudiant ni dolent. Per això no vaig entendre aquell afany per arrencar-me de casa i facturar-me a Barcelona (ni ells mateixos, els pares, no ho tenien del tot clar; d'entrada, a Ripoll s'estava tranquil i a Barcelona hi havia tot el merder polític). Que si era pel meu bé, que si havia d'estudiar, que, anant a l'Escola Industrial, el dia de demà podria ampliar i enfortir el negoci...

M'hi va acompanyar el meu pare i jo gairebé no tocava de peus a terra. Mai no havia anat tan lluny amb tren ni havia vist tanta gent diferent... A cada estació aixecava el bastó, picava a la finestra del compartiment per reclamar la meva atenció i deia amb un cop de veu sec: "Vic" o "Granollers". I tornava al diari.

Va posar-me a dispesa a casa d'uns parents llunyans, em va donar tot de consells basats en exemples de la seva professió de sastre i va tornar a Ripoll.

Si arriba a entrar a cals oncles, no se n'hauria anat tan tranquil. Era trista, tristíssima. Ocupava un pis petit de dues habitacions en ple carrer dels Tallers, a tocar de la Rambla. Un forn a l'estiu i una nevera a l'hivern. La meva tia-àvia s'estava a la cuina i fent les feines del pis, la filla soltera (que tots dos tractaven de «la nena» davant meu, tot i els quaranta anys ben fets que devia tenir) treballava de minyona en una casa benestant del Guinardó i l'oncle-avi (amb una punteta fastigosa de saliva blanquíssima que mai no acabava de marxar-li del llavi inferior) la feia petar amb els rellogats: un matrimoni jove, amb un nen petit, que ocupava l'habitació interior i un xicot que treballava a la fàbrica de bombetes Zeta i que dormia al rebedor en un matalàs individual posat directament a terra (i que de dia s'amagava sota el llit matrimonial dels oncles). Quan el noi dormia, ja no es podia entrar ni sortir del pis. A mi, van instal·lar-me al menjador. Dormia en un parell de taulons repenjats entre dues cadires. Al damunt m'hi van col·locar una màrfega d'arpillera farcida de rampoines: miques de llana i de cotó, pellofes de panotxa, retalls de roba. Això sí, amb llençols i mantes. No crec que el meu pare sabés on m'havia ficat, però, per si de cas, no n'hi vaig dir mai res, no fos que se li acudís de fer-me tornar a Ripoll.

L'habitació que quedava era per als meus parents, que la compartien tots tres, pares i filla.

Espero que facis bondat, em va dir l'oncle com a adverti-ment de benvinguda. I alhora va intentar inútilment d'eixugar-se la boleta de saliva gairebé sòlida que tenia enganxada enmig del llavi de baix. Ja veurem què faré, vaig pensar. D'entrada, a Barcelona, se suposava que havia de fer el batxillerat...

Res de res: tot era massa nou, per a mi, i la meva família ja era molt lluny. Pot dir-se que amb prou feines vaig tocar un llibre. Vaig acabar aquell curs amb més pena que glòria. Barce-lona m'havia atrapat. Per mi, hi hauria tornat en plenes vacan-ces d'estiu. De fet, ja havia engegat als pares una mentida molt ben lligada sobre uns exàmens de principis de setembre que em forçaven a tornar-hi. Però va haver-hi el cop d'Estat del general Sanjurjo i van dir que ni parlar-ne, que no em belluga-va de Ripoll fins que les coses no estiguessin clares. Se'm va escapar: Em cago en Sanjurjo! (tot i no saber ni qui era). La mare em va fer rentar la boca amb aigua i sabó i ma germana gran, després de deixar-me anar un clatellot dels seus, va dir que per cagar ja hi havia la comuna. Mon pare, per sort, en aquell moment no hi era.

De tota manera, tot plegat es va aclarir de seguida, allò que els diaris en deien «sanjurjada» no va arribar enlloc, el general aquell amb cara de gripau va sortir corrents cames ajudeu-me i no va parar fins a Portugal i jo, a mitjan setembre ja era a Bar-celona.

M'hi trobava com el peix a l'aigua. Només em martiritza-ven els meus parents i casa seva: no suportava la visió de tota aquella tropa prenent cafè els diumenges en aquell menjador emmarcat pel sofà, la tauleta de la ràdio (damunt la calaixera) i el bufet amb vitrina. Fins i tot em repugnava la visió de la meva cosina segona, la Genoveva. Una vegada que vaig entrar a la cuina quan s'estava rentant amb la palangana, per poc em moro de la impressió. Només haig de dir que, d'entrada, ni me'n vaig adonar, que totes aquelles masses de carn humana, lliures de la tortura de la cotilla, eren ella.

O sigui, que tot el dia me'l passava fora (d'estudiar, res de res). Sortia d'aquell horrible pis cada dia de bon matí amb els llibres sota el braç, els amagava darrere (no pas dintre) un petit caixó mig podrit que hi havia a l'entrada del meu mateix portal i me n'anava a voltar. M'agradava sobretot el Raval, amb tot el personal tan atrafegat, ple de fabriquetes i tallerets. Només en un carrer hi havia més moviment que a tot Ripoll sencer: Indústries de teixits, tallers de maquinària, fundicions, impremtes, fàbriques de paper, obradors diversos, laboratoris fotogràfics... Allò era la vida de debò! Escoltava la gent del carrer, els treballadors entrant i sortint... Hi havia botigueres que ja em coneixien, pensaven que era d'algun taller dels voltants i em donaven propines si pujava fins a Canaletes a omplir càntirs (a l'estiu) o feia petits encàrrecs.

Un dia, passejant prop del Born, vaig veure una botiga amb un cartell demanant un aprenent. Vaig tenir un rampell i vaig entrar-hi sense rumiar-m'ho. Era un negoci de lloguer, venda i reparació d'aparells elèctrics de tota mena que es deia El Llampec Laietà. L'amo, un home ros de cara estreta i ulls de cavall anomenat Ignasi Giró, em va dir les condicions, jo les vaig acceptar amb els ulls tancats i l'endemà mateix ja vaig començar a treballar-hi. No cal dir que als parents, ni piu. I als pares, encara menys. Continuava sortint de bon matí amb els llibres, continuava amagant-los darrere el caixó de l'entrada, però en comptes d'anar-me'n a vagarejar, me n'anava a pencar. Per primer cop va fer-me l'efecte que em passaven coses interessants. Tenia projectes. Estalviaria, correria món i, anys més tard, apareixeria a Ripoll carregat de duros de plata...

El senyor Giró era un fanàtic de l'electrònica i per això havia batejat el seu establiment amb el nom del Llampec Laietà. Ell mateix n'havia dibuixat el símbol: una anguila riallera repenjada a l'escut de la ciutat tot escoltant la ràdio amb uns auriculars i traient petits llampecs del cos. Hi tenia de tot, des d'endolls i interruptors fins a ràdios de totes menes, que llogava o venia a terminis, passant per màquines de cosir (vam tenir-hi les primeres elèctriques, alemanyes), gramòfons, aspiradores, enceradors i fins i tot cinemes NIC. La vedet de la botiga, com deia l'amo, era una nevera elèctrica de la marca Crosley, caríssima. Tant, que entre El Llampec Laietà i una altra botiga del barri en van comprar una a mitges als Estats Units a veure què passava. Al principi, la teníem en exposició una setmana a cada botiga. Els diumenges a la nit, els dependents de la botiga "sortint" havíem d'embalar la Crosley, carregar-la en un petit camió i transportar-la a la botiga "entrant". Ho fèiem amb molt de gust, ja que a canvi s'havia promès un 5% de comissió per als dependents de la botiga que la venguessin. Quan feia dos mesos que anàvem amunt i avall amb la nevera, els amos van pensar que no valia la pena tant d'enrenou i van decidir de fer el canvi un cop al mes i encarregar a un retratista dels bons dues reproduccions gegants de l'aparell. Així, mentre la nevera estava exposada en una de les botigues un mes sencer, a l'altra hi havia la foto, de mida natural.

Va ser per aquells temps, a finals del 32, que va entrar-hi a treballar el que hauria de ser un dels meus millors amics. Alt, ben parit, ulleres gruixudes, de nom Vicenç Peris. Quan em va dir que també tenia quinze anys em va fer una mica d'enveja, el molt cabronàs. Treballava des dels deu anys i deia que era revolucionari i comunista. M'explicava, tot seriós, que havia renyit amb el seu pare, anarquista alcoià, per qüestions polítiques. I que, abans de faltar-li al respecte, havia tocat el dos d'Alcoi i s'havia plantat a Barcelona. Em deixava bocabadat. El primer que havia fet era afiliar-se al BOC i decidir de conservar només la part "pencaire" del seu sant patró. Em deia: Res de Vicenç. De sant Vicenç Ferrer em quedo amb el ferrer. Per als amics i companys, sóc en Ferrer "Ferro" Peris. I per als patrons?, vaig demanar amb curiositat. Em va somriure, va fer una peterrufa amb els dits als llavis i va cridar: Per als patrons, cagallons! I vam començar a cantar i ballar pel carrer dient la paraula *cagallons*...»

GREGORI, 2

«L'assumpte de la desaparició de l'avi? Es va tancar uns quants anys més tard, quan, segons la llei, va ser declarat mort oficialment. La meva àvia, que va passar de l'estat d'abandonada al molt més digne de vídua, va fer un darrer intent i va dir: Però i si torna?

Ningú no li va respondre. Però jo, després, a la nit, vaig sentir els pares a l'habitació. Aquest cop la mare li estava repetint al pare: Però i si torna? Que torni, que torni, si té collons, aquest cràpula!, exclamava ell. Octavi, que és el meu pare!, li recriminava ella en veu baixa. I no diguis *collons*.

I cràpula, sí?, va fer ell tot badallant. I ella va dir que sí, i es van adormir. Feina feta. El meu avi no va aparèixer mai més i la meva àvia es va morir d'enyorança tres mesos més tard. Cau i net.

I així vaig anar complint anys, amb les ombres del besavi i de l'avi planant-me sobre el cap com un mal auguri. I el pare dient-me, cada aniversari: Per molts anys, Gregori! I quan dic per "molts" anys, toquem fusta, que sé perquè ho dic, collons. I la mare: Octavi, no diguis *collons*.

Sempre igual.

Tota aquesta introduccìó sobre alguns dels trets familiars més importants està adreçada a justificar, si és possible, la meva manera de ser, plena de tota mena de manies, cabòries i pors. Que no sembli estrany, doncs, amb aquests precedents, que anés omplint la meva trajectòria vital de fill únic amb tots els elements que m'havien d'adjudicar de manera lenta, però segura, a l'etiqueta, patentada per una tia segona, de "noi bufonet, però estranyet".

Per exemple, la meva dèria pel número tres. Encara em dura. Quan baixava les escales de casa, només frisava a fer-me gran per poder saltar els graons de tres en tres. Al col·legi, els altres nens m'escridassaven quan, a l'hora de l'esbarjo, si no sortia el tres, no hi jugava. I jo deia: Si no m'ho demanen tres vegades, no jugo. Quan començava el mes estava frisós per veure què em passaria el dia tres. Quan estudiava, els capellans em castigaven perquè m'avorria i no feia atenció per la lliçó dos, la important, i estudiava molt la lliçó tres, secundària. Recordo la fascinació que vaig sentir el dia que els capellans van explicar-me que Nostre Senyor havia estat crucificat als trenta-tres anys. Allò era massa. El trenta-tres eren dos tresos. Per això em va semblar normal que un home així hagués fet grans prodigis. Un dia, un dels religiosos em va preguntar què em semblava la resurrecció de Crist i jo li vaig respondre: Correcteta. Posats a ressuscitar, no podia fer-ho més que al tercer dia...

Al capellà se li van inflar les venes del coll i em va deixar anar una bufetada a la galta tal que l'orella em va estar xiulant una bona estona. Del cop va girar-me la cara i es veu que vaig fer un mal gest perquè vaig anar directament a la casa de socors. Allò va permetre'm de posseir el dubtós honor de ser el primer nen d'aquell col·legi amb collaret ortopèdic. Vaig dur-lo quinze dies. Mon pare va ser cridat a parlar amb el pare prefecte, el qual li va comunicar oficialment que jo era un noi estrany i blasfem. Recordo com el pare ho explicava a la mare: Quan he sentit la paraula "estrany" se m'han posat els pèls de punta, m'he acostat al prefecte i li he preguntat en veu baixa: "Que potser li ha parlat del Brasil, el noi?" I agafa i em diu que no i que per què. No t'amoïnis, no li he explicat res, m'he limitat a mirar-lo i a dir-li: "Tinc les meves raons."

El prefecte es devia espantar molt: El pare semblava encara més estrany que el fill. Com que s'acabava de proclamar la República i la cosa no estava gens clara per als religiosos, el col·legi va acabar disculpant-se i enviant a les missions el capellà que m'havia pegat. El dia que el metge em va retirar el collaret ortopèdic, mon pare em va preguntar: Així, a quina galta vas rebre?

Encara no havia acabat d'indicar-l'hi que em va deixar anar una altra bona bufa a la galta contrària mentre em deia: Això, perquè no et tornis a passar de llest, mamarratxo. No sempre tindràs els pares al costat, a punt per treure't les castanyes del foc! Octavi, no diguis *mamarratxo*, va dir ma mare. Ah, no? Doncs què li dic? I ella, impertorbable: Xixirinel·lo. Ma mare era de Tortosa, però només treia el tortosí de tant en tant per desconcertar el pare.

Ells tampoc no es van voler escoltar la meva teoria sobre el número tres. Allò i altres trets de la meva personalitat no feien sinó confirmar-los les pitjors temences: Deia "toquem fusta!" com el pare, tenia una petita llista de paraules impronunciables (no podia dir quines eren precisament per això, però es podien deduir perquè quan parlava, a la curta o a la llarga, la gent me les trobava a faltar) i era supersticiós...»

Maria, 2

«Els diumenges al matí? Doncs, més tranquils, la tieta s'asseia a la seva cadireta costurera, em posava davant seu i, com aquell qui res, mentre em feia la trena (que no em desfeia fins al mes següent), em deia que ja era una noia gran i m'explicava que l'Hug l'havien batejat així perquè l'havien fet a Castellar de n'Hug durant una excursió. I es posava a riure i em preguntava si ja sabia què volia dir allò i em deia que l'amor primer mai no s'oblida, que queda caliu per tota la vida. I em tornava a avisar que jo ja era gran: A la teva edat, les gitanes ja es casen. I si una gitana es pot casar, ben bé pots ajudar ta tia a la feina, no et sembla?

No acabava de veure-hi el lligam, però feia que sí i ella es quedava tranquil·la.

Anys més tard vaig saber que les gitanes, si bé es casen joves, no ho fan pas totes als onze anys. Vaig atribuir l'exageració de la tieta a l'afany de tenir-me amb ella. Em repetia: T'has de fixar molt en tot! Ara ens tens a nosaltres, però quan faltarem... Una noia com tu, orfeneta, ha d'aprendre un ofici ben aviat, que no se sap mai, el dia de demà. I posats a tenir ofici, segons el seu parer, quina cosa millor que La Paella de Cullera?

L'oncle, tossut com era, es va proposar d'introduir-me tant sí com no al negoci de la manera més suau. Em deia que a la meva edat era quan les criatures tenen el cervell més tendre i s'hi pot fer encabir més coses...

I em quedava amb la sensació que el meu cap era un cistell buit que s'havia d'anar omplint i atapeint d'andròmines. Em deia: Fes cas del que et diu ta tia, Mariona, fixa-t'hi molt! I jo tot el dia anava amb els ulls ben oberts perquè, òrfena com era, estava obligada a fixar-m'hi molt i molt, en les coses (encara que no sabés en quines exactament).

L'oncle deia als parroquians, tot orgullós: No ho és gens, d'esquifida, és prima i dura com una canya, que és molt diferent. I a més s'hi fixa, s'hi fixa...

Un parell d'anys vaig estar lluitant per fer-li cas, però em va ser impossible. Jo mirava prou de fixar-m'hi, però tot el dia estava rumiant coses i se me n'anava el cap. Sentia la tia cantant al safareig, mentre estovava munts d'estovalles i tovallons i, sense adonar-me'n, jo ja refilava també com un canari...»

PERE, 2

«Després d'un any llarg a Barcelona? Tenia els camarades, el partit.

Un vespre, tot just sortir de la feina, vaig etzibar a en Ferro Peris: Vull ser del BOC. Es va quedar de pedra, però em va dir: D'acord. I vaig posar-me a seguir el so esquerdat de la flauta del flautista de Hammelin més poc dotat del món per a la música: En Ferrer "Ferro" Peris, amb les seves ulleres de cul d'ampolla i la seva poca oïda musical (fins al punt que li prohibien de cantar "La Internacional" en veu alta, de malament que ho feia; només l'hi deixaven taral·larejar en un murmuri). Després d'haver anat pel carrer com un gos, de cop i volta se'm feia estrany formar part d'una mena de família gegant.

Per què aquell partit i no un altre? Doncs perquè era el del meu amic. I a quinze anys i mig, un amic és el més gran del món. Bé, suposo que als quinze i mig i també als divuit del present. Al partit, a la mínima, em tractaven de petitburgès. I a mi em feia molta gràcia perquè m'imaginava un burgès baixet i ho deia i s'emprenyaven. En Ferrer i altres camarades m'alliçonaven a hores mortes, amb tota la paciència del món. Anava al local del partit i intentaven explicar-me allò del marxisme amb un bloc de notes (a mi, tan dur de closca) i una pissarra. Un dia se'm va escapar davant seu que no hi veia gaires obrers ni camperols, al meu voltant. Tu, el que passa, és que ets un petitburgès de merda, hi va tornar un camarada. I jo: Tens raó, no sóc ni he sigut mai ni obrer ni camperol, però almenys no ho amago... Començaven a treure foc pels queixals i m'escridassaven: Poca broma, amb això, eh? A veure, cretí, que no treballes ben treballades les teves hores, a la feina? Què et sembla que foteu, en Ferro Peris i tu, tot el sant dia? I jo responia que, per a mi, un obrer era molt més que la feina que fèiem nosaltres. O els deixava anar: Què me'n dieu, de les durícies? No s'ho esperaven: Les durícies? I jo: Mireu-vos les mans. Hi veieu durícies? Oi que no? Les meves tampoc no en tenen. Quan heu vist un obrer sense durícies a les mans? I es quedaven amb la boca oberta, em deien demagog (que després vaig saber que no volia dir malparit) i gairebé havia de sortir del local del partit per cames i amb unes ganes de riure que em trencava...

Vaig fer que em prenguessin seriosament de la manera més espaterrant. Aquell hivern, per primer cop a la història, van ploure els milions a Barcelona en la rifa de Nadal: Els dos primers premis. Tenia un dècim compartit del segon. Un bon pessic. Vaig demanar permís a l'amo per plegar a mig matí. Seriós i organitzat com era, en Ferrer "Ferro" Peris va demanar-me tot esverat on anava en ple horari de feina, i li vaig dir amb tota la parsimònia que a la delegació no-sé-quants de Loteria del carrer no-sé-quin, que m'havia tocat la rifa. Quants calés?, em va fer tot excitat. I agafo i li dic que uns quants milers de peles, com qui no vol la cosa. Va anar de poc que no cau rodó a terra. I tot traient-me la bata de la feina li dic que de seguida torno... No vaig tornar fins al migdia. M'estava esperant a la porta: Tens els diners?, I què en penses fer? Vaig respondre-li tot misteriós: Ja ho he fet. I li vaig deixar anar: He regalat el premi al partit. Al partit?, em va dir ell suant en ple hivern: Però queda-te'n un pessiguet, home, per al dia de demà, ho comprendran, jo també ho comprendria... El vaig mirar com si mirés una tifa: Les necessitats del partit són molt més importants que les meves. La meva feina em proporciona el que em cal per viure dignament.

La seva closca es negava a creure-ho: Però... no podrem ni anar a la Barceloneta perquè em convidis a una bona paella per celebrar-ho? I jo, tot acabant de botonar-me la bata: No pot ser, ja els he donat els diners.

Al final va acabar convidant-me ell a un vermut amb olives. Un cop va entrar-li al cap que no me'n cauria ni una engruna, d'aquella tremenda picossada de diners, va treure'n el màxim rendiment: Explicava a tothom amb orgull quina mena d'amics i camarades tenia. Vaig ser el rei del partit durant una bona colla de dies i fins i tot vaig sortir retratat a *La Batalla*. Va ser la millor inversió del món. Els oncles no en van saber mai res, no fos que escrivissin al meu pare que el seu fill s'havia tornat boig. Tampoc vaig arribar mai a confessar als camarades que en realitat, tot, tot, el que es diu tot, no l'havia regalat, el premi. Veient-los tan contents, tampoc no era qüestió de desenganyar-los. A l'últim moment vaig separar un grapat de bitllets i els vaig donar d'amagat al senyor Giró, l'amo del Llampec Laietà, perquè me'ls guardés. Però ell, mentre es llepava la punta d'un dit i comptava bitllets, m'anava dient que una quantitat com aquella, sense ser cap fortuna, era una llàstima que no es posés a treballar. Com que no tenia ni idea de com un bitllet podia "posar-se a treballar" vaig dir-li que fes com millor li semblés, que si me'ls quedava, els malgastaria, segur.

Eren una gent collonuda, els del partit, em queien tots molt bé, m'hi sentia lligat i la doctrina que m'ensenyaven em semblava estupenda. Llàstima que hi hagués tan poca femella... L'endemà dels dies de baralla forta, en Ferrer gairebé no em parlava fins que no li deia que em sabia greu, que no volia dir el que havia dit. Llavors ell acceptava oficialment la disculpa en nom del partit i ens en anàvem a donar una volta agafats per les espatlles. Reconec que, a ell en particular, m'agradava d'emprenyar-lo perquè d'entre tots era el més bona fe i sovint no reconeixia les bromes. De vegades em costava aconseguir que no s'ofengués a causa dels meus estirabots. S'excitava i la vena del coll se li inflava com un macarró: Insinues que no sóc un obrer, desgraciat? Què sóc, doncs? Un rendista?»

Gregori, 3

«Por? Dels dotze als catorze anys en vaig agafar molta pels avions tot i saber que probablement no se'm presentaria mai l'oportunitat de viatjar-hi (però algun diumenge me n'anava al port a veure com s'enlairaven els hidroavions que volaven a

Gènova). Per aquesta raó, ara no m'agraden els ascensors i els evito tant com puc (amb l'excusa que em cal exercici).

Orgull? Aquella època vaig perfeccionar les meves habilitats camaleòniques, una de les meves tendències naturals d'ençà que era petit. De sempre, en la semblança m'havia semblat trobar tot de coses fantàstiques. Acostumat a patir incomprensió de resultes de les meves peculiaritats (ja he dit que era un nen raret), el camuflatge em permetia —i potser encara m'ho permet— l'oportunitat d'una treva amb el món exterior. Vaig esdevenir un mestre en l'art de no cridar gens l'atenció. Després a casa, amb les meves coses, era molt diferent, però a l'escola només tenia un objectiu: Anar passant cursos sense que ningú no s'adonés de mi; rendiment suficient, comportament correcte, ocultació total de la meva dèria pel tres, en fi, res que motivés cap mena de sospita en els mestres, res que provoqués una reacció en cadena i acabés amb un "toquem fusta!" odiós per part del pare.

Curiosament, aquests bons propòsits van esclatar en mil bocins quan, als tretze anys i mig, vaig fer la primera comunió. El meu pare, catòlic fervorós, va ser el culpable que adquirís aquell sagrament tan tard, en una cerimònia en què jo semblava Gulliver caminant per l'illa de Lil·liput, envoltat de nans de vuit anys. No ho havia autoritzat fins a estar segur que tenia el cap ben assentat sobre les espatlles. Era el mes de maig de 1931, en ple període d'avalots i crema de convents. L'ambient en moltes famílies catòliques era gairebé de martiri previ i casa meva no n'era una excepció. El dia triat per a la cerimònia va ser el dimarts, 12 de maig. El meu pare estava nerviós. A la parròquia, no parava d'entrar-hi i sortir-ne gent amb informes poc tranquil·litzadors. A Madrid havien cremat més de deu convents. També en altres capitals de província. Però a Barcelona, la cosa semblava més calmada. Per això es va decidir de mantenir la cerimònia, per donar testimoni de presència (això sí, amb una certa discreció). Es va concentrar tothom a la sagristia per tal que només s'hagués de recórrer en processó l'espai petit que la separava de l'església. Quan la doble filera de nens i nens amb les mans juntes avançàvem devotament cap a la porta principal, va arribar un capellà cridant que es començaven a veure diverses columnes de fum pujant cap al cel. I tot d'un plegat, tothom cap a casa, esverats, corrents: Sabates de xarol blanc tacades de fang, vels de petita núvia per terra, missalets de nacre amb rosari embolicat abandonats de qualsevol manera... El meu pare va endur-se el mossèn amb nosaltres. Mentre corria anava mormolant: Collons... I la mare, amb la veu mig ofegada: Octavi, no diguis *collons*... I el mossèn, tot agafant-se els baixos de la sotana per anar més ràpid: Deixi'l, dona, deixi'l, mentre no blasfemi...

L'endemà va resultar que les "columnes" de fum no havien estat més que un fumerolet, al carrer Muntaner, provocat per un petit incendi fortuït.

La cerimònia es va repetir uns quants dies més tard a plena satisfacció (i amb una certa vergonya per l'esbandida de la setmana anterior). Vaig descobrir les ànsies redemptores del catolicisme i vaig decidir de sortir de la meva situació d'anonimat crònic. Ja no volia ser un més entre la massa.

Dels catorze als setze vaig fer-me catòlic convençut (fins al punt d'esdevenir un dels dirigents de la Federació de Joves Cristians de Catalunya) alhora que col·leccionista de segells. Vaig llegir tots els clàssics del cristianisme i vaig comprar els catàlegs de filatèlia més importants. Va agafar-me la ceba de voler entrar al seminari. El meu pare va mirar-me de dalt a baix i em va dir: No fas cara de seminarista, treu-t'ho del cap: Et falten orelles perquè s'hi facin penellons.

Devia quedar-me tan perplex que va veure's obligat a cridar la meva mare. Noia! Que en Gregori vol ser seminarista! Ma mare va entrar eixugant-se les mans al davantal, va somriure, em va fer un petó a la galta i em va dir: És impossible, fill meu, no tens prou orelles perquè s'hi facin penellons. I va tornar a la cuina deixant-me immers en el misteri de les orelles i els penellons. L'endemà vaig tornar a la càrrega: Si no sóc seminarista, me n'aniré a les missions. Però el primer que em va preguntar el pare va ser: A les missions? Deixa'm endevinar-ho, al Brasil, oi que sí? Ni parlar-ne! Mira, Gregori, si tantes ganes tens de servir l'Església fes-ho com jo, des de la família. El mossèn està encantat. Déu n'hi do, la feina que li traiem del damunt. Ja n'hi ha prou, de capellans...

Penedits per aquella resposta tan dura, el dia del meu quinzè aniversari, pocs mesos després, tot eren afalacs. El pare, en comptes de dir el seu clàssic "Toquem fusta!", em va passar un braç per l'espatlla i va fer: Per què no anem a donar un tomb? La mare ens va mirar tota estranyada. Jo, en particular, m'havia quedat de pedra: Mai no havia passejat tot sol amb ell. No sabia què fer i vaig estar callat tota l'estona. Ell semblava emocionat, potser perquè era el primer cop que em volia parlar d'home a home. Li costava expressar els sentiments. Preferia guardar-s'ho tot dintre. I com que jo era digne fill del meu pare, encara més. Parlava a batzegades i sense mirar-me. Em va semblar deduir que, més o menys, volia fer-me entendre que estava orgullós que jo fos el primer membre de la família que estudiaria (ja que estava a punt d'entrar a la universitat, a la facultat de Filosofia i lletres) i, sobretot, que no fos el tercer membre de la família que se n'anés al Brasil (encara que fos a les missions).

Vam baixar per la Rambla fins al port. No em vaig adonar on em duia fins que ja era massa tard. Em va venir suor freda. El meu pare no coneixia la meva aversió per avions i altres artefactes voladors. Ja he dit que no suportava ni tan sols els ascensors. I pretenia que anéssim fins a Montjuïc en aquella cabina penjada d'un fil que et duia volant per damunt de l'aigua. Tot jo tremolava i ell, un parell de vegades que va intentar d'iniciar una frase, veient-me d'aquella manera, va callar. Es devia pensar que era ell, que m'intimidava. Tot plegat em va anar posant cada cop més nerviós.

Dins la cabina del telefèric, recordo que estava ben acovardit. El vent la feia bellugar d'una banda a l'altra i jo no gosava ni tan sols mirar enfora. Era nova i lluent perquè l'acabaven d'inaugurar i feia tanta pudor de pintura fresca barrejada amb vernís que, quan el meu pare va tornar a fer l'intent d'engegar-me el discurs, allà dalt, entre estrebades i grinyols, van venir-me uns fàstics horrorosos i vaig començar a vomitar. Dins la cabina només hi havia l'encarregat. Em van atendre a l'arribada a Montjuïc i, jo blanc com la cera, mort de vergonya, vam fer caminant un bon tros de tornada a casa perquè em toqués l'aire. Ni ell ni jo vam dir res en tot el trajecte.

Sempre me n'he recordat, d'aquella jornada. De les coses de la infantesa, no en fem mai cas. Només més tard, de gran, quan comences a veure que imites els gestos i els posats de ton pare, t'adones que la infantesa et deixa xop d'un líquid que sempre regalima, que no s'acaba mai i que no et pots eixugar en tota la vida. Amb això vull dir que aquell dia em vaig reconèixer en el meu pare, cosa que va augmentar la meva confusió.»

MARIA, 3

«Por? Molta, de no fer contents els oncles, que em volien veure dedicada en cos i ànima al negoci. Ells em deien que aprofités per aprendre força, perquè un restaurant d'estació era un lloc de món, un lloc de pas per a moltes persones... Per sort, la meva tia de seguida va veure que no servia per aquest ram. No és que no hi posés voluntat, sinó que no hi estava feta: Sense ser potinera ni matussera, era inepta per a l'ofici. Anava a plaça, i no és que m'enganyessin amb els preus, però sí de tant en tant amb la mercaderia; a la cuina no era de la mena de trencar dos plats de cada tres, però no tenia gens de gràcia servint taules. La tia sempre havia de venir darrere meu i refer el que jo desfeia. Si serveix d'excusa, no perdem de vista que només era una nena d'onze anys que per picar matalassos al terrat m'havia d'enfilar a un tamboret.

Orgull? El de fixar-m'hi. Sempre m'anava repetint a mi mateixa que m'havia de fixar bé en tot, que havia de creure la tieta, que una noieta com jo, per més que els tingués a ells, no deixava de ser una òrfena: I els orfes, ja se sap, s'han d'espavilar, a la vida...

El restaurant sempre estava ple de ferroviaris, de traginers i fins i tot camioners. Recordo el pànic que em provocaven, tota aquesta colla d'homes. Em devien veure petita (i esquifida, encara que la tia ho negués) i encara em feien més broma. Eren els principals clients i se'ls tractava especialment: Mariona, que no se t'esborri del cap, feia l'oncle adoptant posat de catedràtic, els calés els fem sobretot amb aquesta gent. Aquí tractem bé tothom, però particularment aquests. Me'ls miro i hi veig lletres de canvi amb gorra, pagarés amb brusa i barba, accions i títols de deute de l'Estat amb uniforme de ferrocarrils. En el fons són com socis capitalistes, que fan aportacions regulars de capital. Ho entens, Mariona? Per això tenim el menjador de l'eixida, només per a ells. Són gent cridanera, que els agrada d'explicar les seves coses en veu alta. Els maquinistes, per exemple, sempre amb el soroll de les locomotores ficat al cap, acaben mig sords. Si els asseus amb el públic en general acaben avorrint-se, troben el lloc massa silenciós encara que tothom hi estigui parlant alhora. Ho entens? Vine!

I se'm va endur al menjador de l'eixida. En aquell moment només hi havia una taula ocupada. Era un traginer amb gorra, lleig com un gripau, que s'estava menjant un plat de carn d'olla amb cigrons. L'oncle va preguntar-li si era bo. L'home, amb la boca oberta, va aturar la cullera plena de cigrons a mig

camí, va alçar els ulls de gripau cap a ell i li va deixar anar:
Què cony t'empatolles, Carlets? A què treu cap, demanar-me
si és bo? Que t'he retornat mai cap plat? Que em vols ofen-
dre? Vés, home, vés, que com més gran, més carcamal...»

PERE, 3

«Por? De res. Orgull? De tot. De vegades ajudava els camara-
des que escrivien articles per a *La Batalla* quan encara era set-
manari. Tenien una mena de carnet de periodista i anant amb
ells podia entrar gratis als espectacles del Paral·lel, als partits
de futbol i a qualsevol sarau important del moment (sobretot
als combats de boxa, que en aquell moment m'entusiasma-
ven). Un dia, dos camarades i jo vam anar a una casa de barrets
perquè havien d'escriure sobre el que ells en deien "el món de
la prostitució": Es veu que les putes no existien en el futur
paradís comunista. En aquell moment, a setze anys, jo era tan
verge com un nadó i, quan vaig sentir on anàvem, em va faltar
temps per apuntar-m'hi. Tremolava com un flam. La mestressa
de la casa, un prostíbul de la Rambla dels de tota la vida, havia
donat permís per al reportatge a canvi de diners. Ens va pre-
sentar una noia de malucs amples, espatlles estretes i cap petit
que es deia Quimeta. Com que ningú no la volia, era l'única
que estava lliure. Ens va fer passar a la seva habitació, allí on
rebia els senyors: Un llit, un tamboret, i dos aplics amb panta-
lla de vidre vermell de tulipa a la paret. També una palangana i
una gerra amb aigua. D'entrada ens va dir: Es neix puta com
es neix peixatera...
    Anava explicant la seva vida, un agafava notes en un bloc,
l'altre la retratava i jo li mirava la regatera dels pits. I cada cinc
minuts la Quimeta ens preguntava: Segur que només volíeu
xerrar? I em passava la punta de l'ungla, llarga i vermella, per
la cuixa. La cosa, doncs, es va anar fent més i més feixuga. El

retratista se'n va anar i jo ja no aguantava més. Em vaig endur el camarada a un racó i li vaig dir en veu baixa el que feia al cas. Es va escandalitzar, però jo li vaig respondre que, com a bons revolucionaris, havíem de tenir tota la informació a la mà, havíem de saber de què parlàvem, que en el fons era petit-burgès, voler parlar de les putes d'aquella manera, com si fossin animalets del parc, que es miren però no es toquen. I vaig afegir-li amb posat greu: Això per no dir que la mestressa, si veu que la Quimeta no ens ha pogut engalipar, segur que la castigarà. I això no ho podem consentir... Ell va observar la noia, que somreia des del llit, i va dir després d'empassar saliva: No ho podem consentir? I jo: I tant que no.

Ens vam començar a gratar la butxaca, però no en teníem ni cinc... si no eren els calés del fons de la revista. No penso gastar els diners que se m'han lliurat amb tota la confiança!, va dir el camarada amb molt poquet de nervi.

Trenta segons més tard ens acostàvem a la Quimeta amb el sobre a la mà. Ell, mort de vergonya, li va dir: No sé si amb això... I ella: Tots aquests calerons, tenies a la butxaca? Que en sou, de vius! I tant que n'hi ha prou! Dels homes, els diners i res més... I es va posar a riure com un animal. I va afegir cap a mi mentre es despullava: I tu, escarransit, escanyolit, esquitx de tita, quants anys tens? Setze, li vaig dir. I ja ets tot un home, oi? Vaig respondre: Sí. Doncs espera't fora, que quan acabi amb ell aniré per tu.

Quan el camarada va aparèixer no vaig tenir temps ni de preguntar-li com li havia anat. Em va ficar el sobre amb la resta de diners a la mà i, sense mirar-me, tot cordant-se els pantalons, va tocar el dos ple de remordiments. Em va saber greu, però vaig anar igualment per feina: La Quimeta va fer que la meva entrada en el món del cardar fos bona, boníssima.

L'endemà, a la botiga, en Ferro gairebé no em va mirar a la cara; algú l'hi devia haver xerrat. I fins que no va veure com retornava al partit fins a l'última pela (a costa de pràcticament tot el jornal d'aquella setmana) no es va quedar tranquil.

Jo, no cal dir-ho, a partir d'aquell dia vaig visitar la Quimeta unes quantes vegades més. No era gens idiota, la noia. Una vegada li vaig explicar la vergonya del meu camarada i em va dir que no se n'estranyava gens. Que ja n'havia conegut uns quants, de revolucionaris, i sempre acabaven tenint remordiments: Si ets revolucionari de debò no és lògic que et vingui de gust anar de putes —em deia; i afegia—: Són uns romàntics, volen viure històries d'amor. Als revolucionaris de debò no els agrada que els diners tinguin a veure amb el sexe... La gent de dretes és diferent, estan acostumats a comprar i a vendre, no tenen escrúpols, vénen, fan el fet, paguen i se'n van. Sense problemes.

Aquell dia vaig entendre que jo no seria mai un bon revolucionari perquè els calés no em provocaven, ni de lluny, cap sentiment de fàstic. I encara menys, el fet de pagar per anar-me'n al llit amb la Quimeta...»

GREGORI, 4

«Dels setze als divuit em vaig desenganyar del catolicisme. Un dia em vaig trobar en plena obra de catequesi, parlant als nens i nenes que es preparaven per rebre la primera comunió. Els estava dient:

—¿Ja sabeu, estimats nens i nenes, qui va crear aquest formós cel blau que s'estén sobre els vostres caps; aquestes flors i aquests fruits boníssims i perfumats que adornen els nostres jardins; aquests xaiets de sedosa llana, graciosos i juganers, que tant us agrada d'acaronar? Va fer-ho Déu Nostre Senyor amb un sol acte de la seva voluntat omnipotent.

Això ho estava predicant en un barri obrer que no coneixia el que era un xai ni d'haver-lo vist anunciat entre els plats oferts per alguna fonda.

Em vaig trobar ridícul. En el fons, mai no havia pogut comprendre allò de «beneïts siguin els pobres d'esperit, perquè el Cel serà seu». Era una visió horrorosa, tota una eternitat en companyia de pobres d'esperit saltironejant pel Cel...

Vaig deixar el catolicisme militant i em vaig dedicar a l'esperanto (fins al punt que a la universitat vaig escriure un petit opuscle que considerava la filosofia esperantista molt més solidària que la religió catòlica). Vaig vendre la col·lecció de segells i vaig adquirir tots els llibres que vaig poder sobre aquesta llengua.

Quan vaig comprovar que a la universitat es podia anar fent la carrera només a força d'estudiar, amb els llibres, i que l'assistència a classe, segons l'assignatura, era gairebé simbòlica, vaig decidir apuntar-me d'amagat a un curset d'esperanto que es feia en un ateneu obrer del Poblenou. Els resultats pràctics van ser immediats: Em vaig enamorar de la neboda del professor, que era petita i escarransida, es deia Mireia i venia jerseis de llana al mercat de Sant Antoni.

Era la primera vegada que m'enamorava i no sabia ben bé què fer. Sortíem a passejar, caminàvem molt, moltíssim, i practicàvem l'esperanto. Quan se'ns acabaven les paraules, ens fèiem un petó i cadascú tornava a casa seva una mica moix ja que parlant en català no ens agradàvem tant. Aquest problema topava frontalment amb el meu poc coneixement de la llengua internacional. O potser era una tàctica seva perquè ens féssim més petons. Era dels primers mots que vaig aprendre. Li assenyalava els meus llavis i li deia: "Mireia, kiso" (que vol dir petó).

I ella somreia i em "kisava" suaument, llavi contra llavi, que era el màxim que ens permetíem. Més que res perquè no en sabíem més i allò era el que vèiem fer als artistes del cinema.

Les classes d'esperanto, dos cops per setmana, eren al vespre per tal de permetre l'assistència del 99,9% d'obrers anarquistes que conformaven l'alumnat (l'altre 0,1% era jo). El professor sovint em feia sortir a la tarima i m'"ensenyava": és l'exemple viu, deia amb la veu trencada, que no tots els catòlics burgesos tenen el cervell i l'ànima podrits pels efectes del capitalisme salvatge! Llavors jo deixava anar alguna frase en esperanto i m'aplaudien i tot. Em vaig convertir en la mascota del curset i queia bé a tothom. Almenys els primers temps. A poc a poc, com que jo estava acostumat a estudiar i ells i elles no, la diferència en l'aprenentatge es va anar fent més evident. Algú els havia convençut que, pel simple fet de ser llibertaris, aprendrien més ràpidament l'esperanto, com si fos una qüestió genètica. I ara venia un merdós petitburgès com jo, capellanet disfressat, paràsit universitari, i els passava la mà per la cara. No els agradava gens. Llavors es desfogaven burxant-me, fent-me broma i insinuant el pitjor sobre la meva condició sexual. Reien i així se'ls feia de més bon passar la meva presència al lloc. Si jo hagués estat llibertari, reconec que també m'hauria fotut força, veure-hi algú com jo, triomfant per damunt dels altres.

Tal com era d'esperar, aquella doble vida aviat es va descobrir. Un dia de bon matí vaig trobar-me un sobre a la tauleta de nit. Dins hi havia un paper que havia escrit el meu pare i signat per ell i per la meva mare. Tot just m'hi deia que tenia hora concertada per parlar amb el mossèn aquella tarda mateix. Em vaig espantar.

El capellà m'esperava a la sagristia amb un bol ple de maduixes. Va fer-me seure i d'entrada em va preguntar si no m'havia de confessar de res. Vaig dir-li que no, però ell hi va insistir. Vaig tornar-m'hi a negar i a més de tot cor, no creia que hagués fet res de dolent. Vols maduixes?, va fer tot resignat. No, gràcies. I l'home, amb els llavis vermells a punt d'esclatar, em deia: M'agraden tant que si no és pecat poc n'hi falta... I va ofegar les maduixes amb dues cullerades soperes de sucre. Després d'un silenci, va entrar en matèria: T'han vist amb determinades companyies...

Ja érem al cap del carrer. Els pares tenien por que el fill hagués esdevingut un sense ànima, menjacapellans i crema-convents. El mossèn, home lúcid que sabia controlar bé les seves fílies i les seves fòbies, es va prendre el seu temps per preguntar-me si encara creia en Nostre Senyor. Jo, amb tota la insolència dels meus disset anys, vaig dir-li que respectava totes les fes, que fins i tot creia convenient l'existència de l'Església per la seva funció social... Es va quedar pensarós i va replicar tot esparverat: Però això no és ni tan sols creure en Déu! És acceptar els beneficis materials d'una religió que podria ser qualsevol de les existents! El van ennuegar les maduixes i va començar a tossir mentre em feia signes amb la mà perquè me n'anés.

Tot va ser una tempesta en un got d'aigua. Quan a casa van sentir-me dir que la meva promiscuïtat amb els llibertaris i tots els meus esforços per aprendre esperanto estaven directa-ment relacionats amb l'amor que sentia per la Mireia, es van calmar. Els pares, feliços de no haver engendrat un ateu rene-gat, fins i tot em van demanar de conèixer-la. És que té co-llons, la cosa, va fer el meu pare.

No es va sentir res i tant ell com jo vam mirar cap a ma mare, que observava el carrer des de la finestra. Vam esperar uns quants segons, però res, tampoc. El pare va repetir: Ai, collons de nano...

Res de res. Ens vam espantar. Quan ja anàvem a buscar l'aigua del Carme, la mare es va girar tota somrient i va dir: Octavi... Què?, vam fer tots dos alhora. I ella: No diguis co-llons.

Ens la vam mirar amb admiració. Estava tan complaguda que l'endemà va proposar de fer una excursió a la Mare de Déu del Mont.

Un dia, de sobte, l'ateneu va ser tancat per ordre governati-va. Les classes es van acabar de cop. I no solament això. També el meu amor per la Mireia. És una de les experiències que recordo amb més claredat. La vaig anar a buscar a la parada de jerseis i ja no hi era. Van dir-me que se n'havien anat i que no tornarien mai més. Ni tan sols no sabia on vivia. Vaig passar pel tràngol de demanar si havien deixat cap missatge per a mi (no ho havia fet) i durant dues setmanes, màxim tres, em vaig desesperar per l'amor perdut. I això és el més curiós: L'amor se'n va anar tal com havia arribat, de sobte. No n'hi havia gens en començar i no me'n va quedar gens en acabar. Com si hagués girat una pàgina d'un llibre. Vaig aprendre, doncs, que moltes de les coses que es diuen sobre l'amor són dites per gent que, segurament, no s'ha enamorat mai.

Aquest cop, però, vaig conservar tots els meus llibres d'esperanto...»

Maria, 4

«A La Paella de Cullera, l'*escola de la vida* no s'aturava mai: Els clients normals hi dinaven o hi sopaven per dues pessetes. L'oncle, dissimuladament, m'assenyalava un home amb les ungles llargues i negres com el sutge i em deia: A un client com aquest, l'àpat li surt per pesseta i mitja. Anys enrere, aquí, a casa, vam mantenir cinc anys seguits el preu d'un àpat per una pesseta. I l'oferta de les ofertes: Tres rals si s'hi afegia la dona i dos rals per cada criatura. Insuperable. I tanmateix era un negoci rodó i va posar els fonaments de la nostra força actual. Saps per què? Molt senzill, recorda-te'n: Val més una pila de "pocs" que no pas una mica de "molts".

Llavors s'interrompia per atendre un senyor castellà amb cara de viatjant d'Albacete que volia una habitació. L'oncle l'escoltava com qui sent ploure i li deia que no en teníem. Llavors el viatjant replicava una mica enfadat: Però i el cartell? I jo, tota orgullosa d'entrar en combat: Està equivocat. I ell: I per què no el canvien, doncs? I l'oncle: Que li dic jo, a vostè, com s'ho ha de fer, per vendre el gènere? El senyor d'Albacete, desarmat, exclamava: Com ho sap, que sóc venedor? I l'oncle l'acomiadava afablement tot dient-li: Es veu d'una hora lluny, home de Déu, es veu d'una hora lluny...

I li allargava una targeta d'una fonda amiga on li donaven comissió. El senyor d'Albacete es desfeia d'agraïment i ell se'l quedava mirant com se n'anava. I tot seguit tornava cap a mi i em deia: Però sobretot, no t'espantis...

Evidentment, de tant dir-me que no m'espantés, el primer que vaig fer el dia que em van engegar a servir taules al menjador de l'eixida va ser espantar-me com una pobra idiota. Em cridaven, Mariona cap aquí, Mariona cap allà. I jo amb els meus onze anyets, amb el neguit de ser òrfena de pare i mare i haver de fixar-m'hi, tot el sant dia com un flam. La cosa va acabar com el rosari de l'aurora. Amb la vergonya dels pits que em començaven a sortir, em semblava que els clients només feien que mirar-me. Vaig tenir una mena de baixada de pressió i vaig caure rodona a terra. De fet hauria de dir "vam" caure: Jo i les dues plàteres plenes de carn d'olla amb col, patates, cigrons, botifarres blanca i negra i uns quants talls de cansalada. Se'n va parlar durant setmanes i encara, anys més tard, algun traginer d'aquells curts de vista i llargs de mans ho recordava entre somriures. Per sort, l'oncle i la tia s'ho van prendre bé. Ell, en particular, va semblar encara més encoratjat, com si la pèrdua de les dues safates no hagués estat més que els inconvenients d'una lliçó pràctica.

Només descansava quan ell o la tia em deixaven agafar la pissarra per apuntar-hi els plats del dia amb guixos de colors... Fes-ho tu, amb la lletra de ca les monges —em deia l'oncle—, almenys això sí que t'ho van ensenyar bé... Si ja se la saben llarga, ja.

M'intrigava que sempre remugués que les monges se la sabien llarga. Potser li havien fet alguna cosa. Un dia no vaig poder més i vaig gosar demanar-l'hi mentre estava eixugant uns gots a la pica del taulell. Va aturar-se en sec, em va mirar amb els ulls encesos i em va dir: Les monges, dius? Llavors ens va interrompre un senyor amb maleta que semblava de Cardedeu: Que tenen habitacions? La tia li va contestar que no i l'home, com era habitual, es va queixar del cartell. L'oncle, des del taulell, li va dir: El cartell diu "menjars i llits", senyor. Que vol comprar un llit? Oi que no? I dinar tampoc perquè són les onze, així doncs, vostè dirà...

I l'home se n'anava atabalat carrer avall i jo em quedava sense saber el perquè de les coses (de les monges).

Es va proclamar la República i el que recordo més és que la gent no va anar a treballar i els tramvies et duien gratis a tot arreu. La ciutat estava engalanada com a les grans diades de festa. Hi havia gent enfilada a les estàtues i als fanals per veure millor no sé quines coses. Hi havia finestres amb banderes de Catalunya...

No cal dir que jo no en tenia ni idea, del que significava. I l'única preocupació em venia dels comentaris que sentia a casa. L'oncle deia: Potser qui hi perdran més seran les botigues de barrets, però ho compensaran venent més gorres i més boines... Jo no ho vaig pas entendre, però no vaig gosar demanar-li que m'ho expliqués. La Paella de Cullera va superar el canvi de règim amb una tranquil·litat absoluta.

Amb el pas del temps, entre l'Hug, que no acabava d'arribar mai, i l'altre fill, que, un cop acabada la carrera, feia de passant en un bufet de la Seu d'Urgell i per tant no era mai a casa, semblava predestinada a convertir-me en la Ventafocs del conte: La nebodeta òrfena que gairebé ha de pagar amb la vida el gest de ser acollida i alimentada. Per sort, la meva mateixa poca traça en el negoci de l'hostaleria ho va evitar. La meva tia, que no era gens beneita, se'n va adonar. I sense ser allò de començar a donar veus per treure-se'm del damunt (laboralment parlant, és clar), quan va sortir l'oportunitat de col·locar-me no ho va dubtar dues vegades (tot i que li va saber força greu). Va ser a can Ponsich, una botiga de peces de vestir per a l'aigua. Em vaig animar d'allò més. A aquella edat, qualsevol canvi és benvingut. En canvi, l'oncle s'ho va prendre com una derrota personal. No concebia que la seva *"escola de la vida"* hagués fracassat, amb mi. Es va consolar força quan va estar segur que li donaria íntegrament la meva setmanada (ho vaig estar fent fins que no me'n vaig anar de casa seva).»

PERE, 4

«Feia ja uns dos anys que havia baixat a Barcelona. El primer, l'únic en què havia anat a estudi, vaig pujar a casa meva durant cada període de vacances. Aquell segon, com que no els havia confessat que havia deixat d'estudiar i ja treballava, només vaig pujar a Ripoll vuit dies a l'agost, que eren les úniques vacances d'estiu que teníem els treballadors manuals al Llampec Laietà («Els oficinistes, quinze, insolidaris», clamava en Ferro!»). Per sort, aquell cop sí que va funcionar l'excusa dels exàmens i vaig poder tornar a Barcelona sense que es descobrís el meu secret. A cals oncles, tot era sempre igual. L'única diferència era el rellogat del rebedor. Li havien canviat el torn i ara treballava de nits. Com que es posava a dormir a les set del matí, no es podia obrir la porta del pis fins al migdia. Al final, van acabar posant-me a mi al rebedor i recol·locant el rellogat al menjador. Els oncles rebien puntualment els diners per al meu manteniment, em preguntaven si tot anava bé al col·legi i fins al mes següent. Les meves activitats i coneixences reals (incloent-hi la Quimeta) ni se les ensumaven.

O almenys això em creia, perquè un dia de principis d'octubre, a primera hora de la tarda, va anar de poc que no tinc un atac de cor: Vaig veure el meu pare en persona entrant per la porta del Llampec Laietà! No hi havia cap possibilitat d'escapar perquè em va clissar a l'instant. En Ferro, que era més a prop seu, li va preguntar què desitjava. El pare va apartar-lo sense miraments amb el bastó de puny de plata i li va dir: No se m'ofengui, però el que desitjo no li interessa gens, jove! Em va apuntar amb el bastó, em va clavar aquells ulls d'ocellot que tenia i em va etzibar directament: Tu! On és l'amo de tot això? Vaig assenyalar al fons a mà dreta. No gosis bellugar-te d'aquí que ara torno. I jo: Sí, pare...

Se'n va anar cap al despatxet, va trucar i va entrar. En Ferro i jo seguíem l'escena a través de les finestretes. Com si fos cinema mut. El senyor Giró va convidar-lo a seure, però ell no ho va voler. Van estar parlant durant uns deu minuts. M'esperava el pitjor. Però curiosament, vaig veure com el meu pare treia uns calés de la butxaca, els donava a en Giró i tot seguit encaixaven com si fossin amics de tota la vida. El pare va sortir del despatx i va venir cap a mi. Se'm va endur a part i em va dir: Sé que ets un bala perduda, que has estat dos anys fent el dròpol i gastant els diners que t'enviava, que has deixat d'estudiar... El que em fot i refot més és que m'hagis enganyat. Perquè parlant, la gent s'entén. M'has estafat... I jo provava de dir alguna cosa i ell em feia callar: Tens sort que aquest home m'ha dit que ets un bon treballador, que tens interès per la feina d'aquest ram. Que no t'adorms, que no fas el ronsa. A més, diu que no li consta que li hagis robat ni un cèntim. Potser encara en podrem fer alguna cosa bona, de tu; només tens setze anys. Li he demanat que et mantingui la feina durant un any, a veure si aprens una mica l'ofici. A canvi, li he comprat al comptat una d'aquestes andròmines que veneu. Demà mateix la vindran a buscar... I va alçar de nou el bastó i va assenyalar recte cap a la Crosley! En Ferro i jo ens vam quedar bocabadats. Em vaig tombar cap al despatxet i vaig veure que el senyor Giró es fregava les mans i somreia, feliç... D'aquí a un any em véns a veure, va continuar el pare, és el temps que trigaré a oblidar que m'has enganyat. No gosis demanar-me res ni presentar-te per casa abans d'un any. Perquè si ho fas, jo mateix t'esclafaré el cap amb aquest bastó, m'asseguraré d'haver-te desgraciat i tot seguit em donaré a la Guàrdia Civil...

Se'm va fer un nus a la gola.

I dit això, va fer mitja volta i se'n va anar. Fora l'esperava el traïdor de l'oncle-avi. Des de la botiga no se li veia la boleta fastigosa de saliva al llavi, però segur que hi era.

L'endemà va estar marcat per dos fets: Per una banda, vaig plantar els parents, per espietes. Per una altra, vaig assistir a la cerimònia de l'adéu a la nevera. Un traginer amb un carro estirat per una mula va presentar-se al Llampec Laietà. Tot el personal de les dues botigues vam sortir al carrer per veure la Crosley per últim cop, embolicada amb mantes amb tot l'amor. Algú fins i tot va aplaudir i, mentre el carro s'allunyava, vam estar patint per cadascun dels sotracs que l'acompanyarien fins a l'estació del Nord.

Vaig viure una setmana en una "casa de dormir" del carrer Cid tan plena que hi feien torns. Només et llogaven el llit un terç de la jornada. Com que jo treballava de dia, necessitava el llit durant la nit. Em posava a dormir que els llençols encara eren calents de l'anterior ocupant. Després de passar una altra setmana dormint assegut en un sofà al local de *La Batalla*, finalment vaig anar a parar a una pensió popular del barri de Sant Pere, de nom La Comissaria. L'amo era un vidu vell, antic anarquista, de la vella escola. Li faltava el dit petit de la mà dreta. Només oferia l'habitació: Ni esmorzars ni àpats ni res. En tenia una de lliure perquè l'establiment era de reputació dubtosa i, a més, estava situat damunt d'un taller de gèneres de punt i de confecció que començava a treballar a les cinc del matí i no plegava fins a les onze de la nit. O sigui, que tot el dia amb el traca-trac, traca-trac de les màquines. L'habitació era interior, fosca, sense ventilació, amb un paper matamosques penjant del sostre (ple de mosques), un cordill que la tra-

vessava de banda a banda amb unes quantes agulles d'esten-
dre, un llit, una tauleta de nit i un armari. Pel sou que guanya-
va era tot el que em podia permetre.

El senyor Eugeni March (que així es deia l'amo de la pen-
sió) no es treia la bata blava ni per dormir. Això sí, tota ella
ben neta, acabada de planxar i emmidonar. Era molt polit.
Sempre feia olor de loció perquè s'afaitava tres cops al dia, de
la barba que tenia. De vegades, quan jo tornava tard, encara
me'l trobava aixecat. Era l'únic moment de la jornada amb una
mica de silenci. Deixava de repassar amb un drap humit l'hule
de la taula, seia i em convidava a una copeta de conyac. És el
millor per dormir d'una tirada, em deia. I afegia: No et con-
fonguis, em deia amb la veu rogallosa, això no és una casa de
putes. Bé, gairebé, per què ens hem d'enganyar. Més aviat
hauria de dir "poca" puta. Però que consti que la majoria de
clients són joves parelles que no poden anar enlloc. Llogo les
habitacions per hores a preus rebentats. N'hi ha que vénen i la
volen llogar per un quart d'hora perquè no tenen ni cinc… En
el fons és com un servei social…, i es posava a explicar-me
històries de joventut perquè ell ja en portava més de dues i
més de tres, de copes, entre pit i esquena: De jove vaig tenir
moltes vocacions. Vaig voler escriure, vaig voler pintar, també
vaig començar a estudiar per a arquitecte. Saps que vaig conèi-
xer personalment en Ferrer i Guàrdia? No saps ni qui és, oi?
Tant se val. I ja ho veus, aquí ficat en aquest cau. I per postres,
hi ha eleccions i guanya la dreta. He fotut fora el de l'habitació
2 perquè era de la CEDA…

El deixava xerrar i pensava en les meves coses; de fet, sem-
pre m'explicava el mateix, gairebé paraula per paraula. M'era
igual, només recordo que havíem venut la Crosley i allò segur
que em portaria sort. Tenia ganes de menjar-me el món. A
més era ric, ja que em corresponia la meva part de la comissió
de venda (el 2,5% que m'havia repartit amb en Ferro Peris
venien a ser uns deu duros) i, per tant, la satisfacció em vessa-

va per les orelles. O sigui, que les opinions d'un vell amargat se me'n fotien d'allò més. Bé, allò de la victòria de les dretes, no. Però què hi podia fer?

Vaig demanar-li el nom de la pensió i va dir-me que no n'havia de fer res. Vaig pensar: Que s'hi foti fulles. Quan ja me n'anava a l'habitació em va cridar i va dir amb un somriure maliciós: Vols veure una cosa?

Va aixecar-se, va desaparèixer pel passadís i va tornar amb un potet de vidre amb una cosa flotant dins. No vaig reconèixer què era fins que no ho vaig tenir a tocar dels nassos: Era un dit, tot blanquinós i arrugat, el seu dit...»

GREGORI, 5

«...i m'acostava com una fletxa als divuit anys amb la idea d'acabar la carrera abans de fer el servei militar. Els pares, sempre a l'aguait, estaven contents de veure que anava trampejant per la vida sense presentar cap dels símptomes fatals de la família. Haig de confessar que algun vespre els sentia discutir sobre mi. La mare, amb fermesa, a punt de trencar el plor, deia que almenys, el seu Gregori, o sigui jo, seria diferent: Ell no serà com el seu avi, ni com el pare del seu avi... Però el pare no cedia: En Gregori té la meitat de sang de la teva famíla. Encara no te n'hauràs adonat i ja haurà "caigut" també, com tots els homes d'aquest cony de família. L'herència és l'herència!

La mare replicava Octavi, no diguis *cony* i s'adormien.

Això sí, les característiques apuntades de petit es van anar confirmant (i acumulant) l'una darrere l'altra: Continuava agafant-me per comptar coses i comprovar si n'hi havia tres, continuava tenint por dels avions, dels telefèrics, dels ascensors i de les altures en general, continuava no volent gats i sent una mica supersticiós (per tant, continuava tenint una llista de paraules impronunciables). Als prestatges tenia un enfilall de llibres de la llengua internacional esperanto tots plens de pols i, al calaix de la meva tauleta de nit, uns poemes d'amor en la llengua internacional esperanto més plens de pols, encara.

Al carrer passaven milers de coses i jo era incapaç d'assimilar-les correctament. La gent s'esbatussava i fins i tot es matava. N'hi havia de molt contenta i d'altra que tot el dia remugava. N'hi havia que deia que ja era hora (i jo no sabia de què) i d'altra que exclamava que allò era intolerable (i tampoc no sabia a què es referia).

O sigui, que la inseguretat congènita d'anys endarrere va tornar a aparèixer en la meva vida i, a punt de fer els divuit, l'única referència que tenia era l'admiració pel senyor Cleofàs, un dels bidells de la porta de la Universitat. Quan acabava la feina, cada dia del món, travessava la Gran Via i anava a un bar que sempre era ple d'estudiants i professors. Es recolzava al taulell i es prenia un vinet fi abans d'anar cap a casa. Jo hi anava darrere com un gosset i, si calia, feia campana. El senyor Cleofàs era un gran coneixedor de la part amagada dels éssers humans, ho sabia tot, res no l'agafava de sorpresa. Feia olor de resclosit i, curiosament, allò provocava que encara el valorés més. T'apuntalaves al seu costat i, quan veies que es treia l'escuradents de la boca i se'l posava a l'orella, volia dir que es disposava a començar. Alçava el diari, n'assenyalava la primera plana sense mirar-lo i amb els seus ullets vivíssims feia: L'avar, la mar i la flama, com més té més brama —i hi afegia—: I qui sàpiga escoltar, que escolti. Tot seguit, ho combinava sàviament amb sèries de sentències com aquestes:

1. A mi no m'enganyen amb...
   1.1. ...falses aparences.
   1.2. ...els comptes del Gran Capità (sic).
2. Sé de quin peu calcen...
   2.1. ... tal periodista o tal patró.
   2.2. ... l'amo d'aquest bar, el cambrer, i son pare.

2.3. … la secretària de la facultat de Lletres i el president de la República o de la Generalitat.

3. A mi no me la foten, és inútil que em vinguin…

3.1. …amb simulacions: aquest és un renegat.

3.2. …amb paranys o enganys: aquell un escanyapobres, aquest d'aquí un grimpaire, aquell general d'allí té molt de talent però no el sap aprofitar, que qui té bon amic, té bon abric…

A punt de fer els divuit, doncs, anava a la deriva (cosa que vaig mantenir en secret a casa per les raons que tothom, a hores d'ara, pot suposar) i, de gran, volia ser el senyor Cleofàs.»

MARIA, 5

«…i tal com he dit, doncs, a l'edat de tretze anys vaig entrar a treballar a can Ponsich.

Quin esdeveniment! El senyor Ponsich no hi era mai i qui manava era l'encarregada, que es deia Hermínia. Va posar-me a fer de minyona de la botiga, però tant se me'n va donar. Després d'aquells dos anys d'escarràs al restaurant, fregar terres o treure la pols dels prestatges no era res, per a mi. Fins i tot em posava d'allò més contenta quan m'enviaven a fer encàrrecs: A can Muller i Cia., al carrer d'Avinyó, a recollir unes mostres d'impermeable; a can Pantaleoni, al carrer dels Escudellers, a buscar un tros de tela d'envelat per fer una lona; fins i tot a cases particulars, clients amb una comanda urgent. No és que sigui agradable, carretejar, posem per cas, des de la ronda de Sant Pere al carrer Gran de Gràcia un paquet amb un hule, un parell de botes d'aigua i un capot. Però no em feia res. Res de res. Carregada com un ase, caminava Passeig de Gràcia amunt. Mirava la gent i els aparadors. I de tornada, feia una mica de volta per la Rambla i anava a veure pardalets a una de les parades. Feta simplement amb un tauló sobre dos cavallets, estava plena de gàbies apilades tot fent equilibris. Hi anava perquè l'ocellaire, amb camisa sense coll, armilla i boina, sempre feia cara de pena. I pensava, quan sigui gran, vindré i li compraré tots els ocells i així canviarà de cara. I tornava a can Ponsich amb la meva bata nova tan maca de mil ratlles blaves que duia brodat el nom de la firma comercial amb fil malva i lletra rodoneta, i em sentia la noia més feliç del món.

Un any més tard vaig passar a ser dependenta de taulell. En un tres i no res, les gorres de bany, les xancletes, els impermeables, les capes, els capots, les trinxeres i les botes d'aigua van deixar de ser un secret per a mi. Sempre queia bé als clients i a les clientes, potser perquè es notava massa que era òrfena i m'hi fixava, i els feia una mica de pena. I venia més que cap de les altres dues noies de la botiga. Tot el nervi que no havia tingut a cals meus oncles em sortia a can Ponsich amb els seus impermeables. Fins i tot vaig convertir-me en especialista, quan arribava l'estiu, a col·locar el producte de temporada de la botiga: Els dessuadors, aquella mena de folres dobles que es posaven les senyores a l'aixella d'una peça de vestir per xuclar la suor. No era una peça gaire cara, però vaig aplicar la gran màxima de l'oncle Carles: "Val més molts de poc, que no pas pocs de molt." Quan l'hi comentava després a casa, al vespre, es posava molt content: l'*escola de la vida* triomfava un cop més...

No tenia amics ni amigues i el poc temps de lleure el dedicava a ajudar els oncles, llegir novel·letes roses i enamorar-me i desenamorar-me dels proveïdors joves que entraven a la botiga segons que en aquell moment s'assemblessin més o menys al protagonista de les històries que estava llegint.

I tot d'una, la vida em va tornar a canviar com de la nit al dia. Un matí, el senyor Ponsich en persona va cridar-me al despatx i va dir-me que a partir del setembre em deixaria plegar una hora abans per tal d'anar a una acadèmia a estudiar comerç durant dos anys: Estem molt contents amb tu, Maria. Ets espavilada i pots tenir un bon futur. Si ho aprofites, mai se sap, ens podries fer de comptable, d'administrativa... Això sí, ja fem prou esforç permetent-te de plegar una hora abans. De manera que aquesta hora te l'haurem de descomptar del sou. Consulta-ho amb els teus oncles a veure si s'hi avenen... Que pensin que, després de dos anys, si tot va bé, canviaràs de categoria... i de sou.

El trasbals va durar-me tot el camí fins a casa. I m'ho havia dit el senyor Ponsich en persona!

Els oncles no van posar-hi cap impediment i el setembre de 1932 vaig entrar a la famosa Acadèmia Mercuri, plena de nois i noies com jo.»

PERE, 5

«...El senyor March va explicar-me que el dit l'hi havia tallat la policia un cop que el van voler obligar a delatar uns companys. Vaig demanar-li si ho havia fet, i ell, sense gaire emoció, va dir que sí i que, a més a més, li havien tallat el dit igualment perquè "Roma no paga els traïdors". Això no ho vaig entendre, semblava tocat una mica del bolet, aquell vell. Si a mi em tallessin un dit potser n'estaria, també. Però no me'l guardaria de record.

Un altre hauria guillat ràpid, però jo m'hi vaig quedar. A més, després de l'expulsió de l'habitant de l'habitació 2 (que jo no havia arribat a veure mai), en aquell moment la pensió semblava una mena de castell deshabitat: Hi havia tres habitacions tancades amb pany i clau on mai no s'entrava, ja que no calia, dues de reservades a les parelles ocasionals que les llogaven per hores i la meva, l'única ocupada per un hoste fix. La convivència amb el senyor March era perfecta: No n'hi havia. Jo duia qui volia a la meva habitació i a canvi no deia res del tràfec d'amor que hi havia tot sovint per la casa i que, de fet, era la base del negoci. El trobava amb un plec de tovalloles picant a una porta. L'esperava a la cuina i el vell tornava una mica avergonyit. No és feina d'homes, remugava... Es mirava el pot amb el dit, el remenava, veia com es bellugava i arrencava amb la seva lletania: Vaig voler escriure, vaig voler pintar, fins i tot hauria arribat a ser un bon arquitecte. I ja ho veus, Pere, aquí ficat en aquest cau, aguantant les dretes al poder i havent de portar palanganes i tovalloles a quatre tites toves que... Ai, si en Ferrer i Guàrdia aixequés el cap... T'ho he dit, que el vaig conèixer personalment?...

I jo li deia que sí, senyor Eugeni, i em fixava en la seva bata blava, immaculada. En tenia tres i ell mateix se les rentava i se les planxava. I de tant en tant, les feia emmidonar. Quan arribava de nits, tal com ja he dit, me'l trobava sempre fregant l'hule i una mica trompa. Però no gaire, el punt justet per anar calent de cap...»

GREGORI, 6

«Somni? I tant, en aquells temps en tenia un de repetitiu: Veia com una bèstia terrible i sense forma s'acostava cap a mi (era terrible perquè era sense forma?). La veia, l'observava i ella m'observava a mi amb ulls grogosos. Era com una mena de barreja d'animal fabulós amb una vaga tendència felina. Res no em lligava al lloc i se'm donava l'oportunitat d'escapar, però les cames em feien figa, em sentia el batec del cor, feble en comptes d'esverat. La bèstia no es movia ni deia res, ni tan sols m'amenaçava. Jo suava a raig. Finalment perdia el sentit i queia a terra. Una conducta ben típica de mi: En comptes d'afrontar el perill encara que sigui fugint cames ajudeu-me, em desmaio, o sigui em dono totalment a l'enemic.

Quan em despertava, contràriament al que és habitual en mi, no em treia el somni del cap en tot el dia. Fer l'estruç: No ho veig, doncs no existeix. O si existeix, em desmaio. Ja que no puc "apagar" la imatge que em tortura, "m'apago" jo mateix. És curiós, perquè en la vida real no m'he desmaiat mai. Ni tan sols sóc baix de pressió. Mon pare, que m'observava cada minut del dia, em recordava amb preocupació la genètica de la branca materna: Gregori, cony, tranquil, que acabaràs tornant-te boig... I ma mare li deia: Octavi, no diguis *cony*.

Però jo em despertava xop de suor.»

MARIA, 6

«Un somni? Acabar els cursets de l'Acadèmia Mercuri i convertir-me en tota una senyoreta administrativa. Plegava de can Ponsich a dos quarts de vuit i tres quarts d'hora més tard ja seia al meu pupitre de l'acadèmia amb el llapis, el bloc, el tinter, la ploma i el secant. D'ençà que havia sortit de les monges no havia tornat a estudiar res (tret de la meva assistència forçada a l'*escola de la vida* que era La Paella de Cullera) i em va costar de tornar-m'hi a posar.

L'Acadèmia Mercuri era més aviat rònega però tenia la fama de donar el màxim pel mínim preu. Estava situada en un pis normal i corrent on s'havien adaptat les habitacions. Al mateix rebedor hi havia la secretaria, com si fos la recepció d'un dentista, i a dreta i esquerra s'escampaven les aules, totes amb la seva tarima i la seva pissarra. El meu curs era especial per a senyoretes i totes hi anàvem pel mateix, per adquirir nocions de comptabilitat, gerència i administració. Unes aspiraven a secretàries, d'altres a administratives i la majoria, com jo, no aspiràvem a res si no era a millorar les nostres expectatives laborals. Tot plegat era força excitant.

Allí és on vaig conèixer l'Encarna, la meva amiga de l'ànima. Era una noia una mica més gran que jo, tota rodona sense ser grassa ni baixa, amb una boca gran i un somriure ample i franc. Més viva que la tinya, treballava mitja jornada de dependenta en una farmàcia-perfumeria de la Rambla de Catalunya i s'havia apuntat al curs per la mateixa raó que jo. Com que l'acadèmia era al carrer de Pelai, ens trobàvem sovint al capdamunt de la Rambla i, abans d'anar a classe, sèiem a veure passar gent, o ens ficàvem al Núria a prendre una orxata o un te calent, depenent de l'època. El primer que em va dir va ser: Et veig una mica bleda, però no t'amoïnis, que això ho arreglarem ràpid. Sempre duia llaminadures de la farmàcia: una mica de regalèssia o de pega dolça o unes quantes pastilles de goma. De vegades me l'enduia una mica avall per ensenyar-li aquell ocellaire que sempre feia cara de trist. Semblava que ell i els pardals es fessin vells alhora. L'Encarna hi va estar d'acord. Per provar de fer-lo somriure, li va demanar el preu d'un canari, però no ho va aconseguir. Els diumenges a la tarda sortíem a passejar, al cinema o a berenar. Era l'únic temps lliure que tenia ja que als matins havia d'ajudar al restaurant dels oncles.

El que més m'impressionava de l'Encarna era la seva independència. Vivia amb els pares en un pis d'allà on Gràcia toca el Passeig de Sant Joan i s'acaba. Eren una família benestant d'arrels pageses, d'un poble de les Garrigues, relacionada amb la producció d'oli. Tenia cinc germans més, tots més grans que ella, tots al poble. L'Encarna era la filla petita consentida. Els fills produïen l'oli i l'envasaven i els pares, a Barcelona, el venien en un negoci que tenien obert (major i detall) al carrer Princesa. El matrimoni no s'havia volgut separar. Eren gent adusta, però cordial. Sempre em tractaven de vostè i em regalaven un petricó d'aquell oli tan gustós (a l'hivern s'espesseïa i es podia escampar damunt les torrades amb un ganivet, com si fos mantega). L'Encarna havia aconseguit que els seus pares la deixessin posar-se a treballar, a canvi d'anar a aprendre costu-ra, tall i confecció (sistema Martí), com pertocava a una senyo-reta. Un cop al mes es quedava tota sola al pis de Barcelona tres o quatre dies perquè els pares se n'anaven al poble a veure els altres fills i a controlar el negoci. Llavors feia vida de dona emancipada. Normalment coincidia amb cap de setmana i em convidava a sopar i em quedava a dormir amb ella. Per a mi, era com viure en un altre món, i em deia que allò era el que jo volia. Ens estàvem xerrant fins que sortia el sol. Més d'una vegada, quan els seus pares tornaven el diumenge al vespre, ens trobaven a la galeria mirant teulades i roba estesa i xerrant en veu baixa.

I va ser precisament en aquella època que vaig notar com si es tragués un tap del meu cervell i la vida comencés a entrar-m'hi a raig. De sobte, veia coses que mai no havia vist i em fixava en coses que mai no m'havien cridat l'atenció. Jo no he estat mai gaire llesta, però com que estava acostumada a fixar-m'hi tant, en tot, cada vegada era menys bleda i plantava més cara a les coses. Vaig deixar de viure com si a cada passa hagués d'esclafar un ou.

Els oncles em miraven d'una altra manera. També, els homes en general. Al restaurant, quan hi ajudava els diumenges, hi havia un parell de maquinistes joves que quan els passava pel costat sempre em deien que estava més bona que la Colometa. I jo no sabia qui era aquesta Colometa, però estava segura que a ella tampoc no li devia agradar que la comparessin amb una sopa.

Un dia m'hi vaig plantar i els vaig demanar que qui era, aquella Colometa. I em van dir: Una de Gràcia que no té mare.

Vaig pensar, mira tu, com jo, una altra pobra desgraciada que també ha d'anar pel món fixant-s'hi molt.

Ho comentava a l'Encarna i es posava a riure i deia que allò era senyal segur que ja era una dona.

Ella sempre anava molt perfumada perquè a la farmàcia on treballava sovint li donaven mostres de colònies i de perfums.

Era bastant coqueta i s'enfadava amb mi perquè no em treia ni per dormir la bata de feina de can Ponsich; em deia que ja era hora que em vestís de noia i no de nena i li vaig fer cas.

Un dia vam veure la Greta Garbo fent de Mata-Hari al cinema i em vaig quedar embadalida. Durant un temps vaig voler ser espia com la Mata-Hari, però amb el cos i la personalitat de la Greta Garbo. I l'Encarna i jo anàvem juntes pel carrer agafades del bracet i ho comentàvem. Rambla amunt, Rambla avall, els diumenges a la tarda. De vegades anàvem a ballar i, si era estiu, als envelats de les festes majors dels barris. Juntes a tot arreu. Una vegada fins i tot vam anar a ca la pentinadora i vam sortir tenyides iguals i amb el mateix tall de cabell. La gent es tombava a mirar-nos i així anàvem fent.

El dia del meu dissetè aniversari l'Encarna em va convèncer per fer campana a l'acadèmia. Vam anar a casa seva. No sé d'on havia tret el temps per aconseguir-les, però em va regalar una brusa d'espatlles amples i unes faldilles cenyides d'aquelles rectes i sense vol, a l'última moda. Em va fer tanta emoció que em vaig posar a plorar. Em vaig mirar al mirall, a la seva habitació, i em vaig trobar maca (vaig intentar d'imitar els posats de la Garbo a *Mata-Hari*, però no me'n vaig sortir).

Al restaurant, el terrabastall que va haver-hi quan el diumenge següent vaig baixar tota mudada per anar a passejar va ser d'aquells que marquen època. Del conte de la Ventafocs al conte de l'aneguet lleig. Tot (pits, malucs, cames, etc.) se m'havia posat a lloc força bé i els homes em miraven pel carrer. Una setmana més tard, que va caure una avioneta en plena rambla de Santa Mònica i mitja Barcelona va anar-hi a tafanejar, hi havia tot de nois que, amb l'excusa de guaitar l'accident, em miraven a mi de reüll i em volien arrambar. Tot era tan nou, per a mi, que em passava més estona amb els colors de la cara pujats que no pas normals.»

PERE, 6

«Somnis? Cap ni un. Dormo com una soca, no, no me'n recordo mai, del que somio. El que sí que recordo és que un matí, de sobte, vaig trobar que m'ofegava darrere el taulell del Llampec Laietà. I dit i fet: ja era hora de canviar de feina (tot i l'acord amb el meu pare). Vaig dir a en Ferro: M'ofego. I ell: Que estàs malalt? No, m'ofego aquí, engabiat. Va mirar-me amb pena, com dient que ja es veia que jo no seria mai un bon proletari, i com sempre va ajudar-me. Vam donar veus i, al cap de quinze dies, un company del partit em va dir que una distribuïdora cinematogràfica, Montoro Films, necessitava un ciclista amb urgència, dels que portaven les pel·lícules als cinemes. Jo ni ho sabia, que existien. Vaig veure'm passejant amb bicicleta per Barcelona i anant gratis al cinema, o sigui que m'hi vaig llançar de cap.

Els de Montoro Films em van dir que si treballava amb bicicleta pròpia em pagarien un 20% més, m'hi col·locarien un bon portapaquets i em proporcionarien unes alforges per carretejar les bobines. No vaig poder evitar la temptació. Me'n vaig anar al senyor Giró i li vaig reclamar els meus calés. Va sortir-me amb un ciri trencat però jo ja m'ho esperava: Que si els temps eren difícils, que les inversions no havien anat tan bé com calia esperar... Total, que només en vaig tenir per a l'entrada de la bici. Vaig firmar un munt de lletres i a canvi em van donar la bicicleta més flamant, blava i bonica de Barcelona. Vaig anar a les oficines de can Montoro a buscar les alforges i d'entrada vaig pensar que s'havien equivocat: Eren gegants. Però va resultar que no: Un dels nois del magatzem va sortir amb un sac ple que gairebé hi cabia un nen a dintre. "Què cony és, això?", vaig preguntar-li. I ell, fotent-se'n: "Una pel·lícula." Redéu! Bobines i bobines... Si era una mica llarga, va afegir el manso, podia arribar a ocupar-ne vuit o deu. Redéu!

Durant una temporada vaig anar posant-me al dia amb la nova feina i vaig perdre una mica el contacte amb en Ferro i els camarades del partit. En un tres i no res, ja em vaig aprendre on eren tots els cinemes. Carregava les alforges (i, si calia, el portapaquets), em lligava els baixos dels pantalons a l'entorn del turmell i del tou de la cama (o me'ls agafava amb una agulla d'estendre la roba), em calava la gorra i a pedalar: M'obria pas entre el trànsit barceloní a cop de timbre, com si tingués una missió entre mans de la màxima urgència: *Carring, carring!* Pas que vinc! Pas que vinc! *Carring, carring!* Les taquilleres de la ciutat em coneixien i em deien coses, em feien festes... i em regalaven entrades d'amagat perquè hi pogués convidar noies; els acomodadors em donaven programes de les pel·lícules i, sovint, si no tenia cap altre servei a fer, pujava a la cabina i m'estava amb el projeccionista, fumant i xerrant mentre esperava que s'acabés la sessió. Algunes vegades havia de sortir corrents cap a un altre cinema, on ja m'esperaven amb candeletes. D'altres, fins i tot tenia una pel·lícula dividida en dues sales. Quan a la primera s'arribava a la mitja part, me n'anava corrents cap a la segona amb les bobines del principi que la gent acabava de veure. Deixava la pel·lícula començada a aquesta segona sala i tornava cap a la primera a esperar que acabés per recollir la resta de bobines i volar una altra vegada cap a la segona perquè hi poguessin veure el final. Un embolic, però tant i tant excitant que després, a la pensió, no m'adormia. Era una bona vida. I sana: Se'm van fer unes cames que semblava un futbolista (i una durícia al cul que encara ara em fa mal només de pensar-hi).

La situació política s'estava escalfant per moments. A Madrid, el diputat Calvo Sotelo demanava obertament una dictadura. Jo, en aquell moment, només tenia al cap la feina i la meva bici. Un vespre, van trucar-me del partit per dir-me que l'endemà hi hauria una gran manifestació antifeixista a la Rambla, com a resposta a una altra gran reunió de les joventuts de la CEDA que hi havia hagut a El Escorial una setmana abans. Que hi havíem d'anar, que no hi podia faltar ningú. I jo vaig dir que si s'hi havia d'anar, s'hi anava i punt.

A la manifestació vaig trobar-me amb en Ferro Peris. Venia acompanyat per una de les noies més ben fetes que mai hagi vist a la meva vida. Me la va presentar. Es deia Lídia i va anar de poc que no em fes caure a terra marejat. Tot fent temps esperant altra gent, em vaig entretenir observant-la mentre deia coses com ara que "en la societat actual és impossible la realització de la personalitat integral humana a causa de les estructures repressives que frenen els impulsos de les persones; no ho creus així?" I jo que si m'ho arribava a dir en xinès ho hauria entès igual, no li havia tret els ulls dels llavis, molsuts i vermells, obrint-se i tancant-se... Vaig veure com em girava l'esquena, agafava en Ferrer del braç i se l'enduia. Van estar xerrant un parell de minuts i la noia, després de mirar-me com si mirés un pobre boget, va dedicar-me un somriure i es va fondre entre el munt de gent que omplia la Rambla. En Ferrer, fet una fúria, em va dir: Et sembla bé, què has fet? La Lídia m'ha preguntat si eres idiota, que semblaves sordmut: No deies res i no deixaves de mirar-li els llavis, com si els hi estiguessis llegint. Li he hagut de dir que sí! I jo: Que era sordmut? I ell: No, que eres idiota. I si t'arriba a tractar de petitburgès, davant de tothom? Quan va acabar li vaig demanar com la podia localitzar. Llavors, ja, l'emprenyada que va agafar va ser de no dir, la cosa més fina que em va llançar va ser l'acusació de petitburgès amb el cervell a la punta de la titola. I jo ni el sentia, no feia més que mirar entre la gentada a veure si la veia.

L'endemà, els diaris van dir que, a Barcelona, ens havíem ajuntat més de dues-centes mil persones en manifestació. Vaig preguntar quant era allò i en Ferro em va dir que quatre estadis de Montjuïc. Vaig caure d'esquena perquè jo només havia vist una persona tota l'estona: La Lídia.

Vaig trucar-li (al partit van donar-me'n el tèlefon de la feina) i d'entrada ni tan sols no recordava qui era. Anem bé, vaig pensar. Vaig convidar-la a un cafè per disculpar-me, però no va acceptar; va dir-me que, entre camarades, no calien disculpes i que, en el fons, allò era un pòsit de la meva educació petitburgesa. Començava a estar-ne molt tip, d'aquelles dues paraules. Per sort, ella mateixa em va proposar igualment d'anar a prendre un cafè, sense cap raó que ho justifiqués. Jo, encantat de la vida. Ens vam trobar al quiosc de begudes de Canaletes. Anava ben net, perfumat i engominat. Ella estava per sucar-hi pa, amb un vestidet cenyit d'aquells que aleshores estaven tant de moda. El primer que vaig fer va ser confessar-li que allò de la disculpa era una excusa per tornar-la a veure. I per què em volies tornar a veure?, va fer amb un to que volia dir "què deu voler de mi un mocós que ni deu tenir pèls als collons, encara?" Bé, exactament així no crec que ho pensés perquè la Lídia ja he dit que era mig de casa bona, però a mi, el missatge va arribar-me d'aquella manera. Vaig passar a l'atac i li vaig dir que la convidava a berenar i a ballar. I vaig afegir-hi: No hi ha res de dolent, en el fet que dos camarades berenin i ballin plegats, oi? Al partit sempre es diu que els prejudicis són una de les marques clàssiques dels petitburgesos. Ella em va mirar i em va dir que la gent es pensaria que ara anava pel món seduint noiets... Jo, com qui sent ploure, estava llançat. Li vaig fer veure que no hi havia tanta diferència entre nosaltres: Abans-d'ahir vaig fer els divuit, vaig mentir. Tu vius amb els pares mentre que jo visc tot sol. Una cosa va per l'altra: Som iguals... I sé més coses, que treballes en una òptica, però no portes ulleres, ja veus quina propaganda. Si jo fos l'òptic t'obligaria a portar-ne. Vaig agafar-la de sorpresa i va riure. Vaig aprofitar-ho: Així què, véns a ballar amb mi o no? I ella, amb la boca oberta, que si no podia, que si se n'anava de vacances amb els pares i no tornava fins després de l'estiu; i jo que quan se n'anava, i ella, que diumenge, i jo, doncs quedem dissabte, i ella, impossible, i jo, doncs divendres, i ella, no pot ser, i jo, doncs quedem dijous... Aquí la vaig enxampar. Segur que tens divuit anys?, em preguntava. I jo: A hores d'ara ja en tinc divuit i mig. A cada minut que passa em faig més gran.

Vam quedar citats... i em va plantar. Suposo que m'ho mereixia. Quan va passar-me l'emprenyament, vaig anar a l'òptica i em van dir que la Lídia ja no hi treballava i que no sabien on la podia trobar. Al partit tampoc no en tenien ni idea. S'havia esfumat i jo, amb un pam de nas i gens conforme, perquè no m'agrada perdre. Amb la ràbia, engegava cada cop de pedal que la bici semblava motoritzada.

Un dia de mig estiu em vaig trobar el vell Eugeni amb el seu dit a una mà i un sobre a l'altra. I un posat que se suposava que era maliciós: Correspondència per al senyoret... A veure quina olor que fa? Hum...

Era de la Lídia. Em deia que tot i ser petitburgès, li sabia greu d'haver-me plantat i que, quan tornés, al setembre, ens podríem veure.

Ens vam escriure un parell de postals parlant de temes generals (això sí, socials). Vaig passar aquell estiu pedalant i enamorat com un pallús.

No em calmaven ni les visites que de tant en tant feia a la Quimeta, que cada vegada tenia els malucs més grans, les espatlles més estretes, el cap més petit i ara, de més a més, plorava en silenci. Per no res. És el que diu el senyor Eugeni: Pluja d'estiu i plor de bagassa, aviat passa.

La Lídia va tornar uns quants dies. El primer que vaig fer va ser convidar-la una altra vegada, aquest cop a sopar i a ballar. I em va dir que sí a la primera. Va triar un restaurant popular del Poblenou on el cap de setmana tocava una petita orquestra. Jo pensava: Que em dugui on vulgui mentre pugui caminar una estona al seu costat. Vaig veure-la arribar de lluny i, sense exagerar, trencava l'aire de guapa que estava. Vam entrar al restaurant i ens van fer seure en una taula tota polida. L'orquestra estava a punt.

No vam ballar gaire, vam beure una mica, vam xerrar força sobre els problemes del món i ella, de tant en tant, es quedava en silenci, tancava els ulls i es posava a escoltar la música. I jo, tot i notar que li feia força peça, no vaig intentar fer-li cap petó, ni tan sols vaig arrambar-la. Bé, això potser sí, però no gaire. Prou per fer-li veure que m'agradava però alhora que no era un petitburgès immadur que només pensava en el sexe (tot i que sí que ho era i només pensava en això).

Em vaig gastar amb ella fins als últims cinc cèntims. Em va deixar escurat. Era de matinada i només m'havia guardat els calés justos per poder acompanyar-la a casa amb taxi. L'hi vaig proposar (a risc de ser tractat de petitburgès), i la Lídia, una mica beguda com anava, va acceptar sense fer-me'n cap comentari, més aviat al contrari. Vam pujar fins a l'Aliança, on sempre hi havia algun taxi esperant. A mig camí la vaig agafar per la cintura (ep, com a camarades!) i es va deixar. A cada metre que caminàvem agafats (ep, com a camarades!), menys distància hi havia entre nosaltres.

No sé com va anar, però dins el taxi va ser la bogeria. No vam parar de fer-nos petons (no com a camarades) i de ficar-nos mà (no com a camarades) fins que el taxista ens va cridar l'atenció. Ens havíem embalat (gens com a camarades) i a veure qui ens aturava! Per uns instants vaig tenir por que allí s'acabés tot (la Lídia vivia a Figueres i aquella nit dormia a casa d'uns parents). Per sort no va ser així. Va treure de la butxaca una clauota tota rovellada: És del terrat, va dir-me amb un somriure. I va començar a pujar l'escala mentre amb un dit em deia de seguir-la. M'hauria empassat el picaporta del portal, si m'ho hagués demanat. A mig camí, ens vam haver d'aturar per grapejar-nos contra la barana (gens com a camarades) ara ja molt íntimament, tant que vam entrar al terrat mig despullats i suant com una mala cosa. Vam fer-hi una cardada (gens com a camarades) de fàbula, elèctrica, amb el canguelo de pensar que un veí ens podia enganxar. Vaig quedar mort, amb la titola a la serena d'un terrat de Barcelona i una noia de bandera al costat. Allò era vida! Tenint en compte que tot just acabava de fer els disset, no estava gens malament, no senyor…

No vaig dir-li que era la primera vegada que follava gratis.

De tornada a casa, abans d'adormir-me, vaig reviure la seva imatge amb la clau a la mà, la molt porca havia sabut des del principi on acabaríem la vetllada. Així mateix vaig dir-ho al senyor Eugeni, que va haver d'aixecar-se a obrir la porta de la pensió perquè jo no trobava la meva, de clau (devia haver-se quedat a passar la nit en un cert terrat).

La Lídia i jo encara ens vam veure una altra vegada. Ens vam citar a la pensió. Jo tenia feina, però m'era igual. Quan vaig arribar-hi, ja hi era. El que va venir tot seguit i com vam aprofitar aquell poc temps que teníem va ser pura glòria… tot i que vaig estar a punt de bloquejar les sessions de cine de quatre sales de Barcelona.

Però l'endemà se'n va anar. I ens vam quedar tot moixos amb la promesa d'escriure'ns de seguida.

No vaig tenir gaire temps de pensar-hi perquè aquí, a principis d'octubre va haver-hi un merder dels grossos, on més d'un i més de dos van deixar-hi la pell. A Astúries, va esclatar-hi la revolució i a Catalunya es va proclamar la República Catalana.»

GREGORI, 7

«Un vespre, mentre sopàvem, sense avís previ, vaig dir en veu alta: No penso tenir mai cap gat!

Els meus pares van aturar en sec la cullerada de sopa que s'estaven duent a la boca i em van mirar. A casa, no hi havia hagut mai gats. Ni tan sols no se n'havia parlat mai, de l'assumpte. Fins i tot diria que la paraula *gat* no havia aparegut en cap conversa en els darrers anys. I jo acabava de cridar sense previ avís "No penso tenir mai cap gat". Potser per això els llavis de ma mare van començar a tremolar i se li van humitejar els ulls. Es va aixecar i se'n va anar cap a la seva habitació seguida del meu pare... Ho vaig fer amb tota la mala idea, no sé per què. Ja ho he dit, anava a la deriva, de debò. Quan no vaig poder més, vaig demanar audiència al senyor Cleofàs. M'ho va diagnosticar a la primera, entre les mostres d'admiració dels altres contertulis. Va treure's l'escuradents de la boca, em va mirar, se'l va posar a l'orella i va dir: Vostè, jove, intenta escapar de vostè mateix i això el delata com a criatura especialment emotiva. Segons el meu modest punt de vista incorrectament (i doctors té l'Església per corroborar-ho, que molt camí no fa patir, sinó que fa patir el mal camí), escapar és considerat com una conducta racional; s'hi veu, a tort (ho va dir així, ho juro), la reflexió d'algú que decideix posar tants de quilòmetres com sigui possible entre ell i allò que li fa por. I no. No?, vam preguntar embadalits tots els presents. I ell, després de punxar un puret amb l'escuradents, va rematar: No, senyors. Això que acabo de descriure no és pas por, senyors meus, és prudència. I la prudència és un sentiment fruit de la raó. La por, és irracional, és l'impuls involuntari de la senyora o senyoreta que davant el ratolí que apareix pel menjador, es desmaia com a manera de negar l'existència del mal: Em desmaio i com que no el veig, no existeix... No va haver-hi aplaudiments perquè acabava d'entrar al bar un catedràtic de Filosofia i lletres i s'hauria sentit gelós. El senyor Cleofàs semblava un bruixot, era exactament el que passava en el meu somni de la bèstia...

Per sort, vaig conèixer la Maria i el Pere. Exactament el 21 de setembre de 1935, dia del meu —i del seu— divuitè aniversari.

Els vaig conèixer d'aquella manera tan estúpida i casual. I el cor em va dir que d'aleshores endavant les coses canviarien, que podria intentar de fer córrer sobre el passat un vel ben gruixut. Segur.»

MARIA, 7

«La vida continuava a tota marxa. Els oncles es feien vells, can Ponsich guanyava més diners que mai i a mi sempre em demanaven de ballar abans que a l'Encarna. Em sabia greu, però ella no s'amoïnava gaire. Era molt espavilada, una noia dels nous temps i volia que jo també ho fos. I totes dues juntes ens sentíem més fortes que ningú. Llegia tot el que li queia a les mans, sobretot coses de política i d'alliberament de les dones i després m'ho explicava. Compràvem llibres sobre l'amor i parlàvem dels homes mentre, asseguda a la galeria, m'empastifava la cara amb alguna de les seves potingues de la farmàcia-perfumeria. I un cop empastifada, em feia aixecar de la cadira i s'hi asseia ella. I li omplia la cara de crema facial, totes dues amb barnús. I li explicava coses mentre ella m'escoltava amb els ulls tancats.

Un vespre vam anar a un ateneu obrer del Poble Sec a sentir una dona tota decidida que predicava l'amor lliure i la fraternitat universal. I a la sortida de l'acte, nosaltres dues ja érem més "lliure-estimadores" que la mateixa conferenciant. Dur-ho a la pràctica era tota una altra cosa, és clar. No cal dir que totes dues érem, tal com deia l'Encarna, "més verges que la mare de Déu santíssima". Assegudes a la taula del mateix bar de l'ateneu ens vam punxar el tou del dit índex, vam barrejar les nostres puntetes de sang i vam fer el jurament solemne: 1. Ens proposàvem deixar de ser verges com més aviat millor. 2. Si podia ser, totes dues el mateix dia per no ser més l'una que l'altra.

Era una època especial. O almenys m'ho vaig creure. I, sense saber res de res, l'Encarna i jo volíem parlar de tot.

Vèiem com el món i les lleis dels nostres pares trontollaven amb la República i ningú no ens explicava per què. A l'entorn nostre hi havia vagues, espurnes revolucionàries, eleccions, la llei del divorci... Una vegada, la tia va assenyalar una clienta que acabava de sortir i va dir: És divorciada, pobreta. Com si hagués agafat un mal lleig. I jo vaig estar esperant força dies que tornés per veure quina cara feia, una dona divorciada... Per més que m'hi fixava, no donava l'abast. Sort de l'Encarna, que em deia que a Barcelona, a finals d'aquell estiu de 1935, es podia intentar de viure d'una manera diferent: I ho farem encara que hi hagi les dretes al poder i facin anar enrere el que s'ha aconseguit aquests dos últims anys. L'Encarna, tan emocionada per tot el que feia, fins i tot es declarava simpatitzant de la CNT, sense carnet. Ni m'hi afilio, de llibertària que em considero, imagina't, em feia tota fatxenda.

Em deixava arrossegar per ella amb alegria i jo mateixa no em coneixia. Els oncles, de vegades, em preguntaven si em trobava bé, i jo no els podia explicar què em passava perquè tota la seva vida era La Paella de Cullera. I a mi el cor em deia que se m'acostava època de canvis. Com si una bola de neu hagués anat rodolant i fent-se cada cop més grossa. La bola de neu era la meva vida i estava a punt d'esclatar. I no em vaig equivocar.

A punt de fer els divuit, i gràcies al certificat de l'Acadèmia Mercuri, a can Ponsich van donar-me la responsabilitat de dur els comptes de la botiga. El resultat d'aquesta mostra de confiança va ser que, a canvi de treballar gairebé el doble, guanyava una mica més. Però ja em va estar bé.

Llavors va arribar de seguida el dia del meu aniversari i vaig conèixer en Pere i en Gregori. En Gregori i en Pere.

I ho vaig considerar un bon auguri.»

PERE, 7

«L'octubre del 34, la de morts que va haver-hi, ni se sap. Els del BOC vam participar-hi de valent sota la bandera de la unitat obrera. I dels morts de Barcelona (uns quaranta-cinc) molts van ser nostres. Van ser dies de vagues generals revolucionàries i d'unions de germans proletaris. Al partit, em van demanar si volia fer d'enllaç ja que, amb la meva feina, no semblaria sospitós. I que si m'hi negava ho entendrien. No m'hi vaig negar, que seré el que sigui, però un cagat no. I si en Ferro i els altres donaven la cara, jo també. Amb ells, al seu costat. A més, tot just havia de desviar-me una mica entre cinema i cinema i després pedalar més fort per recuperar el temps perdut. I així va ser com jo, que no havia sentit mai el soroll d'una pistola, amb aquell mullader de trets volava més que no pas pedalava, que semblava que m'haguessin ficat bitxo al cul. Dels nostres morts, en coneixia un parell. Però fins que no els vaig veure blancs, freds i estirats al local del partit no em vaig adonar que a la vida hi havia coses que no eren de broma.

I sort que tinc una xamba que no me l'acabo. Em va anar de ben poc. L'últim dia, un dels canons que disparaven des de la caserna de les Drassanes contra el local del CADCI, a la Rambla, va espantar un cavall lligat que arrossegava un carro buit. L'animal, desfermat, va començar a córrer Rambla amunt. No el vaig poder esquivar i bicicleta i ciclista vam anar per terra amb el resultat de dos radis petats, ella, i un parell de costelles trencades i un bon trau al cap, jo. El cavall encara deu córrer ara. Van dur-me a l'hospital i em van embenar que semblava una mòmia de les del cinema. Els camarades, que van sentir el tret del canó i quan van treure el nas em van veure per terra entortolligat amb la bici i queixant-me, van pensar que s'havia tractat d'una "ferida en combat". No els vaig voler esguerrar la il·lusió. El fons del partit es va fer càrrec de les despeses (incloent-hi la reparació de la bici).

Els llargs dies de baixa a la pensió van estar plens de xerrades amb en Ferrer "Ferro" Peris. El tenia amagat perquè s'havia deixat veure massa durant la revolta i el buscava la policia. Estava cagat de por. Des del partit estaven organitzant la manera de fer-lo tornar a Alcoi perquè s'hi amagués una temporada. Tots havíem sentit dir les barbaritats fetes pels moros i els legionaris a Astúries, i només de pensar que els militars se'l podien endur se'ns posaven els pèls de punta. Fora de Barcelona s'havia matat capellans i s'havia cremat esglésies. Vaig preguntar-li si havia matat algú i em va dir que no. Però perquè no havia calgut. Em vaig estar rumiant què hauria fet, jo.

Un vespre vaig tornar del metge i no hi era. El vell s'estava en ple passadís portant discretament una palangana cap a una de les habitacions. Em va dir: Han vingut uns amics vostres i se l'han emportat.

Uns amics? Vaig córrer al local del partit i em van dir que ells no en sabien res. Tots ens vam quedar enfonsats, ningú no va donar cinc cèntims per la pell d'en Ferro Peris i jo vaig haver de dir que tenia feina perquè no volia que em veiessin plorar.

De tornada a la pensió vaig agafar el vell per les solapes de la seva puta bata blava i gairebé el vaig aixecar de terra. No pesava gens. El puret li va relliscar dels llavis i va caure a terra. Li vaig escopir amb menyspreu: Per què ha deixat que se l'enduguessin? Em va mirar amb tristor i em va dir: Què volies que fes?

Vaig deixar-lo estar. Allí s'estava, allisant-se la seva bata blava immaculada, recollint de terra un puret a mig fumar. Només tenia els seus records, només tenia nou dits i una palangana a la taula. I la grandiosa vergonya de ser vell i no haver pogut impedir a uns desconeguts que entressin a casa seva i s'enduguessin algú. Vaig demanar-li perdó i me'n vaig anar a voltar pel carrer.

Van passar els dies i en Ferro no va aparèixer. I a força de no parlar-ne vaig aconseguir de tenir-lo tancat en un racó del cap i no pensar-hi.

La Lídia no va tornar a Barcelona ni tan sols per festes. A mi, potser perquè era Nadal, se'm va acudir d'arribar-me fins a casa dels meus parents i preguntar si hi havia notícies de casa meva. Només hi havia l'oncle, amb la seva boleta blanca de saliva al llavi inferior. Va dir-me que no en sabien res i ni tan sols no va preguntar-me com m'anava la vida ni va desitjar-me bones festes.

El dia de Nadal el vaig passar a la cabina de projecció del cinema Metropol, al costat del fogonet de petroli del projeccionista. Després vaig anar a visitar la Quimeta. No vaig poder fer-hi res perquè encara em feien mal les costelles. Però com que era Nadal, no sols no em va cobrar, sinó que em va convidar a torrons i vi ranci. I vam cantar nadales.

I encara no me'n vaig adonar que ja m'havia cruspit sis mesos del nou any de gràcia de 1935.

Vaig tornar a veure la Lídia a entrada d'estiu. Pràcticament ens havíem deixat d'escriure. Estava de visita i em va trucar. Va arribar tota canviada. Només veure'ns va saltar l'antiga espurna i vam decidir que ja xerraríem després d'haver anat per feina, no sé si m'explico. A Figueres era feliç, tenia promès i data de casament. Ja no era revolucionària i em va demanar que millor que no ens escrivíssim, que la podia comprometre. Va ser una llàstima. O sigui que no vam arribar a sortir mai junts. Curiosament, allò no ens va fer perdre les ganes de continuar jugant sota els llençols (un cop casada, baixava a Barcelona un parell de cops el trimestre, a comprar, i sempre em trucava). Una situació una mica estranya. Per acabar-ho d'adobar (i aquí és on volia anar a parar), va aparèixer la Maria, com un miracle, enmig de la meva vida.»

SEGONA PART

Fragments dispersos
«1935-36, fins al començament de la g.»

1

Era dissabte i estava dinant amb l'Encarna al menjador de La
Paella de Cullera. L'havia convidada per celebrar el meu
aniversari i només va acceptar a condició de deixar-li fer un
dels seus massapans amb pinyons i panses. L'oncle entrava i
sortia, agafant comandes i servint plats. La tia era a la cuina.
Hi havia poca gent i els parroquians que em coneixien s'estra-
nyaven de veure'm dinar al menjador, com una senyoreta. I la
tia deia que tothom a callar, que era el meu aniversari, que feia
divuit anys. I tots em deien coses boniques i que com passava
el temps i que si ai Mariona si tu volguessis... I l'oncle ens
servia i deia que aquell dia jo era la reina, que divuit anys
només es feien una vegada a la vida.

Després de dinar, nosaltres dues vam pujar dalt, a la saleta,
a menjar el massapà amb tranquil·litat i xarrupar una mica de
moscatell. Teníem la ràdio engegada i jo no havia de tornar a
treballar fins a les cinc. L'Encarna estava buscant una emissora
que toqués música i es va aturar un moment a Ràdio Barcelona.
Llavors vaig sentir la veu del locutor: «La sort ho ha decidit,
senyores i senyors. Demanem nois i noies de Barcelona nas-
cuts el 21 de setembre de 1917. És urgent. Només que en vin-
guin tres, ja n'hi haurà prou perquè el nostre fons benèfic es
vegi incrementat en...» Em vaig esverar i vaig començar a cri-

dar a l'Encarna que Ràdio Barcelona estava demanant algú com jo...

—Doncs sí que estan rebaixant el nivell —va fer tot somrient.

I jo que si era per al programa benèfic, que si era una mena d'aposta...

—Vés-hi, dona, vés-hi, que encara t'agafarà un atac...

I li vaig dir que no s'amoïnés, que hi anava i tornava, no res, el temps d'enfornar i coure el massapà. Encara podria cruspirme'l abans de tornar a la botiga.

Hauria fet el que calgués per veure quina cara feia algú nascut exactament el mateix dia que jo.

Vaig sentir-ho en el mateix moment que el meu pare alçava la copa de xampany i deia, una mica nostàlgic:

—Fixa't tu, divuit anys ja... Ai collons de nano...

I la meva mare:

—Octavi, no diguis *collons*.

O sigui, que és fàcil recordar-ne la data. A més, vam ser els tres —els tres!— únics barcelonins que vam acudir a la crida de Ràdio Barcelona. Al programa de radiobeneficència d'aquell dissabte a les tres de la tarda tenien convocat un industrial molt important de la ciutat. Com que no es tractava de fer-se propaganda, l'esmentat industrial feia un donatiu al fons benèfic del programa i lliurava a un notari un sobre que contenia el redactat d'una aposta contra la Ràdio. Si l'industrial guanyava, augmentava al doble la donació que havia fet. Així doncs, les institucions benèfiques sempre hi guanyaven. El locutor va obrir el sobre i va llegir l'aposta: En menys de tres quarts d'hora, que era el temps del programa, s'havien de presentar a l'estudi un mínim de tres persones que haguessin nascut aquell mateix dia i mes, el 21 de setembre, d'un any que es faria a sorts. Allà mateix es va fer el sorteig i vaig sentir que deien «1917». Em va fer un salt el cor. Per sort, a casa sempre hem dinat molt aviat i ja anàvem per les postres. Vaig demanar als pares que guardessin el pastís i les espelmes per quan tornés i me n'hi vaig anar corrents. I no pas perquè t'hi donessin res (bé, un cop allà ens van obsequiar amb una copeta de xerès) sinó perquè m'havia entrat una curiositat immensa: Quanta gent coneix algú que hagi nascut el mateix dia que ell? En teoria, en una gran ciutat com Barcelona neixen molts infants al llarg de la mateixa jornada. Però el cert és que gairebé mai no coincideixen entre ells durant tota la vida.

Quan vaig arribar-hi, ja hi havia una noia com jo, esperant. Era la Maria. Si no apareixia ningú més, es perdia l'aposta.

Vaig arribar la primera a Ràdio Barcelona i tothom em va felicitar. Hi havia un ambient de festa molt agradable i el locutor anava molt elegant. Però a mesura que passaven els minuts i jo era l'única, la cosa va anar decaient. Llavors va arribar un noi i tots ens vam tornar a animar. «Ja només en queda un!», cridava el locutor. Ens vam donar la mà i me'l vaig quedar mirant perquè tenia la cara trista. I li vaig preguntar en veu baixa si havia patit alguna desgràcia i em va dir que no, que sempre feia aquella cara, encara que rigués. I era veritat perquè quan reia, semblava un pallasso trist, a la boca se li feia una línia rosa com dibuixada amb un llapis. Es deia Gregori i tenia una pell molt blanca, tant que se li veien molt totes les venetes i et venien ganes de passar-hi el dit per damunt i resseguir-les. Vaig trigar encara una temporada a conèixer que en Gregori era un xicot molt reservat, poc expansiu, que preferia escoltar a parlar. Però molt més murri i malfiat del que donava a entendre. Se'm fa estrany pensar, cada vegada que es dóna el cas, que el vaig conèixer el mateix dia que en Pere. Es va presentar a la ràdio amb americana i un corbatí de llaç que el feia estar d'allò més incòmode. Quan va veure que m'hi fixava, em va dir que se l'havia posat per sa mare, que l'hi havia regalat pel seu aniversari.

No va caure en el fet que era l'aniversari de tots dos. I faltaven deu minuts i no arribava ningú més!

Vaig comptar els micròfons, però no n'hi havia tres. Si hagués pogut, me l'hauria menjat, el corbatí. Estava nerviós. La noia era petita i morena i tot un nervi. Em va agradar només que la vaig veure. Semblava tenir molt de món, però per la manera de vestir i les sabates vaig deduir que devia ser d'origen més o menys humil. I jo amb aquell corbatí! Vaig arribar-hi mudat ja que a casa meva, quan hi ha una celebració, ens mudem. Era el dia que s'acabava l'estiu i l'única concessió que em vaig permetre va ser de deixar la corbata a l'armari i posar-me un corbatí (cosa que ella va remarcar).

A l'hora fixada, no s'hi havia presentat ningú més i estàvem a punt de perdre l'aposta.

—Ei! Tu!
—Què passa!
—Aquesta bici, fora de la porta, que fa nosa.
Era el vigilant de Ràdio Barcelona. Un pam més alt que jo, uns quinze quilos més gros i no s'estava per orgues. Però jo no em deixava escridassar per cap esbirro amb ganes de gresca o sigui que (després d'observar per on podia sortir corrents) li vaig replicar (des de la distància) que si volia, me la podia penjar del nas mentre lliurava el paquet de Montoro Films. Va badallar i em va dir tot avorrit:
—El que vulguis, però la bici no pot estar aquí.
Haig de reconèixer que aquesta reacció em va agafar del tot de sorpresa.

—No m'emprenyo perquè avui és el meu aniversari —vaig fer, per si de cas.

—Quants en fas?

—Divuit.

—Per molts anys.

—Gràcies.

—I ara, per què no repenges la bici a l'arbre i tenim tranquil·litat i bons aliments?

Me'l vaig mirar i vaig fer-li cas, no valia la pena emprenyar-se. Vaig entrar, vaig lliurar el paquet i quan ja me n'anava em diu:

—Si fas divuit anys, ets de l'any 17, doncs...

—Sí, és clar, disset i divuit, trenta-cinc...

—No et facis el merda, t'ho dic perquè ara mateix estan fent un concurs. Hi demanen gent nascuda el 21 de setembre de 1917.

—I què hi donen?

—No res. Una copa de xerès i unes galetes, em sembla.

—Doncs que us bombin, garrepes, pocapenes...

Quan ja era al carrer m'hi vaig repensar. Amb l'excusa del concurs em podia estar més estona a la ràdio i fer-ho coincidir amb l'hora de plegar. Si tornava al magatzem encara eren capaços de fer-me anar a recollir alguna bobina... Cap endins falta gent!

A l'últim moment, quan en Gregori i jo ja ho donàvem per perdut, va arribar en Pere, amb aquells ulls blaus tan clars que quan et mirava et feia por i havies d'apartar els ulls perquè semblava que et volgués xuclar l'ànima. Anava en cos de camisa, amb el botó del coll descordat. Va arribar tot suat, amb rodanxes humides sota els braços i vaig pensar que li hauria pogut regalar un dels dessuadors de can Ponsich. Duia uns pantalons de vellut prim amb la boca de cada cama lligada amb un cordill, com una sandàlia d'aquelles dels romans que es veien als gravats antics. Ens ho vam quedar mirant i ell, que se'n va adonar, ens va dir tot enriolat que la seva feina era anar amb bicicleta, que es lligava els pantalons per no enganxar-se els baixos amb els pedals i que de vegades li feia mandra lligar-se i deslligar-se contínuament i que s'ho deixava posat. I que ja no li feia vergonya ni res.

Quan ja havia aconseguit de desviar del meu corbatí l'atenció de la noia, va aparèixer per l'estudi un noi corpulent i tirant a baix, amb la boca molt grossa. Era en Pere, arribat just a temps. Nostre Senyor entrant a Jerusalem no va ser més ben rebut.

I com em van rebre! Com el salvador de la humanitat! No és per dir-ho però aquell coi d'aposta es va guanyar gràcies a mi.

Allí em van presentar la Maria. Déu n'hi do, la noia... No li vaig treure l'ull del damunt mentre m'atipava de galetes i vi ranci. Era tot el que donaven perquè després va resultar que, com a premi, t'oferien d'enregistrar als seus estudis un disc dels de debò. A mi i als altres dos. Vaig preguntar si el que volien era que ens poséssim a cantar, però van aclarir que no, que es tractava de ficar-se davant d'un micròfon i explicar la teva vida: «Tres barcelonins de divuit anys.» Punyetes... I sense pagar ni cinc! De tota manera vaig pensar: Almenys, si és en un dia de cada dia ja m'anirà bé per fer mitja festa...

Després del concurs vaig estar fent tots els possibles per quedar-me sol amb la noia, però no vaig poder. L'altre, que era el nyicris d'en Gregori, s'enganxava com un musclo. Vam passar tota la tarda amunt i avall. Em sembla que en un parell d'hores vaig xerrar més que en els últims dos anys. A la fi, cap al vespre, la vam acompanyar a casa d'una amiga seva.

Les noies sempre m'han portat de cap. Per què negar-ho? Ja és ben cert allò que la vida t'ofereix les coses a batzegades. Un dia no tens res i l'endemà en tens massa. M'hauria deixat tallar una mà per la Lídia, hauria jurat que l'amor etern havia trucat a casa meva. Però vaig conèixer la Maria i tot jo em vaig capgirar de cap a peus, com un mitjó per recosir. Ja sé que això no deu ser del tot normal, però és el que em passa a mi.

Vam fer el programa de ràdio, que va ser molt animat i molt maco. I vaig pensar, llàstima de ser òrfena perquè això és d'aquelles coses que suposo que ha d'agradar de poder ensenyar als pares perquè en presumeixin. Ens feien preguntes de tota mena i cadascú responia segons li sortia: Coses personals, professionals, una mica com si fóssim una representació dels catalans de divuit anys. Van quedar-ne tan contents que allí mateix els de Ràdio Barcelona ens van proposar d'enregistrar un disc «per a la posteritat». Així mateix ho van dir. Només havíem d'explicar les nostres vides, com si fóssim artistes. «Catalans de divuit anys, 1935», es diria el disc. I em vaig sentir important i vaig pensar que els oncles estarien orgullosos de mi.

Tots tres ens vam caure molt bé. Vam anar a fer una volta i jo vaig dir que havia de trucar a la feina perquè depenien de mi per a una gestió… I en Pere, que em va estar tractant de vostè durant tres quarts d'hora, em va preguntar com era que, sent tan jove, ja manava.

I va posar-se a riure i la boca se li va obrir tota rodona i em vaig fixar que tenia uns llavis molt molsuts. També vaig trucar al restaurant i em van dir que l'Encarna s'havia emprenyat i se n'havia anat a casa seva.

Vam estar passejant i no sé com ni per què, però vaig fer la dona de món. Fins i tot en Pere, que em travessava amb la mirada, es va quedar impressionat. En Gregori, amb els ulls tristos, no va tancar la boca en tota la tarda (no pas per parlar, sinó de pur embadaliment), fins al punt que em vaig arribar a pensar que ho feia expressament i se'n fotia. Després vaig veure que no.

Ja feia estona que tenia el corbatí a la butxaca, masegat i arrugat. A la ràdio ens van fer preguntes, que qui érem, què fèiem, què sentíem precisament aquell dia, que fèiem tots tres els divuit anys... Vam dir que, de ben segur, ens portaria molta sort. Ens van fer sentir molt especials. I perquè quedés per a la història, i també com a premi, ens van convocar per a quinze dies més tard: Enregistrarien un disc amb les nostres vides! Ni tan sols calia que fos un relat sencer. Podíem explicar el que més ens vingués de gust. Em va semblar fabulós. Molt més quan van prometre que ens regalarien una còpia del disc a cadascú.

Va ser un dia rodó: Després de la ràdio vam estar hores donant voltes, xerrant i xerrant. Des de Ràdio Barcelona vam anar fins a la Rambla, vam baixar fins al port, ens vam riure de les parelles d'enamorats a l'escullera, vam mirar les gavines llançant-se en picat sobre les boies, vam caminar fins a la Barceloneta, vam remullar els peus al mar, vam tornar a la Rambla... A les onze de la nit tocades vam anar a parar al Núria, morts de fam. Era ple i vam haver de fer cua per treure de la màquina automàtica (la dels productes pujant i baixant en una mena de muntaplats) uns sandvitxos de panet de Viena. Tots tres estàvem eufòrics. D'ell vaig saber que es deia Pere Cros Bultó, era de Ripoll, i no veia mai la seva família. Militava al Bloc Obrer i Camperol. Feia de mosso de bicicleta per a una empresa de distribució i exhibició de cinema. Explicava que, de vegades, fins i tot havia de dur pel·lícules a cinemes dels voltants de Barcelona, cosa que a mi, que no havia fet esport en ma vida, em va deixar parat. Ella, no sé com dir-ho: Semblava una veterana en les coses de la vida. En totes. Ens va estar comentant les seves experiències de noia amb mentalitat independent. Era òrfena i vivia amb uns oncles. Feia d'administrativa en una botiga, pensava independitzar-se i, a més, comprar-se un auto per poder viatjar sense dependre de ningú. Era espavilada, àgil i desimbolta en el tracte, tant amb els homes com amb les dones. I deia coses com ara:

—He tingut un embolic amorós recentment...

Jo, que el màxim afer amorós de la meva vida l'havia tingut amb mi mateix (si exceptuàvem el curt romanç amb la noieta esperantista), no acabava d'entendre-la, però em fascinava escoltar-la. I no m'entrava al cap que tingués la mateixa edat que jo. La camisa no em tocava al cos.

Tenia els dos nois al davant, mirant-me, i xerrava i xerrava, i mentia, i les paraules i els pensaments em sortien a raig. Per dins, estava com un flam. Vaig adonar-me que estava imitant l'Encarna! Els estava dient coses com ara que havia tingut un embolic i que un embolic sentimental no era el mateix que tenir un promès. Estava espantada de mi mateixa i, per sort, cap dels dos no va gosar dir-hi ni piu. Només al final, en Gregori va demanar-me, com si fos una experta, si un «embolic» acabava convertint-se en «promès». Jo li vaig dir que no.

—Per què?

—Per «hache» o per be —va dir en Pere, fent-se l'home de món.

Ens el vam quedar mirant a veure si ampliava la sentència, però com que no ho va fer, els vaig assegurar que, segons la meva amiga, això no és l'important. Ho és molt més que, si ho deixes córrer, te'n surtis més o menys sencera...

Només per la cara que em van fer, ja havia valgut la pena.

Em van acompanyar a ca l'Encarna.

Al final, el vigilant de Ràdio Barcelona i jo encara ens vam fer amics. Va resultar que era simpatitzant del BOC, cosa que em va anar de perles. Vaig deixar la bici guardada a Ràdio Barcelona mentre me n'anava amb la Maria i en Gregori a fer un tomb.

—No la perdis de vista que tinc una feina urgent —li vaig dir mentre li feia l'ullet tot indicant-li amb el cap la direcció de la Maria.

Res de res. Tota la tarda amunt i avall i ells dos xerrant sense parar. Estava un pèl emprenyat per no haver aconseguit de quedar-me sol amb la Maria i ho va pagar en Gregori, un cop vam haver-la deixat a casa d'una seva amiga. Ja ho he dit, era un nyicris. De cop i volta li vaig preguntar si ja havia sucat el melindro, per veure què deia. Se'm va posar a murmurar i no el vaig entendre.

Després d'acompanyar la Maria, en Pere i jo ens vam quedar sols al carrer sense saber què fer. A la fi, vam intentar de mantenir una primera conversa d'«home a home» més o menys llarga anant cap a la seva parada del tramvia (havia de tornar a Ràdio Barcelona a buscar la bici) tot i que la meva es trobava en sentit contrari.

El més excitant que vaig arribar a explicar-li va ser com havia aconseguit d'estudiar esperanto d'amagat de la meva família. Em va mirar estranyat.

—Esperanto? Això és cosa de... —jo pensava, segur que ara dirà «de marietes». Però no. Va dir irònicament—: ...d'anarquistes. I per què serveix?

—És una llengua inventada per a la comunicació internacional.

—No em perdo res, no penso anar enlloc.

—I si ve algú?

—Ja s'espavilarà. Per què no em dius qualsevol cosa en esperanto?

—*Mi amas la virinon.*

—Què vol dir?

—Jo estimo la dona.

—Quina dona?

I tal com em va mirar vaig entendre que a ell també li havia agradat la Maria. Vaig fer l'orni:

—Cap en concret, és una frase qualsevol.

També és mala sort, coneixes dues persones de Barcelona nascudes el mateix dia que tu i l'una és una lliure «estimadora», lliure pensadora sufragista i l'altra, un revolucionari ciclista que sembla un gall de corral.

—I molt bé, d'acord, encara no m'ho he fet mai —vaig admetre-li de mala gana.

—No t'amoïnis... —em va dir amagant el riure sota el nas.

—Qualsevol diria que n'hi ha per suïcidar-se...

—No t'ho agafis així... Mira, ja ve el tramvia...

Vaig fer un cop d'ull a la parada i hi havia tres persones esperant.

En Gregori feia una cara semblant a la d'alguns artistes de cine, de drama. Quan el tramvia ja s'acostava li vaig dir:

—Espavila't, que si no ho aprofiteu ara, que les dones s'alliberen i demanen l'amor lliure i totes aquestes mandangues, ja em diràs quan us ho fareu...

—I per què ho dius en plural?

—Perquè parlo de la gent com tu. Segur que ets d'algun grup catòlic...

—Ara mateix no.

—O sigui, que abans sí! Quan fem la revolució, us pelarem a tots.

—A mi? Per què?

—És broma, home…

Era d'aquella mena d'intel·lectualets que tant m'agradava burxar. Vaig pujar a la plataforma del tramvia i li vaig deixar anar:

—Ja et van explicar, els capellans, que la mare de Déu va tenir tres o quatre fills? Doncs sí. I com aquesta, te'n podria dir cinquanta mil.

—I tu com ho saps?

—Miro d'estar informat per tal de poder deixar en evidència la gent com tu. Si vols, quedem i t'explico les contradiccions de la Santa Mare Església…

—Quan vulguis! —em va respondre tot gallet—. Adéu!

Adéu i vés que et bombin, vaig pensar.

Tot pujant les escales de ca l'Encarna em va anar tornant la vergonya que no havia tingut uns quants minuts enrere. Vaig trucar i ningú no em va respondre. Vaig seure a la porta una bona estona per vergonya i por de baixar i trobar-me'ls al portal.

Un cop a la pensió, vaig trobar el senyor March dormint amb el cap sobre l'hule. No sé per què però el vaig sacsejar fins que es va despertar. Quan va obrir els ulls sense entendre res, li vaig deixar anar, sec com una mala cosa.

—Avui he fet els divuit. Digui'm per molts anys.

—Què?

—Que em digui per molts anys, collons!

—Per molts anys. I no cridis tant, que em fas mal de cap.

I me'n vaig anar a dormir.

Quan vaig arribar a casa, m'esperava un pastís amb divuit espelmes desfetes damunt. No me n'havia recordat més. Els meus pares m'esperaven tots dos, morts d'ànsia. Era força tard i no hi estaven acostumats. Em va saber greu. Em vaig disculpar tant com vaig poder. Eren bona gent. El pare estava emprenyat de debò. Va esbroncar-me, deia que si pel fet d'haver complert els divuit anys ja em pensava que podia fer el que em donés la gana. Mai no l'havia vist d'aquella manera. Parlava dels drets i els deures i tot això. I que la cosa de la «clau i el duro», un se l'havia de guanyar a còpia de confiança, etc., etc. La mare no deia res, d'una manera més expressiva que deu crits de pena. Tot plegat era tan exagerat que a la fi ho vaig entendre de cop: Es pensaven que havia esperat als divuit per anar-me'n al Brasil a trobar l'avi i el besavi. Vaig deixar que el pare s'esbravés i que la mare es calmés. Els vaig explicar com havia anat la cosa. I que em perdonessin. Encara vam acabar fent un ressopó amb el pastís i una mica de vi ranci.

—I com que una cosa no treu l'altra: Per molts anys, Gregori! I quan dic per «molts» anys, sé per què ho dic, collons —va fer el pare.

I se'n va anar tot remugant:

—Toquem fusta...

I ma mare:

—Octavi, no diguis *collons*.

Ja m'havien perdonat. Ser d'una família catòlica té aquests avantatges. Igual que pots sortir al carrer, fer la més gran de les malifetes, anar al capellà i ser perdonat gràcies al sagrament de la confessió, a casa, a una altra escala, s'esdevenia igual.

2

La setmana següent me la vaig passar pedalant ben despistat. Tant, que me'n vaig anar a passejar amb la Maria el mateix vespre que uns companys m'esperaven en una festa que havien organitzat per celebrar la fundació d'un nou partit, el POUM. Es veu que em van fer buscar tots espantats pensant que m'havia passat alguna cosa. Encara no feia un any dels fets d'octubre i, com que se n'acostava l'aniversari, van témer que algú hagués volgut celebrar la data per endavant repartint una mica de llenya als qui ens hi havíem significat (que jo m'hi havia significat ho deien ells, pel meu accident, i jo continuava sense voler esguerrar-los mai la il·lusió). L'endemà, quan van veure que m'havia saltat la fundació del POUM per culpa d'una noia, es van emprenyar tant que van retirar-me l'amistat una bona temporada. Ni me'n vaig adonar. Gràcies a això em van estalviar la llauna del nou partit. Jo, que m'havia afiliat al BOC per amistat amb en Ferro Peris, no em vaig afiliar al POUM per mandra, perquè hi havia la Maria que m'interessava més i perquè en Ferro Peris no hi era. Quan tornés ja m'ho diria ell, si m'hi havia d'apuntar o no. Si tornava...

La setmana següent de coneixe'ns em vaig presentar per sorpresa a ca la Maria. Ens havíem intercanviat les adreces i no pensava desaprofitar-ho. Va resultar que era una mena de fonda. Vaig entrar-hi i vaig demanar per ella pensant que m'havia equivocat. Però no. La mestressa va començar a somriure'm i a dir-me que un moment i que qui la demanava. La cara que va fer la Maria quan em va veure va ser digna de veure. Era dissabte al migda i estava servint taules. Em va convidar a una orxata allí mateix. La mestressa no ens treia l'ull del damunt, va resultar que era la tia. Va dir-me que tenia feina i pràcticament em va fer fora, això sí, amb molt bones paraules. Va esperar-se al portal fins que no em vaig haver lligat els baixos dels pantalons amb el meu cordill i no vaig haver pujat a la bici.

—T'agrada, oi, anar amb bici?

—Que si m'agrada? No faria res, sense! Sóc en Pere de la bici! Mira com me l'estimo!

I amb un genoll a terra vaig fer-li un petó ben sorollós al seient només perquè ella rigués, ja que si no reia semblava un pèl massa seriosa. Vaig pujar-hi, vaig fer-li un parell de timbrades d'adéu i me'n vaig anar mentre ella em contestava amb la mà. Tenia raó: La bici era la meva vida. Gràcies a ella, per primer cop tenia durícies a les mans, cosa que em servia per recordar el pobret Ferro Peris i somriure pensant com l'arribaria a mortificar amb aquesta qüestió quan ens retrobéssim. A més, no és per dir-ho, però per la barra de la meva bici ja hi havien passat alguns dels culs femenins més macos de tot Barcelona.

Sempre em passa igual: Quan començo a tractar una noia que m'agrada, em moro d'impaciència. L'hi explicava al senyor Eugeni i ell no em volia escoltar perquè aquestes qüestions l'avorreixen; despista, aixeca el pot amb el seu dit i passa un drap humit per damunt de l'hule de la taula. Tot i amb això, va dir:

—Frises. Si entreveus que una cosa o una persona et pot fer content, frises. Ja ho diu la paraula: *Frises!* Significa que t'impacientes perquè tens a l'abast la possibilitat d'estar con-

tent, encara més, de ser feliç. Ensumes com s'acosta la felici-
tat i et poses content! I comences a saltar amunt i avall com
una moneta! I emprenyes els vells com jo que no t'hem fet
res...

El senyor Eugeni, tan net, tenia raó: Amb l'alegria, no em
puc estar quiet, el cap se me'n va en mil projectes, intento can-
viar de manera de fer però no me'n surto. Sempre em passa
igual i em vaig posant cada vegada més nerviós. I si és amb
una noia, miro de cremar etapes com sigui, de fer drecera cap
al meu objectiu.

—Ja t'hi fixes? —em deia la tia mentre em mirava amb un
posat estrany.

I jo li deia que més que mai i ella somreia i em tractava de
descarada i deia que me n'aprofitava perquè només era la
meva tia i no pas la meva mare. I ho feia perquè hi anés i li fes
quatre moixaines per demostrar-li que continuava sent la nena
que ja no era.

Perquè la tardor de 1935 va estar tan plena de coses que em
sembla increïble que em passessin a mi. Amb en Gregori i en
Pere ens trobàvem tot sovint i, normalment, fèiem cap a una
taverna del carrer Ample. Jo era sempre l'única dona i em
miraven tot i que la majoria de clients eren obrers d'esquerres.
Un vidrier anarquista em va dir que una cosa era la revolució i
una altra de molt diferent que les dones comencessin a anar
per les tavernes. El pobre no sabia que era una noieta acostu-
mada a tractar ferroviaris i traginers. I l'*escola de la vida*
m'havia ensenyat a no callar i a contestar. Tothom es va que-
dar de pedra, començant pel Pere i en Gregori. Uns obrers del
moll que no donaven un instant de repòs al porró em van
aplaudir i tot. M'hauria hagut de veure, la tieta. Jo, que tenia
por de tot perquè era una pobra òrfena i havia de fixar-m'hi
molt, fent mítings a les tavernes!

Una mica mones per la ferum espessa que venia d'unes tines gegants de vi que hi havia, ens ho explicàvem tot. Jo era capaç de qualsevol cosa i els repetia punt per punt alguna de les últimes discussions sobre els homes que havia tingut amb l'Encarna, per posar-los nerviosos. Una vegada, després de demanar permís prèviament al taverner, vaig arribar a fer-los amb guix sobre la pissarra dels preus un esquema amb les primeres reivindicacions que plantejaria si mai em feien ministra i podia lluitar pels drets de les dones. Llavors en Pere, per no ser menys, deia que tot allò era fer volar coloms, que no tenia base, i es posava a explicar-nos quina doctrina defensava amb els seus companys. I es notava d'una hora lluny que s'ho havia après de memòria només per fer-se el merda amb nosaltres. Però, com que sempre acabava embarbussant-se, havia de treure, tot avergonyit, un paper arrugat de la butxaca i ens ho llegia:

—L'economia té un paper fonamental en la determinació dels fets històrics, polítics i socials —feia, tot seriós.

—I jo que tota la vida he estat un inútil per a les qüestions econòmiques... —el tallava en Gregori amb un somriure.

—Una cosa no té res a veure amb l'altra —insistia amb poca paciència—. Ja hi ha companys especialistes que hi entenen. Vosaltres, l'únic que us heu de ficar al cap és que la història de qualsevol societat que hagi existit fins avui és la història de la lluita de classes!

Quan arribava aquí ja el tallàvem definitivament i li dèiem que callés que ens estàvem adormint. I llavors sortia en Gregori amb alguna idiotesa de les seves, com ara l'intent de convence'ns amb arguments que la semblança entre els mots esperantista i espiritista no era casual. O ens deia que estava estudiant no sé què de la càbala, una cosa tota misteriosa i espiritual, que feia por i tot. O ens parlava d'un tal Cleofàs, que es veu que era una mena de predicador que el tenia enlluernat.

I a mi m'agradava estar amb ells, cadascú amb les seves coses.

En Gregori era més innocent. En Pere era més insistent i em va començar a anar al darrere perquè jo li agradava. Bé, a en Gregori també li agradava, però només en Pere m'enviava cartes d'amor, em regalava flors...

Sempre igual, quan aconseguia de quedar amb la Maria, automàticament, deia que per què no anàvem a buscar en Gregori i sortíem tots tres. Per sort, de vegades no era possible. Com aquell vespre: Acabava de pagar l'últim termini de la bici i estava tan content que només se m'acudia de celebrar-ho amb ella. Vaig esperar que plegués i quan va sortir de la botiga em va trobar plantat esperant-la. Vaig dir-li que havia passat per allí per casualitat i, ja que hi era, que m'havia aturat a veure si sortia, i que si volia la podia convidar a un cafetó, que tenia una cosa a celebrar. Però, per si de cas, vaig afegir ràpidament:

—Si tens pressa, podem fer només una passejadeta, o et puc dur a casa amb la bici...

Havia d'anar a comprar no sé què en una merceria i l'hi vaig acompanyar.

—Però amb això de treballar amb les coses del cine, no t'has trobat mai amb cap artista? —va dir-me mentre caminàvem.

—I tant! —li vaig mentir—. Una vegada, vaig dur una comanda a les oficines d'un productor i em van fer passar al despatx a lliurar-la personalment. No diries mai qui hi havia!

—Qui?

—La Irene Dune!

—Però si no ha estat mai a Barcelona.

—Es veu que va ser una visita molt privada... Ja m'entens...

—Ah... I què?

—No res... Tibada com si li haguessin ficat un bastó a l'esquena.

—Vols dir que no t'ho inventes?

—Si no era la Irene Dune, s'hi assemblava com dues gotes d'aigua...

Es va posar a riure. Per no quedar com un mentider vaig dir-li que, de tota manera, un any i mig enrere havia vist els Fairbanks, pare i fill, quan van visitar Barcelona.

—I vas conèixer el Douglas Fairbanks?

—El pare o el fill?

—No ho sé... El pare?

—No.

—I el fill?

—Tampoc.

—Pere!

—Ei, no t'enfilis, que els vaig dur un ram de flors a l'hotel de part de l'empresa! El recepcionista em va deixar estar amb ell. Vaig tenir un moment els Fairbanks al davant, tal com et tinc ara a tu...

Va tornar a somriure. No em va deixar que la convidés a res i després de fer l'encàrrec a la merceria va dir-me que se n'havia d'anar a casa.

—Deixa'm que t'hi porti, almenys.

I ella:

—Impossible. No penso pujar a la bici d'un xicot que ni tan sols no porta gorra.

—Ni en els dies més freds de l'hivern, n'he portat, però toca, toca, amb el fixador és com si portés un casc de bomber!

I ella em va picar al cap com si truqués a una porta.

Vaig dur-la amb bicicleta a casa i no em va convidar a passar ni a prendre cap orxata perquè la seva tia, com sempre, no ens treia l'ull del damunt. Ens vam acomiadar amb un petó d'amics i vaig pujar a la bici d'un bot.

Anava de corcoll! Vinga, cop de timbre: *Carring, carring!* Deixeu-me pas que vinc amb la bici! *Carring, carring!* Fora del meu camí, que vinc! Pas que vinc! Pas que vinc! *Carring, carring!*

Estava eufòric. Vaig arribar a la pensió i només entrar-hi li vaig etzibar al senyor Eugeni:

—Ja sóc tot un capitalista fastigós!

—Capitalista? I quin capital tens? —em va dir amb la veu pastosa pel conyac.

—Una bicicleta. La bicicleta. Menys les alforges i el portapaquets, és tota meva, del primer a l'últim cargol. Acabo de pagar-ne l'última lletra.

—Llavors no ets cap capitalista. Només ets un petit propietari, una merdeta de propietari, un merda seca de propietari d'una miserable merdeta, que és molt diferent.

Al senyor Eugeni l'hi perdonava tot. Era com el meu pare de debò. Què cony havia volgut dir? Em posava negre, aquell home, sempre parlant amb enigmes. Aquell vespre, però, ni els vells més funestos m'amargarien la vida.

Un cop a la meva habitació vaig intentar concentrar-me. Encara no coneixia prou la Maria i comportant-me d'aquella manera segur que l'espifiava. Calia ser més prudent. Era això: Si tenia prou paciència, me'n sortiria, encara que fos a poc a poc i gràcies a mil petits detalls: somriures, petites atencions, flors… Tot allò que no se m'acudiria mai i al corcó d'en Gregori, sí.

Entre setembre i Nadal vam sortir junts moltes vegades, per separat o tots tres. Un dia es presentava en Pere a casa per preguntar-me qualsevol cosa i acabàvem parlant de la Maria. Un altre dia, jo anava a buscar-la a la sortida de la feina i acabàvem parlant d'en Pere. Hi havia dies que sortíem tots tres a fer el vermut i anar al cinema, ja que gràcies a ell hi entràvem gratis. Era un bon avantatge. En aquella època vaig veure més cinema que en tota la meva vida. El desavantatge era que no podies triar, ja que les invitacions eren per a pel·lícules concretes i en dates concretes. Però tant se'ns en donava, ens ho passàvem de pel·lícula. A mi, de vegades em feia l'efecte que ells es veien tots sols, però, com que no en deien res, jo no en pensava res. I així anàvem fent.

A més, veient-los tots dos, gairebé emancipats, tan independents i amb feina, em moria de vergonya amb la meva vida de senyoret. Per això, per no acabar de perdre del tot la pròpia dignitat, vaig decidir posar-me a treballar. Els pares van accedir-hi a canvi de la promesa formal que allò no afectaria per a res els meus estudis. Ja veus, una promesa, que poc que costa de fer... En el fons, intuïen que una feina, per petita que fos, esdevindria una anella més de la cadena de la vida que em lligaria a la normalitat, evitaria somnis ultramarins carioques i em faria tocar de peus a terra.

—I aquesta feina que vols fer, ja la tens o l'has de buscar? —em va preguntar el pare fent-se el distret, com aquell qui no vol la cosa.

—Ja la tinc, d'escrivent. Un company de la universitat se'n va a fer el servei i m'ha dit si la vull agafar mentre és fora.

—Escrivent? Magnífic! Al bufet d'un advocat, potser?

—No, a la Rambla. És memorialista.

—Vols dir aquells que hi ha a la Virreina?

—Sí. No es guanya gaire, però...

—Té collons, la cosa...

Vam mirar tots dos a ma mare, però no va dir res. Quan estàvem a punt de reprendre la conversa, va dir:

—Octavi, no diguis *collons*.

Vaig aprofitar per respondre al meu pare amb la màxima naturalitat:

—Gairebé és un servei públic, la majoria de clients són analfabets... Necessiten algú que els escrigui les cartes i els documents...

—En una barraca...

—És més còmoda del que sembla a primer cop d'ull.

—Déu meu, fes el que vulguis...

Vaig comptar les barraquetes i no n'hi havia tres, sinó quatre. I ni tan sols em va tocar la número 3, sinó la 2. Va ser així que m'hi vaig instal·lar amb els meus fulls, el meu tinter, el meu paper assecant i el meu manual de correspondència comercial del senyor Rafel Bori, que era l'aspecte de la nova feina que menys tenia sota control. I amb la moral ben alta. Tan alta, com diminutes eren les barraques on es treballava. N'hi havia quatre, de fusta, l'una enganxada a l'altra, en un sol bloc. O sigui que compartien parets mitgeres. Hi cabien, arrupits o asseguts, tant el que dictava com el que escrivia. Per posar-se drets i endur-se el material i pagar havien de sortir fora. Quan m'hi vaig instal·lar, em vaig adonar que els companys de les altres tres barraques feien cara de passar tanta gana com el company de la universitat que m'havia traspassat la feina. Eren de mitjana edat, tots amb família.

De seguida vaig tenir-hi la mà trencada, ja que la majoria de clients eren minyones que escrivien als pares, al poble, o xicots que feien el servei militar i escrivien cartes d'amor a les promeses.

Passava una estoneta a la barraca de bon matí, abans d'anar a classe; al migdia, una altra estoneta, i al vespre, una estoneta més. Dissabtes i diumenges, unes quantes hores seguides. No era gaire competència per als meus companys, doncs.

Vaig pensar que potser m'agradaria ser escriptor, per poder descriure la meva amiga.

Una vegada vaig quedar amb en Gregori per anar a dinar. El vaig anar a buscar a la biblioteca de la Universitat. Me'l vaig trobar, enmig d'una cinquantena més d'estudiants, envoltat de tres o quatre llibres oberts i prenent apunts. Li vaig preguntar si tenia exàmens i em va dir que no. I quan li vaig preguntar què estudiava, em va respondre:

—Res concret, quan no tinc res especial a fer estudio coses que m'agraden.

A mi, com una bleda, se'm va acudir de demanar-li si li servia d'alguna cosa. Va fer-me una mirada d'aquelles que no desitja rebre cap mortal que vulgui ser considerat racional. I tot seguit va dir-me:

—I què, si són útils o inútils? No ho faig pas segons la seva utilitat.

No cal dir que el to va picar el meu orgull. Li vaig replicar, tota descarada, amb el to que havia après a La Paella de Cullera, que no fos tan orgullós i tan poc solidari.

—Per què?

Li vaig dir el primer que se'm va acudir: Que qui podia estudiar tenia l'obligació de fer-ho per tal d'ajudar el món a progressar, que tenia l'obligació de fer un ús profitós dels seus estudis i que no tingués por, que també podia esbargir-se pensant coses útils, que no pas per això serien menys valuoses.

—Déu n'hi do, el discurs. Felicitats. Però crec humilment que ja n'hi ha prou, de gent pensant sempre en coses útils. De tant en tant, és bo que gent com jo ens entretinguem en les coses més inútils, que, tot sigui dit de pas, ens hauran proporcionat una molt bona estona! Vols que continuem discutint o et presento el catedràtic de metafísica perquè t'hi entenguis directament?

Li vaig respondre que no calia i va començar a fer-me pessigolles i ja va estar. La veritat és que em feia passar una mica de vergonya, tan saberut.

I anàvem a dinar i comentàvem les últimes novetats en el camp de la moda o m'explicava anècdotes d'ell mateix o de la seva família, que semblaven tots grillats.

Quan quedàvem tots tres, sempre hi havia un moment o altre que els sorprenia mirant-me de cua d'ull. Els ulls de serp d'en Pere semblaven dir: Sé perfectament què hi ha sota la brusa i caurà a les meves mans com fruita madura. Els ulls tristos d'en Gregori, en canvi, semblaven dir: No sé què hi ha sota la brusa, però m'ho imagino i m'agrada tant que tinc por de tocar-ho i que es faci malbé.

Un dia, en Gregori, que era una mica supersticiós, ens va dir que havia consultat amb una bruixa la nostra situació. Era una curandera que veia passar tot sovint des de la seva garita d'escrivent. Una vegada, a canvi d'escriure-li una carta, li va pronosticar el futur. En Gregori s'ho creia:

—La dona va llençar tot d'ossets d'una bossa de cuiro. Va separar-ne uns quants i, després d'examinar-los, va dir-me que el número de la meva vida era el tres. No ho veieu?

Tant en Pere com jo vam fer cara d'estranyats.

—I què? —va fer ell.

—Nosaltres som tres.

—No sé si és bo o dolent, això…

—Per què?

Santa innocència, vaig pensar. En Pere, que no suportava que en Gregori tingués el protagonisme de les converses més de dos minuts (ni en Gregori ni ningú), el va interrompre:

—I ja ho saben, a casa teva, amb tant de ciri i tant rosari, que vas pel món consultant bruixes? Te n'aniràs a l'infern!

—I tu te n'aniràs a la merda! I em va dir més coses, però ara us quedareu sense saber-les!

—Som gent de poca fe!

—I de molta cara dura, que mentre jo xerrava t'has acabat totes les olives i les anxoves.

I així anàvem fent.

Va haver-hi un moment que em va semblar que la Maria no volia saber res de mi. No se m'acudia el perquè. I tot i que em va costar, vaig pensar que potser l'escarransit d'en Gregori me'n podria dir alguna cosa.

EL FIL DE PLATA 101

De vegades passava per la Virreina i me'l veia allí ficat, en aquelles casetes diminutes, com si fos un ocell engabiat. Si ja gairebé en feia la cara, de pardal, ara encara més. Un dia, cap al vespre, m'hi vaig acostar i encara hi era. Li vaig demanar que m'escrivís una carta ben polida adreçada a la companyia fabricant de la meva bici (els feia tot de propostes comercials que jo considerava francament insuperables). A canvi, el vaig convidar a fer uns vinets i al cinema. No es podia pas queixar... Mentre recollia les seves coses i tancava la barraqueta, em va dir:

—I tu et dius comunista?

—Per què?

—Home, la carta que t'acabo d'escriure la signaria el mateix president de la cambra de comerç...

—No em vinguis amb jocs de paraules. Què cony t'empatolles?

—Jo, almenys, no me n'amago. No vaig pel món presumint de proletari i a la mínima em poso a escriure cartes als patrons de les fàbriques.

Quan ja em pujava la mala llet em vaig adonar que només m'estava burxant. Em vaig calmar, li vaig fer un somriure i li vaig dir:

—Estimat i espavilat amic: Una cosa no té res a veure amb l'altra... Tens un problema i és que rumies massa.

—Això era abans. Ara no tant. He conegut una persona que m'ho estalvia. Només haig d'escoltar-la.

—Ho veus? Ja ho sabia, que t'agradaven els sermons... Com es diu, el mossèn?

Va dubtar un moment i em va dir:

—Cleofàs.

—Mossèn Cleofàs? Quin nom més ridícul!

Els altres companys de la Virreina van treure el cap per veure en Pere, esperant fora la barraqueta que li escrivís la carta. No era habitual trobar-t'hi un ciclista amb bicicleta i tot, fent cua. Quan li vaig tenir acabada la carta, en Pere va convidar-me al cinema. No en recordo ni tan sols la sala. Mentre hi anàvem, no parava de burxar-me l'orella amb les seves proclames més o menys comunistes. Potser es pensava que m'espantava. Li responia que a mi, la política no m'interessava, que en aquell moment no m'interessava pràcticament res, en general...

—Això és impossible... Encara està calenta la dimissió de l'excel·lentíssim senyor alcalde de Barcelona, diuen que estava implicat en l'escàndol de l'estraperlo... No et provoca res, això?

—No.

—Ara mateix, el partit comunista acaba de proposar la formació d'un front popular, no et diu res tampoc?

—No.

—Collons, sembla que tinguis aigua a les venes, en comptes de sang. Tothom creu en alguna cosa!

—Tens raó, jo crec en el senyor Cleofàs...

I li explicava que el senyor Cleofàs era una mena de Déu fet home ja que ho sabia tot de totes les coses i de tothom.

Era nit tancada i vaig trucar als meus pares perquè no es pensessin que me n'havia anat al Brasil.

Vam començar a passar cap al cinema (ja he comentat que no em costava gens de convidar-hi la gent perquè no pagava mai). En Gregori no semblava gaire engrescat i jo no sabia com fer-m'ho per preguntar-li per la Maria.

En vam veure una de guerra que jo ja havia vist. A la sortida vaig dir-li d'anar a fer uns vinets. I ell agafa i diu:

—És tard...

—Escolta, que t'acabo de convidar al cine!

—I jo t'he fet una carta!

Va acabar acceptant a canvi que no li parlés més de política. Vam seure en una taverna. Eren quarts d'onze ben tocats. I m'anava explicant no sé quines coses de la universitat i jo no l'escoltava. Me'l mirava. Potser era del ram de l'aigua.

Alguna cosa rosegava en Pere per dintre i no acabava de concentrar-se en el que feia. Un cop a la taverna i després d'una estona de veure que no em feia cap cas, vaig dir-li que me n'anava. Es va revifar de sobte i una altra vegada igual: Que ni parlar-ne. Jo, emprenyat, que havia consentit d'allargar la vetllada perquè pensava que em volia confessar alguna cosa, vaig contestar-li que me n'aniria quan em donés la gana. Ell va posar-se a riure i va deixar-me anar:

—Sempre ets tan dramàtic, sembles una pel·lícula.

No vaig saber què dir-li.

Tot seguit va arromangar-se la camisa, va clavar el colze a la taula i va dir:

—Què t'hi jugues que no em guanyes?

O sigui, que li calia una prova de força física? Doncs molt bé. Sense dir res vaig col·locar-me un braç darrere, vaig apuntalar bé el colze de l'altre braç sobre la taula i vaig oferir-li la mà. Més que agafar-me-la, va engrapar-me-la. Un segon abans de començar a fer força, ja amb cada mà nostra tancada sobre la de l'adversari, vaig adonar-me que tot ell, el seu cos, el seu esforç, em volien fer present que em podia fer mal. Potser necessitava fer-me mal. Vaig mirar amunt i vaig veure unes tines de vi. Les vaig comptar: N'hi havia tres. No me'n vaig adonar i ho vaig fer en veu alta.

—Què collons fas? —em va dir en Pere, amb la cara vermella.

—Compto —vaig respondre.

—És una tàctica per distreure'm?

—No...

I va callar. Va forçar la màquina i em va estampar la mà contra la taula.

Li vaig proposar de fer un torcebraç i en Gregori va arronsar les espatlles i, curiosament, va dir que sí a la primera. Vam seure, vam posar els colzes sobre la taula, ens vam agafar les mans i vam començar a fer força. Tot de gent, a la taverna, es va situar a l'entorn. Notava la meva mà, forta i dura d'anar amb bicicleta hores i hores cada dia, aixafant la seva, que semblava de nata. Li vaig dir:

—Que em notes els músculs?

I ho vaig fer perquè me'ls mirés i així poder saber si era marieta. Va fer-ho: No era marieta.

Va aprofitar per retorçar-me el canell. Era trampa, però ni així no em podia guanyar. Era impossible.

—Vés-te'n a la merda, marieta trampós! —li vaig dir. I vaig fer una mica més de força i li vaig fer espetegar la mà contra la taula.

Es va aixecar i va sortir. Li vaig anar darrere.

Anàvem caminant. Esperava que en Pere, després de la seva exhibició de potència, estigués més calmat i em deixés tranquil. Venia darrere meu tot xiulant una melodia de moda. Va posar-se a la meva alçada. Les llambordes estaven humides i brillaven. M'hi vaig fixar perquè va començar a donar-me copets de mà a l'esquena, amb el mateix ritme de qui tranquil·litza un gos, i això m'obligava a acotar el cap. El pobre, volia ser bon company ó i no se'n sortia. Alhora notava la seva agressivitat amagada.

El vaig aturar i em vaig posar en posició de boxa, de cara a en Gregori. Li deia:

—Pega'm, pega'm...

I jo li deixava anar els punys sense tocar-lo. Li deia:

—Jo sóc l'Uzkudum i tu l'Schmeling... Pega'm! I sense fer trampes.

No em feia cas, de manera que vaig començar a tocar-lo a la cara amb la mà oberta. En Gregori s'ho deixava fer, però s'anava emprenyant cada cop més. Després vaig començar a picar-li les espatlles i a cada cop el feia trontollar enrere. Ell s'hi tornava però jo feia una finta i l'esquivava. No hi ha res que emprenyi més que algú, davant teu, et vagi picant una espatlla insistentment. Quan ja el vaig tenir a punt de l'atac de nervis, vaig fer-li una demostració de com fer-lo caure ràpidament a terra. Era una clau que m'havia ensenyat l'acomodador d'un cinema. Allò ja no ho va poder suportar. Va posar-se a cridar que el deixés en pau i em va clavar una empenta. Vaig arrencar a córrer, com si li tingués por. Deixava que em perseguís i, quan estava a punt d'agafar-me, corria més i el deixava enrere. A la fi em vaig cansar i em vaig aturar. Ell també, tots dos esbufegant com dues velles.

—T'ho has passat bé, oi? —vaig dir-li, vermell i panteixant com un gos—. Doncs si no tens cap exhibició més a fer, adéu!

Llavors va fer la pregunta clau:

—Saps res de la Maria?

—No. I si ho sabés, tampoc no t'ho diria.

Em vaig venjar d'ell de la manera més absurda. Li vaig dir que sabia que tota l'estona havia estat esperant a fer-me la pregunta, que si es pensava que jo era imbècil i no me n'havia adonat i que sí que en sabia coses, de la Maria, i moltes. Però que no pensava dir-n'hi ni una.

Em va engegar a pastar fang i el vaig sentir com m'insultava mentre m'allunyava.

A uns cent metres em va cridar, però no em vaig aturar.

Estava rabiós. Quan em mirava la Maria, pensava: No sóc especialment púdic ni virtuós. Per exemple, conec relativament bé què se sent quan engrapes un pit a una noia. Però és clar, és un peix que es mossega la cua: Com que en Pere tenia més experiència sexual que jo, em tocava passar per púdic, però no podia deixar de passar per púdic si no m'oferien la possibilitat d'augmentar l'experiència sexual. Per a la Maria era l'amic perfecte (i eunuc), per a en Pere (que sabia que jo em veia de tant en tant amb ella) l'espia-eunuc gens perillós (i asexuat). Em vaig ficar al llit amb tota la mala llet (eunuca) del món. En Pere sabia el que volia i lluitava i patia per aquesta circumstància. Jo no sabia res de res (eunucament), per variar. Hauria de decidir-me i demanar al senyor Cleofàs que m'admetés de deixeble (eunuc).

Mentre tornava enrere a buscar la bicicleta comptava mentalment els dies que feia que no veia la Maria. Més de quinze. També vaig pensar que, la veritat, en Gregori no era tan pelma.

A la pensió encara hi havia claror a la cuina. El senyor Eugeni m'hi devia estar esperant, com tantes altres nits. De vegades m'havia arribat a pensar que s'hi havia acostumat tant que, si no m'esperava per dir-me qualsevol bajanada, era incapaç d'adormir-se. Vaig veure'l des del passadís i aquest cop, però, només mirar-li la cara vaig saber que en passava alguna. Vaig entrar a la cuina i al seu costat hi havia la Lídia, seriosa i amb els ulls vermellosos d'haver plorat. Era tota una sorpresa. Normalment, sempre trucava, abans de venir. Ell estava més borratxo que de costum i ni tan sols no es va poder aixecar. Tenia el drap a la mà i l'hule brillava. La Lídia em va dir que finalment havien trobat el cadàver d'en Ferrer "Ferro" Peris, amb un forat al cap, llençat de qualsevol manera a les costes de Garraf. Feia més d'un any que havia desaparegut i no n'havíem sabut res més. Ni per a bé, ni per a mal. M'havia fet la il·lusió que era a l'estranger. Em van començar a tremolar les cames. Pobre Ferrer. Allò sí que era la realitat de la vida: L'amic Ferrer, mort, la Lídia, el senyor Eugeni March, que ja sempre més recordaria que havia estat precisament ell qui havia deixat que se l'emportessin (i que segurament no havia volgut que ningú li tallés, a les seves velleses, una altra part del cos).

La Lídia es va quedar una estona amb mi. Ens vam estar abraçats, sense dir res. L'angoixa de la mort em va aparèixer cap als quinze anys. Precisament amb en Ferrer en parlàvem tot sovint. Les reflexions polítiques duien a la reflexió humana, érem dos filòsofs de pega, dos fatxendes a qui ningú no havia ensenyat res i tot ho havíem d'aprendre sols. Recordo que intentava explicar-li que la mort no em feia fred ni calor perquè no sabia com imaginar-me-la. No era res concret, com a molt un sentiment estrany d'angoixa. Per això, ara mateix, intentava «reflexionar» sobre la mort del meu amic i no me'n sortia perquè una mena de punxada d'angoixa al pit m'ho impedia. No vam fer res, amb la Lídia, només dormir junts. Igual que en alguna altra visita, va consentir de passar tota la nit amb mi. Mentre jo donava conversa al vell, que no dormia mai, ella, des del telèfon de la calaixera, va trucar a casa seva i va dir qualsevol cosa al marit. L'endemà es va aixecar i em va deixar dormint al llit (tot i que jo no dormia, però ho feia veure perquè sabia que a ella li agradava). Era evident que en aquells moments l'estimava. En fi, és un embolic, prou pena tenia patint-lo. Més d'una nit, altres vegades, en plena matinada, quan la Lídia ja dormia, m'aixecava i li olorava la roba penjada als peus del llit, neta, fragant i planxada, a punt per a l'endemà. Me n'anava al menjador per no despertar-la a fumar una cigarreta. El senyor Eugeni i jo hi havíem penjat un calendari de l'Òptica Miró, regal de la Lídia, que em tenia fascinat. Hi havia un rètol que hi deia: EL SEU FILL NO ÉS UN IDIOTA, SIMPLEMENT NO S'HI

VEU. ENCARA HI ÉS A TEMPS. I seia a la taula amb un gotet de vi. Fumava i no feia res. Només mirava aquell lloc, tot polit, cau d'un vell exrevolucionari, però endreçat. En aquella taula és on vaig escriure les cartes d'amor més voluminoses i increïbles de la meva vida. Cartes per a la Maria, és clar. Evidentment, ella no en sabia res, de la Lídia. Ni la Lídia d'ella. Un cop les tenia escrites, les estripava i tornava al llit.

L'Encarna, que la tenia una mica abandonada últimament, em sentia parlar dels nois i em deia, amb un pèl de gelosia:

—Un dia d'aquests t'enamoraràs com una idiota i serà massa tard.

I jo, que volia ser una noia lliure i independent, li deia que callés, que no presumís tant d'endevinaire, però en el fons sabia que tenia raó.

Va ser llavors, que va passar el fet històric de la nostra entrada en el món de les dones de debò, de dalt a baix, de cap a peus. La cosa va passar quan menys ens ho esperàvem. Vam assistir a una conferència d'una societat nudista que es deia Pentalfa i que tenia un camp particular a Gavà. L'estiu anterior s'havien fet famosos perquè uns graciosos els havien assaltat i havien robat la roba de tots els membres de la colònia. Els conferenciants van ser dos noiets. Ens van estar parlant de tots els avantatges d'anar pel món despullats. Ens va agradar tant el que vam sentir que, a la fi de l'acte, ens vam acostar a demanar informació sobre l'entitat. Un dels nois es deia August i estava estudiant a l'Escola Industrial alguna cosa relacionada amb el ram de la fusteria. L'altre es deia Josep i treballava de meritori en un banc.

I una cosa va anar portant l'altra...

La nit en qüestió va arribar la setmana següent. Com sempre, vam aprofitar que els pares de l'Encarna eren fora i vam convidar-los a sopar.

El bon sopar, la música suau, la claror difusa dels llums, aquell vinet, la bona disposició dels nois... (els quals es van saludar atabalats mentre nosaltres dues rèiem entre dents i ens els endúiem a empentes cap a les nostres habitacions). Només recordo que va ser fantàstic, que a mi em va tocar el fusteret... i que es va portar molt bé amb mi. Li vaig dir que era la primera vegada, que anés amb compte, i es va emocionar. Tant, es va emocionar, que, aclaparat per la responsabilitat, de poc no se'n surt. Però amb paciència i ganes ens ho vam fer d'allò més bé. Es va adormir i em vaig pensar que, tan prim, se m'havia desmaiat, com feien els conills. Després ja vaig saber que no, que els homes ja ho feien, això de dormir un cop fet el fet. A mi em va passar el contrari, estava tan excitada per l'experiència que m'era impossible agafar el son.

De matinada, vaig veure llum al menjador i hi vaig anar. L'Encarna seia a taula mig vestida. Érem a principis de novembre i les nits encara no eren fredes, però tot i amb això estava arraulida, amb els peus sobre la cadira, mentre es prenia la tassa de llet calenta. Em va veure arribar i em va somriure. Ens vam abraçar. Em va dir que estava feliç i trista alhora. I jo li vaig replicar que em passava el mateix. I ens vam quedar mudes una estona tot mirant cap a les dues habitacions, on hi havia un parell de cossos que no deixaven de ser estranys i alhora molt propers. De sobte, l'Encarna em va agafar de la mà i em va dur a la porta de la seva habitació:

—Mira-te'l...

Arrapat al coixí i donant-nos l'esquena, hi havia l'August, morè (de cos sencer, evidentment) i guapot, dormint com un beneit. L'Encarna em va passar un braç per l'espatlla i el vam estar observant. Tot seguit vam anar a la porta de la meva habitació. El «meu», dormia com un beneit panxa enlaire amb tots els seus atributs a la vista. Per fer-me passar la vergonya li vaig dir que a en Josep li deien Josepet i que, a ell, li agradava...

—No em puc imaginar fent l'amor i alhora gemegant «Josepet!», «Josepet!» —va fer ella.

Ens va venir una passió de riure que ens vam haver de tancar a la petita galeria del pis amb tovalloles a la boca per tal de no despertar-los. Vam estar rient fins que no vam notar que aquella mena de tristor estranya que ens havia agafat se n'anava.

Eren els misteris de l'amistat amb l'Encarna.

L'endemà, la tia, em va preguntar a casa:

—Mariona, que tens un pretendent?

I jo: Per què, tieta? I ella em va respondre que l'hi deia el cor. I a can Ponsich, igual. L'Hermínia, fent-me broma:

—Ai, ai, ai, aquests ullets, com ens brillen, avui...

Quina vergonya... Segons l'Encarna, durant els mesos següents van aparèixer pel pis, a més del fusteret, un parell de nois amb els quals mai no va repetir més de tres vegades. Jo només vaig fer-m'ho amb aquell Josepet una vegada més, en una tenda de campanya, morta de fred.

Tot plegat va fer que estigués quinze dies sense veure en Pere i en Gregori. I m'enyorava...

De manera que l'amor lliure, de totes dues, va dur-lo a la pràctica l'Encarna.

Uns quants dies més tard, la Maria i en Gregori se'm van presentar a la pensió agafats del bracet. Em venien a buscar per anar a fer un vermut.

—Què, parelleta, ja sou promesos, ara? —els vaig dir.

I en Gregori va contestar que no fent conya però pels ulls li vaig veure que en el fons hauria volgut dir que sí.

Els vaig dur al cinema. En sortir vam estar fent carotes tot imitant els babaus que sortien a la pel·lícula. Jo arrossegava la bici amb les dues mans i amb la cara feia ganyotes. En Gregori es ficava els dits a la boca i estirava enfora alhora que amb uns altres dos dits es feia anar la pell de sota els ulls cap avall i semblava un monstre. I ella reia i semblava feliç. No els volia explicar que se m'havia mort un amic perquè trobava massa complicada i llarga tota la història. Però ells m'ho van notar i m'ho van fer treure.

En una taverna al costat del Born, de les que pràcticament no tanquen en tota la nit, entre el tràfec de traginers i carros, vam acabar parlant de la vida i de la mort. Tots dos s'havien sentit força impressionats per la història de la meva amistat amb en Ferrer "Ferro" Peris i pel relat de les meves ferides en acte de servei (aquí vaig exagerar una mica). També els vaig explicar els últims dies del meu amic, amagat a la pensió, la seva desaparició i, finalment, la notícia del descobriment del cadàver (aquí vaig ometre, mirant de cua d'ull la Maria, qui havia estat la missatgera). Va arribar un moment que estàvem una mica beguts, fins i tot en Gregori. La Maria va ser la que es va avançar i amb la veu enganxosa va dir que no creia en la vida eterna. I en Gregori, que en el fons era un descregut (i ja se sap que aquests són els pitjors), s'hi va afegir amb força.

Em vaig escurar la gargamella i vaig dir:

—Si no creiem en la vida eterna, tant la nostra vida com la nostra mort prenen llavors un significat absolut, de tot o res. I això fa por.

—Collons, com parles... —se li va escapar a en Pere.

I vaig fer amb veu de dona:

—Pere, no diguis *collons*...

—Què li passa? —va preguntar a la Maria. Però ella no va dir res, tenia els ulls fixos en mi.

—Jo ja sé per què ho dic —vaig respondre'm, tot somrient.

En Pere creia que estava tocat de l'ala, era evident. Vaig mirar-lo i li vaig dedicar la frase de la nit:

—Per a mi no hi ha cap altra vida.

—Però com t'ho faràs, per viure amb dignitat, si creus això? —va demanar la Maria.

—No ho sé. Alguns filòsofs, pensadors radicals, opinen que ja n'hi ha prou amb la presència total de l'home mateix, dins la vida, dins el màxim d'activitat. En això consisteix el nostre destí, que és la mort. El final absolut de tot. I si la mort és la fi absoluta de tot, cal que hi reaccionem amb una voluntat de viure totalment.

—I això què vol dir? —va preguntar en Pere embarbussadament.

—Doncs viure amb un desig de «gaudir» sense límits de la vida, dels plaers —vaig respondre.

—Aquesta filosofia m'agrada força —va dir en Pere.

—I a qualsevol —va afegir ella.

Vam estar callats uns quants segons. Jo gairebé no podia obrir els ulls, però continuava amb la màquina engegada:

—Els grans filòsofs ja han dit que un projecte de vida així al final no és satisfactori. El que ells en diuen «presència total de l'home» no podria acomplir-se si no és amb l'afegitó del treball intel·lectual, la creació espiritual. Plaer i reflexió han d'anar junts.

—Ja m'estranyava. Que els donin pel sac —va dir en Pere. I li va sortir directament del cor.

—Gregori, ja t'ho han dit, que ets insuportable i repel·lent? —va fer-me ella somrient.

—Sí, tu mateixa, unes quantes vegades.

—Doncs t'ho torno a dir.

Tots tres estàvem molt borratxos, en aquell moment.

—Els filòsofs, el que haurien de fer és follar més —va dir en Pere.

—Pere!

—Perdona, noia, però ho veig així. A més, que no estem reflexionant, ara?

I em vaig aixecar amb una barreja estranya de sentiments al cor, vaig alçar el meu got i vaig cridar a la parròquia:

—No hi ha Déu! No hi ha Déu!

I llavors en Pere i la Maria van fer igual. Tots tres amb el got ben alt i convidant els presents a cridar amb nosaltres:

—No hi ha Déu! No hi ha Déu!

Ens van fotre al carrer a cops de peu. Vaig haver de carregar-me en Gregori a collibè per evitar que es baralles amb un carnisser d'aquells que tot són músculs a força d'obrir vedelles en canal. La Maria, amb tota la seva delicadesa, va fer una vomitada en una cantonada que em va semblar mentida i tot, que d'aquell cosset en sortís tanta matèria. Ens en vam anar carrer Comerç avall agafats tots tres pel coll (més aviat ella i ell, agafats al meu, de coll), com vells companyons, marejats, fent tentines i cridant que no hi havia Déu. Vaig arribar a la pensió nou, de cap a peus. Per sort, aquella nit, el senyor Eugeni ja dormia, encara m'hauria aixafat el moment.

A mitjan novembre vam enregistrar el disc de Ràdio Barcelona. En tres sessions de vespre ho vam enllestir. Hi havia una mena de director al qual tan sols va caldre que féssim en un paper un esquema de les parts de la nostra vida que explicaríem. Es tractava d'improvisar i seguir les seves indicacions. Qui va passar-ho més malament va ser la Maria, que quan no s'entrebancava, li venia tos o havia d'anar al lavabo. Volia fer la Matahari i no li sortia, sobretot quan parlava d'allò de la tia dient-li que s'hi fixés... En Pere i jo ens cargolàvem de riure i llavors havíem de parar per culpa nostra. Ell sí que rai, va semblar com si ho hagués fet tota la vida. I jo... Jo prou feina tenia a poder-me concentrar. Com sempre, mirava la Maria i rumiava. Tot sovint, l'ànima em queia als peus i la sensació d'eunuc que m'havia anat guanyant a mesura que havia avançat el vespre, allí tancats als estudis de Ràdio Barcelona, m'omplia de cap a peus. Era clar que m'estava convertint en el seu confident (eunuc), l'amic (eunuc) a qui es podia parlar (eunucament). L'amic sensible (i eunuc) a qui confessar-se sense vergonya...

Segons els tècnics, l'enregistrament va quedar força bé. I ens van prometre que per Nadal ja ens en podrien donar la còpia.

Un dissabte de mig desembre al vespre, en Pere va entestar-se a dur-nos a en Gregori i a mi a una botiga on havia treballat per tal que poguéssim agafar, amb la millor ràdio de Barcelona, un combat de boxa que es radiava des de l'estranger.

—És el combat de la dècada, nena! Paulino Uzkudum contra Joe Louis, el bombarder de Detroit, revenja del que es va celebrar fa un any i mig.

A la botiga, hi havia més gent, tothom escoltava atentament. Feien tot de comentaris força tècnics segons el que sentien. Fins i tot n'hi havia un que anava escrivint coses amb un llapis i li vaig demanar a en Pere que què apuntava i ell va dir-me, tot misteriós, que prenia nota dels punts.

Vaig callar i vaig pensar que, per mi, com si es prenia una aspirina.

Eren dos quarts de deu i la botiga ja era tancada. Vam entrar en una escala del costat i en Pere va picar un parell de vegades a la porta interior de l'establiment. La Maria tremolava de fred. Hi havia unes sis o set persones, homes i dones, tots companys d'en Pere, del seu partit. La trobada era d'amagat. Ningú no tenia una ràdio prou bona per sintonitzar bé l'estranger. Però ja es veia que els engrescava profanar en plena nit aquell temple del comerç i de la burgesia. Aquella colla de revolucionaris, tots amb abrics —qui en tenia— o jaquetes, guants, bufandes i gorres, estaven callats per poder sentir la ràdio. La tenien a un volum ben baix perquè els veïns o el vigilant des de fora no s'adonessin de res. Cada cop que un d'ells intentava fumar, un altre li deixava anar un cop sec a les mans perquè no ho fes ja que l'endemà no n'hi havia de quedar cap rastre, de la reunió secreta nocturna. Escoltaven la ràdio i es bufaven les mans perquè no debades era un 13 de desembre i la cosa no era de broma. Un absurd, estar tancat amb tot de gent, tots amics d'en Pere, escoltant la ràdio d'amagat i a les fosques. Però com que hi anava la Maria... A l'ambient hi havia una certa sensació de risc ja que qualsevol veí podia trucar a la policia i dir que hi havia lladres...

Ni me'n recordo, de qui eren els boxadors. I la veu del locutor sortia tan desfigurada que més d'un cop ni tan sols podia entendre què deia. Quan ja començava a avorrir-me, tot d'una vaig mirar a l'entorn i vaig veure que ni la Maria ni en Pere no hi eren.

En un moment donat, beneita de mi, vaig sentir que en Pere em deia que l'acompanyés un moment, que em volia ensenyar una cosa. El vaig seguir fins a la rerebotiga, darrere unes cortines, i encara no me n'havia adonat que ja m'havia arrambat contra la paret i m'havia començat a fer un petó. I una, que no és de pedra i ja li havia passat pel cap que allò, un dia o altre, havia d'arribar, va deixar fer i s'hi va tornar. Allò enmig d'aquell fred glacial, amb abric i guants. Li vaig fer prometre que no en diria res a en Gregori.

Quan vaig anar-me'n del Llampec Laietà, el senyor Giró no va demanar-me la clau de la porta interior de la botiga, la que donava al portal del costat. Vaig pensar, Si no me la demana, no l'hi dono, me la quedo de record. Des d'aleshores, de tant en tant, em deixava caure per la botiga d'estranquis a sentir la ràdio. Gràcies, doncs, al senyor Giró i també, aquella nit, al vell Uzkudum, vaig aconseguir per primer cop d'estampar un petó com Déu mana a la Maria. Al principi, com que la vaig agafar de sorpresa, em va mig rebutjar. Érem a la rerebotiga, al costat del despatx. Però vaig tornar-hi i, a la segona, sí que va anar bé, la cosa. Se'm va penjar materialment del coll, no m'ho esperava: Una noia ben apassionada. Em va agafar les galtes amb una mà i em va dir, tot d'una seriosa:

—Això no vol dir res, ho entens? I sobretot, no ho comentis amb en Gregori.

Em va deixar anar i em va fer un petó suau als llavis. Em faria tornar boig, aquella noia!

De sobte vam sentir un soroll i vam deixar-ho. Vam apartar la cortina i va aparèixer en Gregori, amb la seva pell blanca, reta-llat en la foscor, com un fantasma. Em vaig morir de vergonya. En Pere li va donar una excusa capaç d'ofendre la intel·ligència d'un nen de tres mesos. Vaig ensopegar amb mitja botiga i me'n vaig anar corrents cap a casa.

Em vaig aixecar i vaig començar a voltar per aquell bosc noc-turn de rentadores, neveres, aspiradores i ràdios. Tenia por de tombar alguna cosa i trencar-la. Vaig veure una porta amb una cortina. M'hi vaig acostar i de sobte en van sortir tots dos.

—La Maria volia anar al lavabo i li he ensenyat on era —em va dir en Pere, tot somrient, com si jo fos imbècil.

Ella es va posar tota vermella i, enmig d'aquella nit tan estranya, un cop més em vaig notar desarmat. Potser era un repte que jo no sabia afrontar, un repte que em demanava alguna acció heroica, però francament, jo, a part d'humiliació, vaig continuar sentint avorriment. Ah! I tot això va passar en menys de cinc segons.

Llavors, la Maria va remugar una cosa així com ara que se n'havia d'anar, que s'estava fent tard. Tots dos vam dir-li d'acompanyar-la, però no va voler.

Vaig decidir que, darrere aquelles cortines, no havia passat res. Però no vaig poder mantenir aquella decisió més de dos minuts. També me'n vaig anar.

Vaig tornar a casa caminant per calmar-me, però no ho vaig aconseguir. La gelosia se'm menjava. Vaig arribar amb les orelles bullint de vergonya tot i la temperatura ambient. Era de les humiliacions més grans que havia patit a la vida.

Em sentia ridícul i rabiós. Vaig recordar el pare, anys enrere, llegint la Bíblia en veu alta. I una de les característiques del vell déu dels israelites era la gelosia, era un déu terrible i gelós, que gastava molt males puces i no en perdonava ni una. Tot plegat, em feia enyorar la infantesa, quan tenia una tranquil·litat de consciència tan absurda i estúpida com pràctica.

Quina era la millor estratègia? Deixar anar un gos al pas d'en Pere i la seva bicicleta i que es trenqués el coll? (Ell, no pas el gos.) Lluitar per ella? I si ho feia, què era millor, tendir a imitar el que jo creia que eren les virtuts d'en Pere o, al contrari, voler mostrar-ne de ben diferents? Quan ets el màxim d'ambiciós, desitges que tothom sigui igual que tu, no pas tu igual que tothom. Si remarcava les meves diferències corria un risc superior, ja que si no interessaven, s'acabava tot de cop. Com sempre, m'estava embolicant. M'estava posant nerviós. Mirava per la finestra i notava que el món exterior, com més diferents ens semblaven els altres, m'era molt més hostil. I llavors enyorava els temps en què no estava enamorat i tot el meu afany era la tendència a la semblança. La semblança era com una mena de paradís dels justos, el lloc ideal on vivien les ànimes felices que coincidien en tot i amb qui no calia barallar-s'hi.

Ara no sabia res i a més em sentia molt gelós.

No va caldre amagar-li res, a en Gregori. Va ser sortir de la rerebotiga i trobar-nos-el plantat enmig de la foscor. Se'n va adonar a l'instant, del que havia passat. I jo, en comptes d'arreglar-ho encara vaig ficar-me més de peus a la galleda. La Maria es va emprenyar i se'n va anar. Les dones són així, els agrada coquetejar. Et diuen, vaig amb tu, però que l'altre no ho sàpiga, perquè continuï anant-hi darrere, com un gosset...

I per postres, el vell Uzkudum estava rebent una bona pallissa del joveníssim Louis. En un moment donat, l'àrbitre va decidir que no es trobava en condicions per continuar el combat. Vaig mirar a l'entorn i no vaig veure en Gregori. Ni me n'havia adonat, que se n'havia anat. Que es fes fotre!

Si ja dic jo que hi ha dies que val més no aixecar-se.

Quan l'endemà l'hi vaig explicar a l'Encarna, es va estar trencant de riure una bona estona, va ficar la mà a una paperina, va treure'n un grapat de pastilles de goma de mil colors i em va dir:

—Té, obsequi del meu senyor patró. Atipa't de gominoles, ajuden a pensar amb més tranquil·litat. De passada fan que t'engreixis com una vaca. En aquest punt s'acaben els conflictes amb els nois, t'ho puc ben assegurar...

Parlàvem. I mentre anàvem parlant projectàvem les mans cap a l'estufa negra de ferro forjat, plena de carbó roent i closques de nou, ametlla i avellana. Amb el fred que feia fora i nosaltres tan calentetes! Ella, asseguda de qualsevol manera a la cadira i amb una punta de crema catalana al nas perquè havia escurat fins a l'última resta del plat amb la llengua, va fer:

—No sé qui diu que, si l'èxit és aconseguir el que desitges, la felicitat és fruir del que has aconseguit... Sempre estem patint. Si estem malament perquè estem malament, si estem bé perquè ens fa por pensar en el moment que la felicitat s'acabarà... I a més a més hi ha aquesta educació que ens han ficat al cap, que pel simple fet de ser feliç ja ets sospitós, com si l'estat natural de l'home fos patir.

Llavors van arribar els seus pares i vam callar. Em van demanar si em feia falta una mica d'oli i els vaig dir que no, que moltes gràcies, i me'n vaig anar.

L'Encarna era la millor.

No vaig veure els nois fins a la revetlla de cap d'any.

Gràcies al fred, m'estava més temps que mai a la Universitat i només passava per la barraqueta de la Virreina durant les hores centrals del dia, quan hi tocava el sol. Si no, era com una nevera. Prou que ho certificaven els meus sacrificats companys escrivents, tapats fins al capdamunt, que amb les mans balbes amb prou feines podien aguantar la ploma. Fins i tot la tinta es va estar a punt de glaçar. Però és clar, Nadal és època de correspondència. La gent s'escriu per desitjar-se bones festes i hi havia més feina que mai. Per tant, es sacrificaven i, amb el nas vermell i degotant (i la idea fixa de fer uns quants calerons extres per comprar torrons), aportaven el seu petit gra de sorra al sentiment nadalenc. No pas jo. Un dia que ho vaig fer vaig arribar a tremolar tant que les dents em petaven, com si fos un ninot dibuixat d'aquests del TBO. Al final, el meu pare em va regalar una estufeta de petroli i la cosa va millorar força. I amb l'excusa de portar-me-la, ell i la mare van venir a visitar-me a la Virreina. Era la primera vegada que ho feien i allò volia dir que ho acceptaven. Va coincidir que hi havia un parell de persones esperant i una dins, sent atesa. Van esperar cerimoniosament que acabés («fes, fill, fes, que la feina és la feina, que el primer és el primer»). Els vaig convidar a una xocolata amb melindros al carrer de Petritxol amb els diners fets aquell mateix matí. Vaig notar com el pare, comptable malgrat tot, calculava mentalment quins guanys aproximats podia donar-me la barraqueta. Se li va escapar en un murmuri:

—Collons, amb la barraqueta...

I la mare, amb el tovalló a la boca, li va dir com si tossís:

—Octavi, no diguis *collons*.

La Maria em va visitar pocs dies després, en plena vigília de Nadal. Amb gorra de llana i bufanda, només se li veia el nas vermell. Va seure davant meu a la barraqueta, com una clienta, i em va fer molta gràcia. Sempre s'hi estava millor que fora, exposat als quatre vents.

Va començar a xerrar com si res no hagués passat. I jo vaig comptar fins a tres i em vaig empassar tot el que calia empassar-se. Volia que celebréssim tots tres junts la revetlla de cap d'any. Vaig dir-li que a mi em semblava una idea fantàstica, evidentment.

La Maria es va encaparrar a celebrar la nit de cap d'any amb en Gregori. No en va voler ni sentir parlar, de quedar tots dos sols. Així doncs, vaig pensar, que vingui que ja trobarem la manera de perdre'ns, ella i jo, com l'altra nit, que només de recordar-me'n ja em posava a to... El dia 31 de desembre havia d'inaugurar-se un nou cinema, en ple Passeig de Gràcia, em sembla que en volien dir el Savoy. S'hi feia una petita festa al vestíbul i es convidava la gent a la primera projecció, en sessió de nit: Veure la pel·lícula i, de sortida, celebrar l'entrada d'any. Hi hauria una orquestrina i molt bon ambient. Amb mi, podrien passar de franc, evidentment. Els ho vaig dir i (com no podia ser d'altra manera) els va agradar moltíssim la idea.

Vaig acabar de qualsevol manera les últimes cartes i vaig tancar la barraqueta. Em vaig afanyar a tornar a casa pels carrers il·luminats de Nadal. Pensava que, com més aviat hi arribés, més aviat soparíem i més aviat s'acabaria el dia i aniria a celebrar la fi de 1935, l'any que m'havia revolucionat la vida d'aquella manera. Bufava un ventet sec i viu i la gent que se'm travessava mirava de tapar-se el nas i la boca amb qualsevol cosa que tingués a mà: una bufanda, unes solapes, un mocador... La nit passada havia somiat que, en plena glaçada, entrava una papallona per la finestra de la meva habitació i quan la volia agafar desapareixia i deixava en l'ambient l'aroma de la pell de la Maria, que ja se m'havia quedat gravada per sempre més.

Vaig sopar amb els pares i els vaig desitjar bona entrada d'any.

Mentre rumiava com em podia guarnir, no em vaig adonar que tots dos s'havien plantat al caire de la porta mirant-me. Em vaig posar tan nerviós que ho vaig deixar córrer i vaig sortir al carrer sense canviar-me ni pentinar-me. Era el primer cop a la vida que sortia fora per cap d'any. De fet era el primer cop que sortia fora després de sopar per anar-me'n de festa o de reunió social. Quan ja sortia, vaig sentir des del menjador:

—Que vagi on vulgui, collons! Que ja té divuit anys!

Vaig tancar la porta i no vaig sentir res més. No sé pas què devia respondre-li, la mare.

Vaig començar a caminar ràpid pel fred. Baixant pel Passeig de Gràcia, venint de la Diagonal, ja es veia la bellugadissa. La cita era en un cinema que s'inaugurava aquella nit i hi havien organitzat una revetlla. Tenien permís especial de l'Ajuntament i va resultar que la festa era pública i l'entrada era oberta a tothom (en Pere s'havia fet el milhomes dient-nos que hi podríem entrar gràcies a ell). Hi havia una orquestreta tocant a peu pla (amb esmòquing, però amb guants) i semblava com si fos festa major en ple hivern. En Pere estava tot atrafegat i vaig aprofitar per ballar amb la Maria tant com vaig poder. Estava preciosa i entre riure, brindis i ballaruca, vaig estar a punt de dir-l'hi unes quantes vegades. Però no ho vaig fer i de seguida se'ns va ajuntar en Pere.

En un moment donat, la Maria va dir:

—Per què no veniu a casa de l'Encarna? S'està tota sola i li he dit que potser hi passaríem un moment. Podem sentir el disc de Ràdio Barcelona...

Em va semblar una idea magnífica. A casa no teníem gramòfon i ja m'havia resignat a guardar el disc a l'armari, ben embolicadet. Havia estat tot un èxit, els de la ràdio n'havien quedat molt satisfets i fins i tot ens havien demanat d'enregistrar-ne una segona part amb el relat de les nostres vides. A mi, la proposta em va entusiasmar, però a ells dos no tant i la qüestió havia quedat pendent per a èpoques més propícies.

Tot va anar capgirat des del principi. Els del cine Savoy, com que em coneixien, em van tenir ocupat tota l'estona amunt i avall. Fins i tot vaig haver d'anar a buscar un paquet urgent amb la bici. Qualsevol s'hi negava. I a més a més a Sarrià, en plena nit! Això era el més fotut d'aquest ofici, quan havies de sortir fora. Sí que se'n van fotre, de mi, quan van veure'm arribar després d'haver suat a consciència la cansalada en ple hivern. Amb aquell fred i suant com un beneit, agafaves cada galipàndria que no t'aguantaves dret. Vaig arribar al cinema com un fantasma. Van fer-me passar, la taquillera em va donar una paperina de tramussos, el projeccionista un didal de conyac per entrar en calor i l'acomodador una cigarreta... Quan vaig tornar, la Maria i en Gregori ja estaven ballant. Llavors em van posar a carregar i descarregar caixons d'ampolles de xampany. Els veia de reüll i m'anava posant cada cop més nerviós. Es repenjaven a la paret i reien i xerraven. I l'amo m'anava donant més feines i em venien més ganes de fer la revolució i esclafar-lo allí mateix. I quan vaig quedar lliure (amb una estella clavada a la mà, despentinat, amb una llàntia a la camisa i suat) va resultar que aquella parella ja se n'havien cansat. La Maria va dir d'anar a ca la seva amiga a continuar la vetllada.

—Continuar? Si encara no ha començat, per a mi!

—Vinga va, no et queixis... —va fer ella.

I se'm va arrambar, em va agafar pel braç i vam començar a caminar. Allò ja em va agradar més.

En Pere ens va convidar a la inauguració d'un cinema i tant en Gregori com jo ens vam engrescar d'allò més amb la idea. Al costat dels músics hi havia un taulell amb neules, vi ranci i xampany. Vam arribar-hi que la gent sortia de la sessió inaugural de nit i ens vam afegir a la celebració. Feia goig de veure, enmig de la nit i del fred, aquell esclat de llum i d'escalfor. Tothom va brindar per l'arribada del nou any i llavors vaig proposar d'anar a ca l'Encarna a acabar la vetllada. L'havia deixada tota sola i me n'havia anat amb un mal de consciència que no me l'acabava. Per sort van dir que sí, perquè si no, els hauria hagut de deixar plantats. A més, així podríem escoltar amb tranquil·litat el famós disc de Ràdio Barcelona...

Vaig anar a ca l'Encarna amb bici mentre en Gregori i la Maria hi anaven amb tramvia. Vaig pedalar com una bèstia per tal que els altres dos no arribessin primers i tornessin a estar sols gaire temps. Vaig pujar tots quatre pisos corrents, i quan vaig trucar a la porta de ca l'Encarna, ja tornava a estar ben suat. Em va obrir la porta ella mateixa i em vaig quedar guenyo de la impressió. Una bafarada enorme de calor em va rebre només obrir la porta. Darrere la bafarada, una música suau provinent de l'interior i l'Encarna, més suada que jo i gairebé a pèl. Duia una bata d'estar per casa i tan sols s'havia cordat un parell de botonets del mig. Sota no semblava dur-hi res. En Gregori i la Maria encara no havien arribat. Va dir-me amb la peu pastosa que la disculpés, que havia begut una mica. I tot seguit se'm va penjar del coll i va dir-me si volia ballar amb ella. Arrapada contra meu, li notava tot. I ella de seguida va notar-m'ho tot a mi. L'alè li pudia a conyac i feia anar la mà clatell meu amunt, clatell meu avall. Vaig tenir un moment de seny i me'n vaig separar un segon abans de violar-la allà mateix. A ella no li va agradar gens. Vaig seure en una cadira i no se'm va acudir més que preguntar-li què feia a casa, tota sola, la nit de cap d'any, amb l'estufa a punt de rebentar. Em va respondre que no n'havia de fer res. I que a més a més era un tema de conversa poc original. Va agafar una altra cadira i asseguda, cama ençà, cama enllà, va dir-me mentre s'adonava dels meus ulls clavats als seus pits:

—No hi ha mai res de nou, tothom es repeteix. El més típic del món, parlar sobre el fet de trobar-te sol a casa en una data assenyalada. Com per exemple una nit de cap d'any. No tan típic, però més greu?

—No ho sé...

—És claríssim: Trobar-s'hi de debò, no només parlar-ne.

Va mirar-me l'entrecuix inflat i va posar-se a riure. En aquell moment vam sentir la clau de la porta i les veus de la Maria i d'en Gregori.

L'Encarna va desaparèixer a l'habitació i va tornar amb un jersei damunt la bata. Feia una imatge francament estrafolària. Va engegar de nou la gramola i el mateix disc va tornar a sonar.

Vam anar al pis de l'Encarna, la Maria i jo amb tramvia i en Pere amb la seva bici. La vam trobar tota sola i borratxa, de força bon humor. L'estufa de ferro colat funcionava a tota potència i al cabasset d'espart que hi havia al seu costat només hi quedava un tros de carbó esquifit. La noia estava tota xopa de suor. Curiosament, en Pere, que ja hi era, també. El pis era petit i feia molta calor.

—És que tenia una mica de fred... —va fer amb els ulls una mica perduts.

Es va disculpar per anar mig despullada i va treure d'un armari una ampolla de conyac mentre reia i s'acostava a l'estufa. Només ens faltava això. Tot seguit va anar cap al gramòfon i va posar-hi un disc i va començar a ballar tota sola mentre en Pere i jo la miràvem divertits i la Maria intentava rebaixar el foc de l'estufa.

Un cop al pis, l'Encarna, que havia begut una mica massa, de seguida es va retirar a dormir. En Gregori va posar el nostre disc a la gramola. I al principi tot eren riures. Havien tallat els nostres parlaments a trossets i els havien posats intercalats. En Pere es moria de vergonya de sentir-se. De seguida, però, els riures es van anar apaivagant i vam acabar escoltant les nostres històries en silenci total. Els ulls se'm van omplir de llàgrimes com si fos curta de gambals: Escoltada així, presentada així, la nostra vida semblava important! Nosaltres, que no érem ningú, i jo menys que ningú, només pel fet d'haver entatxonat en aquell disc negre les nostres vides, duraríem. I em vaig sentir tan impressionada que no hi havia manera de parar de plorar i sanglotar.

Després, en Gregori ens va recordar l'interès que havia tingut Ràdio Barcelona perquè continuéssim explicant la nostra vida en un altre disc. La idea era seguir per damunt tot el que ens havia passat al llarg de l'any que havíem fet els divuit. Em vaig revifar de cop. En Gregori, a més, hi va insistir molt: «Un diari a tres bandes», deia. Ell tenia això, era capaç de convence't que eres especial. Ell ho creia, que érem especials, que teníem una bona estrella... Hi vam estar d'acord...

Uns quants minuts més tard va semblar-me que tant la Maria com en Pere i jo estàvem esperant que l'Encarna fes l'última xarrupada de la seva copa de conyac... Per fi:

—I ara me'n vaig a dormir. Que us bombin a tots tres...

Ens va abraçar, ens va fer un petó a la galta i se'n va anar cap a la seva habitació amb la copa de conyac a la mà i tot desitjant-nos bon Nadal i feliç any nou.

La Maria se'n va anar cap al gramòfon i va posar-hi el nostre disc.

—Senyores i senyors, aquesta és la nostra vida! —va fer tota pallassa.

De sobte es van començar a sentir les nostres veus. Ara parlava ella, ara parlava en Pere, ara parlava jo... Tots tres allà dins, dins d'aquell disc, dins d'aquell pis, ajuntats per sempre més. Se'm va fer estrany, sentir-me explicant totes aquelles coses tan íntimes de la meva família, i em va fer vergonya. Quan es va acabar vam aplaudir. Vaig dir:

—Vull que jurem una altra cosa. I m'heu de dir que sí sense saber quina és...

—Sí, home... —va fer en Pere.

—Jo dic que sí! —va dir ella. I va afegir-hi—: I en Pere també ho diu!

—Ep, que jo no dic res!

—Muts i a la gàbia! —I a mi—: Què hem de prometre?

Els vaig explicar que no érem un trio qualsevol. Que des d'aleshores fins que ens moríssim, cada any de la nostra vida, pel nostre aniversari, no podríem evitar de pensar mútuament en nosaltres. Que érem molt especials... i això ho havia de saber el món.

—Molt bé! —va cridar la Maria amb aquell sentimentalisme que dóna l'alcohol—. Jo també hi estic d'acord. Que ho sàpiga el món! Pere, crida amb mi: Que ho sàpiga el món, som especials!

En Pere ho va fer mort de vergonya però incapaç de negar-li res, a ella.

Vaig continuar:

—Hem de fer cas als de Ràdio Barcelona i gravar un altre disc! Podria començar on s'acaba l'altre: el mateix dia del programa de ràdio. Ara té més sentit que mai perquè és ara que ens estem coneixent. Podem provar d'explicar les nostres coses entre setembre de l'any passat i setembre de l'any que comença, si ens en cansem, ho deixem córrer... No caldria que ho apuntéssim tot, només el que ens interessés, ni tan sols caldria que fos en ordre... Què us sembla?

Va haver-hi uns moments de silenci. En Pere mirava la Maria, absolutament indecís, no gosava expressar la seva opinió. Ella, per sort, va prendre la iniciativa, va tornar a omplir les copes, ens va agafar a tots dos. Vam tornar a brindar i va dir:

—Em sembla la idea més fantàstica que mai m'hagin proposat a la vida. I tant, que ho farem... Oi, Pere?

En Pere va fer que sí amb el cap, estàvem molt junts, l'un al costat de l'altre.

—Doncs a finals d'agost, principis de setembre, tothom amb la seva vida als papers... —vaig dir un pèl massa emfàticament—. Aquest cop, primer ho escriurem... Serà perfecte!

I la Maria va treure el disc d'una revolada i en va posar un altre amb una cançó molt lenta i melancòlica.

La música que sortia de la gramola era lenta i feixuga. I anàvem bevent. Primer ballava amb en Pere i després amb en Gregori, però no sé com va ser que vam acabar enmig del menjador tots tres junts, ballant, agafats.

I vaig estar a punt de dir «us estimo», així, en plural, perquè no em sentia gens orfeneta i no tenia cap ganes de fixar-me en res. Estava fantàsticament bé sentint els nois tan a prop meu, tocant-los, agafant-los. I ells em tocaven pertot arreu i m'agafa-ven, i suàvem a raig perquè l'estufa continuava a tota potència i el menjador era molt petit. I era una escalfor d'hivern, de tancat, i no d'estiu; una escalfor de galtes vermelles i aire calent al men-jadoret i glaçat a la galeria. I jo tancava els ulls i no sabia qui era que em llepava la suor. Hi havia amor, que es diu quan en algun lloc hi ha amistat. Mentre ballàvem, tots tres ben arrapats, sentia que jo manava. I em preguntava fins on volia arribar. I no ho sabia. Un impuls estrany i difuminat m'impedia aturar-ho però alhora no em deixava continuar endavant... I notava que aquella noieta que, com els mussols, havia de fixar-s'hi tant i tant s'esta-va acabant per moments, que no arribaria a l'endemà.

La música va deixar de sonar. Només se sentia el brunzir sord de l'agulla retopant un cop i un altre contra el final del disc. Però cap de nosaltres no va fer la més mínima intenció d'anar a aturar-lo, estàvem literalment enganxats.

Primer l'Encarna i ara la Maria. Estava fora de combat. Em semblava que feia hores que estava a punt de rebentar.

Sense saber com, la cosa es va posar que cremava. Ballàvem tots tres, enganxats com musclos, borratxos. No em va fer gens de gràcia veure com en Gregori engrapava el cul de la Maria, les coses com siguin. Vaig pensar, Mira-te'l, marieta, marieta, no ho és, que ben bé que s'hi posa... Però era cap d'any i en comptes de fotre-li cops de puny al cap tantes vegades com calgués fins a fer-li caure els ulls a terra, en comptes de cla-var-li un genoll als collons i deixar-lo estèril abans d'estrenar-se, en comptes d'agafar-lo pel coll i retorçar-l'hi com a un pollastre... em vaig quedar quiet. Que ja era moltíssim, tenint en compte la torradora que duia al damunt.

Com podia ser que un capsigrany com en Gregori em cai-gués bé? Era impossible: Mig capellà, mig marieta, rata enga-biada (mai més ben dit) i tot i amb això, em queia bé.

La Maria era com un animal, entre el Gregori i jo. I vam continuar ballant i ella no ens deixava anar, amb els ulls tancats. Va arribar un moment que semblàvem una pinya, de junts que estàvem. La Maria ens va deixar fora de combat. La volia. Segurament, en Gregori també.

De debò que no sé què hauria passat si l'Encarna no es torna a ficar pel mig, sortint de la seva habitació blanca com un ciri, més morta que viva.

En el moment que la Maria i en Pere van començar a ballar, m'hi vaig afegir. I no sé com va ser que no em van rebutjar i ens vam trobar ballant tots tres junts, agafats, l'un amb l'altre, com si ens volguéssim protegir mútuament, ajuntant els nostres alès. Ballàvem tots tres junts en aquell menjador petit i antic, obria un ull i veia el llum d'aranya que penjava sobre la taula; el tancava i tornava a obrir-lo i veia un bufet ple de llaunes d'oli d'oliva de cinc litres. Les vaig començar a comptar, però no vaig poder acabar perquè la Maria em va besar suaument als llavis. Em vaig posar vermell com un pebrot. I això que no anàvem particularment beguts... Tot seguit va sortejar qui besava primer («un petó de debò», va puntualitzar).

—Digueu un número de l'u al cinc!

—El tres! —va dir en Pere.

—Exacte!

El desgraciat m'havia fotut el número! Però me'n vaig oblidar tot seguit.

La Maria ens va tornar a besar i aquest cop va ser un petó com Déu mana. Primer vaig veure com la seva boca s'adheria a la d'en Pere i les galtes se li xuclaven per l'esforç. Seguidament va mirar-me, va agafar-me la cara amb les dues mans i va aferrar els seus llavis als meus. Vaig notar com començava a barrinar amb la llengua dins la meva boca i jo vaig fer el mateix dins la seva i em semblava increïble que allò mateix m'estigués passant a mi. Per sempre més en recordaré el gust. I la sensació estranya i vergonyosa de tenir l'erecció més brutal de la meva vida i adonar-me que ella ho notava. I buscar coses per comptar i no trobar-ne si no eren les llàgrimes del llum d'aranya, que feien pampallugues i no n'hi havia trenta-tres. I adonar-me que en Pere, per darrere, ja li estava petonejant el coll i en demanava més. Érem una mena de sandvitx. Vaig veure com li posava les mans als pits i ella s'ho deixava fer. Tenia les galtes enceses i alenava sordament, com mai no l'havia vista. I jo, de cara, sense adonar-me'n, vaig agafar-la fort pel cul i vaig començar a apujar-li la faldilla. Volia ficar-li la mà per l'entrecuix tal com havia somiat tantes vegades en les nits dels últims mesos.

I ens vam prometre que sempre seríem amics. I per refermar-ho, passés el que passés, vam jurar solemnement que cinquanta anys més tard ens retrobaríem per celebrar l'entrada de l'any 1986.

—A veure quina hora és? Les dues... Doncs molt bé, quedem aquí mateix a les dues en punt de la matinada del dia 1 de gener de 1986. I que ens morim del mal més lleig, si no complim la promesa —vaig fer jo alçant la copa.

—I que un llamp ens clavi a terra i ens trenqui en dues parts si no complim la promesa —va dir en Pere alçant la seva copa; i va afegir—: Visca 1936!

La Maria ens va mirar a tots dos amb una intensitat desconeguda, va alçar la seva copa i va cridar:

—Visca 1986!

I vam brindar fort per nosaltres.

I en Gregori va proposar un brindis. Va dir «per nosaltres» i els ulls li brillaven perquè estava relaxat i content i en aquell moment no estava en guàrdia contra res ni ningú, i se'n refiava, d'en Pere i de mi.

I ens vam prometre que sempre seríem amics i, per refermar-ho, vam jurar solemnement que passés el que passés, cinquanta anys més tard, a les dues en punt de la matinada, ens retrobaríem allí mateix per celebrar l'entrada de l'any 1986, ja gairebé a la porta dels nostres setanta.

—I que ens morim del mal més lleig, si no complim la promesa —va fer en Gregori alçant la copa.

—I que un llamp ens clavi a terra i ens trenqui en dues parts si no complim la promesa —va dir en Pere alçant la seva copa; i va afegir—: Visca 1936!

Me'ls vaig mirar tots dos amb una intensitat desconeguda, vaig alçar la copa i vaig cridar amb tot el meu cor:

—Visca 1986!

I ens vam prometre que sempre seríem amics i, per refermar-ho, vam jurar solemnement que, passés el que passés, cinquanta anys més tard, a aquella mateixa hora, allà mateix, ens retrobaríem per celebrar l'entrada de l'any 1986.

—I que ens morim del mal més lleig, si no complim la promesa —va fer en Gregori alçant la copa.

—I que un llamp ens clavi a terra i ens trenqui en dues parts si no complim la promesa —vaig dir alçant la meva copa; i vaig afegir—: Visca 1936!

La Maria ens va mirar a tots dos amb una intensitat desconeguda, va alçar la seva copa i va cridar:

—Visca 1986!

De sobte, vam sentir que l'Encarna gemegava, a la seva habitació. La Maria es va quedar quieta com una estàtua i va anar a veure què passava. En Pere mirava a terra. Vam sentir com algú començava a vomitar. I el fil màgic de plata que ens havia unit es va trencar. Quan la Maria va tornar va dir sense mirar-nos directament que l'Encarna es trobava molt malament i molt trista, que havia vomitat al llit i que, a més, s'hi barrejava allò de les dones...

Va obrir totes les finestres i l'habitació es va omplir de l'aire fred del carrer.

No sé com va anar que, tot d'una, ens va venir molta vergonya a tots tres i la festa es va acabar de sobte...

El que havia passat en aquella habitació no ho vaig explicar ni tan sols a l'Encarna, que, pobreta, respirava amb dificultats a la seva habitació després d'haver fet la vomitada del segle.

Mirant-ho amb perspectiva, la meva amistat amb ella és el millor de la meva vida.

Al meu costat, en Pere continuava mirant a terra.

El moment que acabàvem de viure se n'havia anat. De sobte, el xampany havia cessat de córrer per les venes. I ara teníem fins i tot vergonya, com si estiguéssim despullats enmig del carrer. La Maria va desaparèixer per la cuina per fer una mica de cafè amb sal, a veure si l'Encarna acabava de treure-ho tot. Jo sabia per experiència que hi ha coses de dintre que no es poden expulsar ni amb un sac de cafè amb sal.

Vam sentir com l'Encarna tornava a vomitar. Semblava que no havia d'acabar mai. La Maria va sortir de l'habitació i va dir:

—Em sembla que té febre.

Em vaig començar a embarbussar, li vaig dir que era millor que estigués per ella, que a més a més ja era molt tard... I en Gregori anava dient a tot que sí i que ell també. Valia més que ens en anéssim a casa.

Ens vam posar jerseis i abrics, ens va fer un petó i vam sortir al carrer. Glaçava. Caminàvem embolicats amb les bufandes i amb les solapes alçades. Vaig trepitjar un toll i em va entrar aigua a les sabates. Vaig posar-me a tossir. Per poder fer el merda havia vingut sense abric i ara m'estava congelant de viu en viu.

En Pere, tan xerraire normalment, no deia ni piu. Estava tan desconcertat com jo. Allí, enmig del carrer, incapaços de comentar res del que acabàvem de viure, jo només volia arribar a casa per jeure al llit i pensar-hi, pensar-hi molt. Ens vam separar al carrer, a la parada del tramvia, com altres vegades. Ens vam abraçar fort, sense paraules. Perquè si haguéssim parlat potser ho hauríem fet per preguntar-nos què hauria passat si l'Encarna no s'hagués posat a vomitar. I en aquell moment, de l'únic que es tractava era desitjar-se un feliç any nou.

—Pere, cara de cul, feliç any nou! —vaig dir-li mentre s'allunyava amb el tramvia.

—Gregori, marieta, feliç any nou! —va cridar-me des de la plataforma del vagó.

Des del primer dia, sempre que s'esqueia que havia d'anar a buscar el tramvia, era jo qui l'acompanyava a la seva parada i normalment m'hi esperava fins que hi pujava i el veia desaparèixer carrer enllà. Com altres vegades, vaig decidir tornar a casa caminant. En Pere, sense la bici, semblava mancat d'un membre. Sense la bici? Passant de nou pel portal de ca l'Encarna vaig veure-la repenjada a la paret i vaig somriure: L'última cosa que en Pere es podia descuidar era la seva bici. I ho acabava de fer. La processó devia anar-li per dins, també, doncs. Com a mi, que em vaig ficar al llit més ple de dimonis que mai, dimonis gruixuts i roents que em recorrien tot el cos i em tenien tot encès.

Feliç 1936!

Feliç 1936? Començava l'any. I sembla mentida com n'arribem a ser, d'innocents i d'inconscients. No pas perquè nosaltres ho volguéssim, aquell any seria millor. Podia ser pitjor. Podia ser el pitjor any de tots els anys de tota la història dels anys viscuts pels homes. No ho sabíem i tot i amb això ens havíem desitjat de tot cor un feliç any nou ple de felicitat.

3

L'any 1936 va començar molt mogudet. Amb la Maria i en Gregori no ens vam veure tan seguit ja que, cada vegada que ens trobàvem, rondava damunt nostre el record de la vetllada de cap d'any. A més, després de festes, les Corts de Madrid van plegar i l'Alcalà Zamora va convocar eleccions generals per al 16 de febrer. I és clar, ja vam ser-hi, una altra vegada de bòlit, una bogeria. Els antics companys del BOC, que ara eren dins el POUM, em demanaven que, com a mínim (ja que no em podien convèncer d'apuntar-m'hi), els donés un cop de mà. No m'hi vaig saber negar, que una altra cosa, no, però per les coses dels camarades no tinc mai un no. O sigui, que em vaig fer un tip de carretejar amb la bici els paquetots de cartells de propaganda del Front Popular. Va ser molt emocionant. I encara més quan es van fer públics els resultats. La Lídia fins i tot va baixar de Figueres (amb el seu promès) per participar en la manifestació proamnistia de la Rambla. Va aprofitar una horeta en què va facturar el seu xicot a casa d'una seva padrina per acompanyar-me a la pensió. Vam fer el fet i, tot seguit, vam obligar el senyor Eugeni a brindar amb nosaltres pel triomf del Front Popular.

—Però la CNT, hi és o no, amb tota aquesta tropa?

El senyor Eugeni sortia poc de la pensió, no sentia la ràdio ni llegia cap diari. Només llegia llibres. El món de fora li arribava molt poquet.

—No, no hi és, però...

—Llavors no m'interessa, que hi brindi ton pare.

—Però és que hem guanyat!

—Com si ha guanyat Rita, collons!

La Lídia, amb el seu somriure, el va abraçar amigablement i li va dir:

—Senyor Eugeni, la CNT no ha participat en les llistes electorals, però hi ha fet campanya a favor molt directament...

—Ep, això ja és diferent... Ara sí que podem brindar.

Les coses anaven bé.

Amb la millora del temps vaig tornar a passar cada vegada més temps a les barraquetes i menys a la Universitat. Era com una mena de talaia al voltant de la qual desfilava tota la gent del món. I com que jo, en secret, havia decidit ser escriptor, ho aprofitava per emmagatzemar històries verídiques. De vegades hi havia corredisses a la Rambla, manifestacions d'obrers, d'estudiants, de dependents... La gent a córrer i a ficar-se als portals davant la presència dels guàrdies d'assalt a cavall o fins i tot dels soldats de la caserna de les Drassanes. Els memorialistes més veterans ja hi estaven acostumats. A mi em va costar una mica. El dia de la manifestació proamnistia, el mateix que es va conèixer oficialment la victòria del Front Popular, van enxampar-me de ple. Vaig quedar-m'ho mirant i quan els altres ja havien tancat la barraqueta jo encara badava. Va haver-hi corredisses d'elements residuals i em va tocar el rebre. Un xicot amb brusa i posat d'emblanquinador va venir directe cap a mi i jo, beneit, el vaig rebre somrient. El perseguia un guàrdia d'assalt a cavall. Se'm va ficar a la barraqueta i va seure amb posat de bon noi mentre em deia entre dents:

—Escriu!

—El què?

—Qualsevol cosa!

El guàrdia el va treure d'una estrebada i quan jo vaig sortir, em va deixar anar una fuetada al coll que em va fer caure a terra. Va baixar del cavall i va endur-se el noi a patacades. El senyal del coll em va durar mesos. Em va servir d'experiència. Una setmana i mitja més tard, era un diumenge, va haver-hi el retorn triomfal del president Companys. El president, en auto descobert, dret, amb la seva boina i la seva bufanda, baixava per la Rambla en direcció a la plaça de la República. La multitud era incomptable. Jo, que havia reparat la barraqueta de les destrosses de l'última corredissa, la vaig tancar i barrar. Això sí, amb un tamboret em vaig enfilar a la teuladeta per veure-ho millor. No va passar res. Quan l'endemà dilluns, al bar de la Universitat, ho vaig explicar al senyor Cleofàs (que ja em deixava participar en la seva tertúlia), va manifestar que, per rebudes multitudinàries, les de la seva joventut. Allò sí que eren rebudes, i no les d'ara. I que a ell, a aquelles alçades, no li aixecava ningú la camisa, que ja l'havien fet beure a galet una vegada i que mai més, que ell sí que sabia on posava els peus, però també sabia de quin peu calçaven els polítics, que no en trauríem mai l'aigua clara, que era gat vell, i que cinc-centes mil persones al carrer per rebre Companys era el mateix que si fossin cinc-centes, que tants caps, tants barrets. Tot manipulat, que la sabien molt llarga i que ell era com el gat escaldat, que amb aigua tèbia en té prou. Quan ja començava a criticar els resultats de les eleccions me'n vaig anar. Em va semblar que el senyor Cleofàs era una mica feixista.

Un dia de finals d'abril vaig convidar-la solemnement a sopar i ella va acceptar tota alegre sense afegir la cantarella de sempre: «Per què no l'hi diem també a en Gregori?» Em va semblar un bon presagi perquè ja m'havia decidit: Volia demanar-li de sortir junts. Amb tota la mala idea vaig triar el mateix restaurant on, temps enrere, s'havia fet material la meva relació amb la Lídia. Pensava que em duria sort.

Els diners em cremaven a la butxaca mentre pedalava cap al Poblenou. Me'ls volia gastar tots amb ella. Feia tard i quan vaig arribar ja hi era, maquíssima i estranyadíssima, ja es veia. Vam entrar al restaurant i el primer que vam veure, damunt una porta amb persiana de tires que duia a la rerebotiga, va ser un cap d'ase dissecat. Em vaig quedar de pedra. No me'n recordava gens, d'haver-lo vist l'altra vegada. Sota el cap hi havia un nom i unes dates: «Negret, 1915-1929.» Ens vam quedar mirant-lo un moment (l'animal feia uns ulls d'allò més tristos) i vam passar endins.

Érem els únics clients d'un dissabte de finals d'abril, l'ambient era bo, la colònia de la Maria m'excitava només d'ensumar-la, tenia calés a la butxaca i, a deu metres, quatre mansos ens miraven disposats a tocar els instruments tantes vegades com els ho diguéssim. Què més volia? A més, la Maria ballava com una baldufa i s'ho passava d'allò més bé. Només per veure-la tan contenta ja havia valgut la pena.

A l'hora i mitja, el violí i el trompeta van consultar el rellotge i van plegar. No ens va fer res, els dos que quedaven continuaven a la nostra disposició.

Un dissabte de primavera (el 25 d'abril, m'ho vaig apuntar), en Pere va trucar a can Ponsich i em va convidar a sopar. M'ho va dir exactament amb el to que jo necessitava i vaig acceptar d'anar-hi tot i saber perfectament el perquè de la convidada. Ja no era cap noieta bleda, aprenia ràpid i ara eren els altres que es fixaven en mi.

Va dur-me a un restaurant tot curiós. Quan vam entrar-hi, darrere el taulell hi havia la mestressa, una vella manaire que no parava de xerrar. Duia un monyo protegit per una xarxa i tenia una veu cridanera:

—Com va això, jovent? Estem de celebració?

I jo vaig dir que no i ell va dir que sí. Ens havíem quedat mirant un cap de burro dissecat, que penjava com un trofeu de caça. Va dir la vella:

—El pobre es deia Negret, va ser més lleial que moltes persones. Quan es va morir, el meu marit, al cel sigui, va fer-ne dissecar el cap per tenir-lo de record.

Veient-la amb aquella boca tota esdentegada, el que estranyava era que, un cop el marit mort, no n'hagués fet dissecar el cap també. Per posar-lo al costat del de l'ase i poder dir: «Aquest és el Negret, que va ser més lleial que moltes persones. L'altre és en Benet-al-cel-sigui. Me'n recordo molt, de tots dos.»

L'establiment tenia una primera zona, a l'entrada, que feia de bar, amb un parell de taules grans comunes flanquejades per bancs de fusta. Al fons hi havia el restaurant, de taules petites i netes, amb la pista de ball i l'orquestra (que en realitat constava d'un piano, un saxo, una trompeta i, curiosament, un violí).

Ens hi vam estar fins que la mestressa ens va treure. Vam sopar, vam beure i vam ballar tant com el cor ens va demanar. I val a dir que en Pere semblava passar-s'ho tan bé com jo. No va entrar ningú més. Tan sols algú, de tant en tant, treia el cap des del bar i ens mirava.

Mentre ballàvem un ball tot lent i em tenia ben agafada contra seu, li vaig preguntar a l'orella amb un xiuxiueig que si sabia per què havia acceptat de sortir a sopar amb ell.

—No, però estic segur que ara m'ho diràs.

I sí, que l'hi vaig dir:

—Perquè ets incapaç d'amagar el que t'interessa. I perquè un cop ho tens a l'abast perdries el món de vista per tenir-ho a l'instant.

—I què és el que m'interessa?

I li vaig dir que jo. I allò li va tocar el voraviu perquè l'havia encertada de ple. L'alè càlid d'en Pere dient-me «sí» a l'orella em va eriçar tots els cabells del cos. I em sembla que se'n va adonar.

Després d'aquell vinet i aquell sopar, després d'aquell xerrar de tot i de res (cosa que em martiritzava perquè li veia petites perles de suor al començament de la regatera i em destarotava), després d'aquells balls lents sentint-ne l'escalfor tan a prop, m'hauria llençat al damunt de la Maria sense pensar-m'hi, encara que la vella hagués hagut d'avisar els guàrdies d'assalt per escàndol públic. De tota manera, a l'hora de demanar el compte, encara no havia gosat confessar-li per què l'havia convidada a sopar.

Quan la vella va dir què es devia em vaig quedar de pedra i la Maria ho va notar. La veritat és que no havia controlat gaire les consumicions i els meus diners no eren de goma elàstica. Li vaig confessar que tenia un petit problema financer i ella em va mirar desafiadora i divertida.

—Doncs a veure com t'ho fas, perquè jo tinc els cèntims justos per al tramvia de tornada a casa...

La vella ens mirava des del taulell. En un moment donat, l'últim instrument de vent de l'orquestra va mirar el rellotge i va plegar. Només quedava el piano. Em vaig aixecar i li vaig demanar una cançó dolça, d'adéu, però que fos llarga, ben llarga... Vaig girar-me cap a la Maria i li vaig dir:

—Aquesta, dedicada especialment. Ara torno, deixa'm fer una trucada.

Me'n vaig anar directe cap a la mestressa i li vaig demanar si tenia telèfon. Era particular, però com que devia endevinar de què es tractava, em va fer entrar a la rerebotiga, tot remugant. Vaig passar per sota el cap d'en Negret i em va semblar que se'n fotia. Dels meus amics, només en Gregori tenia telèfon. S'hi va posar el pare, després la mare i finalment ell.

—Són dos quarts de dotze!

Vaig dir-li que necessitava un préstec amb urgència, que era una qüestió de vida o mort. Que agafés un taxi. Que ja l'hi explicaria...

Entrava i sortia, pendent de l'arribada d'en Gregori. El pianista ja duia quatre cançons d'adéu, la vella era una amenaça (jo imaginava el meu cap al costat del d'en Negret) i a la Maria li estava pujant la mosca al nas. En Gregori va arribar al cap de vint minuts.

—Què passa? —feia mentre intentava esbrinar, per damunt de la meva espatlla, què amagava en aquell bar que hi havia darrere meu—. Qui hi tens, aquí?

—Ningú...

—Segur?

—Ningú, collons, Gregori! Portes els calés?

—Sí, és clar...

—Aquí només hi ha vuit duros!

—Què et pensaves, no sóc pas un banc, jo!

—Molt bé, molt bé... T'ho agraeixo molt. De seguida serem a final de mes. Te'ls tornaré amb interessos...

—No vull interessos, vull que em diguis què passa...

I al punyeter no se li va acudir res més que posar-se a caminar cap al bar mentre em deia, amb fals desinterès:

—Em sembla que prendré un cafè...

El vaig agafar pel braç i el vaig aturar en sec:

—No!

La Maria podia treure el cap per la porta en qualsevol moment i el llauna d'en Gregori, que quan l'interessava era com una mena de perdiguer, era capaç d'haver-ne ensumat l'aroma a la meva camisa. El cervell em funcionava a tota màquina.

—No! —vaig repetir.

—Per què?

—Pot ser perillós.

—En què t'has ficat?

—Coses del partit. No t'interessa gens que et vegin amb mi.

—Quin misteri...

—Fot el camp, no vull tenir cap càrrec de consciència, després...

Va tornar a posar-se de puntetes per mirar endins, perquè jo li tapava el camp de visió. A la fi, es va donar per vençut i se'n va anar amb les mans a la butxaca. Cornut i pagar el beure, vaig pensar. Però la vida és així. Per sort, no havia arribat a veure la Maria.

Una nit en Pere em va trucar força tard. Vaig pensar en alguna desgràcia relacionada amb ell o amb la Maria. Doncs no, era per demanar-me diners! Els pares es van esverar i jo els vaig dir que era una urgència. No deixava d'agradar-me, la situació. L'orgullós Pere, el gall més gall del galliner, recorrent a la meva humil persona. Em va fer anar fins al Poblenou i la seva actitud em va resultar sospitosa. Al principi, em va voler convèncer que la urgència estava relacionada amb un afer polític secret. No m'ho vaig creure. Vaig dir-li adéu i vaig ficar-me en un portal. Pensava esbrinar què es duia entre mans. Un moment després vaig veure com pagava el compte i feia senyals a algú de l'interior... Vaig veure'm jo mateix, amagat en la foscor d'aquell portal, i em vaig trobar un miserable. Vaig girar cua i me'n vaig anar cap a casa.

Vaig tornar a entrar, vaig pagar el compte a la vella, vaig donar una bona propina al pianista, amb la promesa d'ell que se la repartiria amb els seus companys (ep, en proporció al temps que havien estat tocant!) i vaig sortir de l'establiment amb la Maria penjada del braç. El posat de satisfacció que gastava en aquell moment hauria provocat l'enveja del mateix president de la Generalitat de Catalunya.

—Qui t'ha deixat els calés? —em va preguntar.

—En Ferro, un company del partit.

—Que no és el que s'havia mort, aquest?

—Eh? No, vull dir que sí, és a dir, que un altre company fa servir aquest mateix nom com a homenatge...

—Deu ser molt bon amic, per acudir així, a aquestes hores...

—Entre camarades ja se sap, jo faria el mateix per ell, els diners, per a nosaltres, no tenen el mateix valor que per a la gent normal...

—És clar, és clar... Deu ser això...

—Anem a buscar el taxi?

—Anem-hi.

Jo, que tenia ficat al cap el record d'aquella vetllada passada amb la Lídia (sobretot el seu final) i tenint en compte que la noia que anava amb mi no era independent i no tenia casa pròpia, ja em veia a la pensió rematant la feina d'aquell vespre de la manera més espectacular. Dins el taxi vaig intentar fer manetes, més afectuós que res, però ella em va aturar en sec. Em vaig quedar amb un pam de nas. Va dir-me que havia estat molt bé amb mi, però que no volia ser una peça més entre els meus trofeus. I que no m'havia de donar cap explicació. Aquella xicota em tornava boig. I quines frases em gastava, «...una peça més entre els teus trofeus...». La frisança em vessava per les orelles. M'ho havia fet tan malament com havia pogut, ni tan sols li havia demanat si volia sortir amb mi. I per postres, hauria de tornar l'endemà a recuperar la bicicleta.

Va caldre que un amic, en plena nit, vingués a fer-li un préstec d'urgència. En Pere va insistir a acompanyar-me a casa amb taxi. No sé pas què es devia pensar. Jo sí que ho tenia clar: Li vaig treure un parell de vegades les mans del damunt perquè no es fes il·lusions. Tot i que me'n moria de ganes, havia de començar a entendre que era jo, qui manava. I que encara no tenia res gens clar.

L'endemà al vespre, després de treballar, vaig anar a ca l'Encarna. No hi era i vaig haver de donar conversa als seus pares, que un cop més s'entossudien a fer-me tastar l'oli de l'última collita. Per sort, no va trigar gaire, ens vam tancar a la seva habitació i li vaig explicar com havia anat la vetllada amb en Pere. Com tantes altres vegades, se'ns va fer l'hora de sopar. Feia poc que ella havia tingut un desengany amorós amb una de les seves últimes parelles. Plorava com una magdalena i, entre sanglot i sanglot, deia:

—Estic tipa de tota aquesta colla de mascles... Són tan merdetes que a la mínima tens por de trencar-los... Foten el camp corrents...

Va explicar-me la seva teoria segons la qual molts homes s'estimaven més tenir petits i continuats afers amorosos amb dones gens excitants...

I després d'un bram d'ase i una mocada, sanglotant:

—Volen dones que no siguin agressives ni tallants... I sobretot que no siguin gens crítiques respecte a la seva capacitat com a amant. Això els fa sortir de polleguera. Per això se'n van de putes...

Vaig objectar-li que també hi havia dones que compraven amor.

—Sí, però és diferent. Una dona d'edat pot tenir un gigoló de vint anys perquè li faci companyia i li faci l'amor. Però no se'n va de putes... Fes-me cas, Maria, no posis mai res en qüestió i, si t'estimes algú, no te n'esperis res i refia't de poder-lo educar...

Sí que anàvem bé, si aquelles eren les batalles de l'amor lliure que havíem de guanyar. Però era així. Vaig veure-la tan fotuda que no vaig gosar d'explicar-li que m'estimava dos xicots i aviat hauria de triar-ne un. No pas per mi, per ells. I aquest sol pensament ja em feia enrojolar.

Una nit, uns quants dies més tard, mentre sentia l'alenar calmat de la Lídia dormint a la meva habitació, vaig escriure-li una altra carta d'amor a la Maria. I aquest cop no la vaig estripar. En resum, li venia a dir que havia reflexionat sobre les seves paraules, que tenia raó, que jo era un cap calent, que ella era l'única... i que si volia que sortíssim junts. Tot just es feia de dia que vaig dur-la jo mateix a casa seva amb la bicicleta. A mig camí vaig pensar que allò potser la comprometria davant els seus oncles i vaig tornar enrere. La Maria era capaç d'emprenyar-se com una mona i no parlar-me mai més. Vaig pensar de dur-la a can Ponsich, però vaig frenar. No, la millor via era l'Encarna. Per sort, algun veí matiner ja havia obert el portal. Vaig pujar els cinc pisos i la vaig fer entrar silenciosament per sota la porta. Després vaig entrar a una taverna a fer un perfumat i tranquil·litzar-me. Portava una hora retopant per Barcelona com una pilota de frontó.

Un divendres de finals d'abril, a la tarda, m'estava assegut a la meva barraca acabant un parell d'encàrrecs. De sobte, la claror que m'il·luminava es va tallar. Vaig aixecar el cap i allí s'estava la Maria, amb el seu somriure, a contrallum. Anava vestida tota primaverenca i estava preciosa. Fins al punt d'atreure les mirades dels altres memorialistes i de la gent que passava pel nostre costat. Feia uns quants dies que no la veia i no me'n recordava, que m'agradava tant.

Vaig plegar i ens en vam anar a passejar Rambla avall. Estàvem contents i ens explicàvem les últimes novetats. Se sentia una sirena, algun vaixell que entrava a port, segurament. Un vell magre i clivellat seia en un amarrador amb un feix de canyes entremig dels genolls. N'hi havia que ja duien una sardina penjada, per si de cas algú volia tornar a casa presumint d'haver pescat. A la fi, asseguts amb les cames penjant a la vora del moll, va explicar-me amb preocupació el seu sopar amb en Pere i que no havien arribat a fer res. El dia se'm va obrir. Em deia:

—No és pas que em faci l'estreta per orgull...

A mi m'era ben igual. En un moment donat va dir que ja n'estava farta, de passejar pel moll.

—Saps què? Et convido a sopar. Podem anar a ca l'Encarna. Ni ella ni els seus pares no hi seran, passen el cap de setmana al poble. Haig d'anar-hi a regar les plantes.

I vaig acceptar perquè fins en aquell moment pràcticament no havíem deixat de parlar d'en Pere i, per tant, ja m'havia guanyat força el complex d'eunuc. Era l'oportunitat d'aturar-ho. Vam anar a la Boqueria a comprar quatre coses.

Al piset de l'Encarna, la sensació de confort s'encomanava a l'instant. No hi havia tornat d'ençà de la vetllada de cap d'any i ella m'ho va recordar mentre feia unes truites i parlava de l'amor i de l'amistat. No parava de llançar-me floretes i va arribar un moment que em vaig espantar. Alguna peça del trencaclosques no encaixava bé. No era el que em deia sinó com m'ho deia:

—Estic molt contenta d'estar aquí amb tu... Per sort us tinc a vosaltres dos, a l'Encarna, als oncles... Fora, al carrer, passen mil coses, la gent es mata...

Certament, eren dies plens de violència. Barcelona havia quedat commosa per l'assassinat dels germans Badia a càrrec d'elements anarquistes aparentment incontrolats. Tenint en compte que un dels morts era el cap d'ordre públic de la Generalitat, tot semblava apuntar a un intent de desestabilit-zació semblant als que, des de Madrid, intentaven els elements feixistes de la Falange. Ningú no es refiava de ningú i tothom patia per tothom. Comprenia la Maria, és clar. Jo mateix ho havia sentit, sovint patia pels meus pares...

Vam sopar i ella es va quedar al pis. Quan ja havia baixat les escales i era al portal em vaig aturar de cop i vaig tornar enrere. Acabava d'adonar-me que l'eunuc havia estat tot el sopar sense treure el morro. Una cosa o altra devia significar. Vaig pujar els graons (de tres en tres) volant i vaig trucar a la porta. Va dir «qui és» i jo li vaig respondre «jo!». I va obrir tota sorpresa. Vaig tancar la porta darrere meu i li vaig dir:

—Vull fer l'amor amb tu.

No em coneixia. Ella estava desconcertada i jo em sentia fort. L'eunuc s'havia quedat a baix al portal, esperant-me.

Vaig quedar amb en Gregori per explicar-li que en Pere, per carta, m'acabava de demanar de sortir junts. Però tot d'una que el vaig veure, allí ficat, en aquella barraqueta, com en un nínxol, amb la seva pell tan fina i tan blanca, vaig saber que no m'hi veuria amb cor.

Es poden estimar dues persones alhora? No ho sé. En aquells moments vaig tenir ganes d'anar-me'n amb ell on volgués i fer amb ell el que volgués. Només per poder passar-li la punta dels dits pel rastre de les venes, tan blaves, que se li destacaven com si fossin tatuatges. I al mateix temps vaig tenir la seguretat que també volia en Pere.

Vaig endur-me en Gregori a casa de l'Encarna i vam fer l'amor. Ell tremolava com una fulla i com més me l'estimava, més sabia que jo pertanyia també a en Pere. I que en aquell moment estimava en Gregori sense recança. Tot repassant-li amb el dit els filets blaus de les venes li vaig dir que els antics egipcis, per augmentar la seva bellesa, remarcaven el recorregut de les venes amb pintura, i ell em va dir que per mi es deixaria fer el que calgués, amb pintura o sense. Vaig callar perquè ja ho sabia. Quan se'n va anar, vaig treure la carta rebregada d'en Pere i la vaig deixar sobre la tauleta. Per tenir-la ben a la vista.

L'hi vaig dir, devia pensar que m'estava tornant boig:

—L'eunuc és a baix al portal, esperant-me.

No sé pas quina cara devia fer, ella em mirava, tota quieta. Va començar a respirar a sotragades, les aletes del nas se li inflaven i desinflaven; vaig acostar-m'hi i em va aturar amb la mà. Llavors, tot traient-se el davantal, va arrapar-se'm i em va besar. Així mateix. El cap m'anava a cent per hora i, tot i amb això, no donava l'abast a entendre-ho. Mentrestant, em passava els dits pels cabells d'aquella manera que només ella sabia fer-ho. I m'anava fent més petons, mentre em deia que m'estigués tranquil. Potser li havia agafat canguelo i creia que m'havia convertit en un boig perillós i violador. M'era igual. Lluitava per fer que el meu cap s'estigués ben lluny de totes les coses on havia viscut tota la vida. Cal temps per ajustar-se a les coses noves i diferents i jo no en tenia. Allí mateix, a la cuina, va començar a descordar-me la bragueta. I l'únic que recordo és que em faltava l'aire. Que em descuidava de respirar. Ja no semblava pas que em tingués por. El fet que algú et sedueixi et talla l'alè. I tot seguit al contrari, vaig començar a xuclar l'aire, com si sanglotés, com un nen petit que s'amaga, sufocat i suat. I tot d'una em vaig trobar profundament sol i no ho vaig entendre. M'estava equivocant? Vaig apartar-la de mi i em va preguntar què passava. Vaig decidir que no passava res, al contrari. I ens vam tornar a ajuntar i vaig deixar que em fiqués sense vergonya la mà als pantalons i m'ho va tocar i remenar tot, a punt d'esclatar. Ella se'n va adonar i va somriure.

Llavors sí que vam fer l'amor i vaig pensar, Tot això que tenim guanyat, això no m'ho pren ningú. I em va resultar estrany ficar-me en un llit que no era el meu, un llit de noia que feia olor de noia. Sempre havia pensat com seria la primera vegada i no havia previst totes aquelles sensacions. Fer l'amor no era només l'acte sexual, era despullar-se (què fas amb la roba?), era prendre decisions (què fas amb el rellotge i les ulleres?), era desinhibir-se (despullat semblo un pollastre?). I a més a més, havies de pensar en aquella persona que tenies al costat i els interrogants es multiplicaven (per tres).

Ens en vam sortir prou bé i va anar molt més bé que no m'esperava. Perquè ella va ser molt amorosa. Veient la seva experiència, em vaig sentir gelós de tots els homes que hi havien estat abans que jo (bé, en particular d'un de molt concret, però, com que no n'estava segur, no vaig gosar preguntar-l'hi).

Tampoc no li vaig dir que era verge (segurament no calia, devia ser evident), però sí que l'estimava. Que mai no havia estimat ningú com l'estimava a ella... ni creia que mai ho arribés a fer. Des del primer dia, a més.

Vaig dir-li que no me'n volia anar, que em volia quedar amb ella. I ella em va respondre que li semblava perfecte.

Vaig trucar als pares. Els vaig explicar que me n'anava d'excursió amb uns amics el cap de setmana. I que no, que no me n'anava al Brasil. Vam estar la resta de la nit estimant-nos i fent l'amor. L'endemà dissabte la vaig acompanyar a can Ponsich i la vaig estar esperant fins que va plegar. I a ca l'Encarna, tornem-hi. Es tractava de palpar-se i acaronar-se i no mirar endavant, no preguntar-se res. Com si tinguéssim una bena als ulls i haguéssim reduït al deu per cent les funcions del cervell, per tal d'evitar que ens poséssim a analitzar, per tal d'evitar de moure'ns, ni endarrere ni endavant. Què esperàvem d'aquella situació? No en parlàvem. Parlàvem d'altres coses, de la vida, de l'amor, de l'amistat. No vam parlar ni un moment d'en Pere. Tots dos vam fer aquell camí amb la il·lusió del nen amb joguina nova.

Vam ser amants des del vespre d'un divendres al vespre d'un dissabte, unes quantes hores, totes senceres. Amants de debò, amants com Déu mana.

El dissabte al vespre, al llit, la Maria va dir:

—Els meus oncles m'esperen.

Les mans se'ns van ajuntar com per casualitat, com sense voler. La pregunta indirecta era, evidentment: I ara què fem? Em vaig mirar en els ulls de la Maria, plens de llàgrimes gruixudes a punt de vessar. La vaig besar amb tendresa. Va posar-se a plorar amb grans sanglots, com una nena. Després va callar i es va estirar.

Li vaig preguntar per què s'estava tan callada. Em va somriure i em va acaronar la galta amb la part externa dels dits de la mà. I amb aquella franquesa tan seva d'aleshores em va preguntar si sempre m'enamorava de les dones amb qui me n'anava al llit. Vaig respondre-li una mica estúpidament que el meu amor estava per damunt de llits. En aquell moment tampoc no li vaig confessar que havia estat la primera i l'única.

Tot seguit em va dir:

—Gregori, mai no oblidaré què ens ha passat. Tenies raó, som especials. I de nosaltres tres, ets l'únic que ho creia. Som especials...

Vaig pensar que, en aquell moment, el «nosaltres tres» havia sonat d'allò més indecent. Era hora d'anar-se'n.

Vaig arribar a casa just a temps de sopar. Devia fer un posat tan estrany que els meus pares es van espantar, però ja feia mesos que no em preguntaven ni em deien res. S'acontentaven amb el simple fet del meu retorn diari a casa. Ni tan sols no em van demanar com m'havia anat l'«excursió» i com era que havia tornat dissabte a la nit i no pas diumenge al vespre.

I si l'Encarna no li havia donat la meva carta? Passaven els dies, la Maria no donava senyals de vida i jo no estava per la feina ni per res. Un vespre, fins i tot vaig equivocar-me de pel·lícula. La gent que va anar a veure el Bing Crosby al Coliseum, va trobar-se el Clark Gable i els qui van anar a l'Urquinaona, al contrari. Aquí, el públic va fer una assemblea en plena sala i va decidir per majoria que li era igual i se'n van anar molt pocs.

Però és que al Coliseum gairebé va haver-hi la revolució. Es va fer un comitè d'espectadors i van exigir la seva pel·lícula. Per sort, n'hi havia una còpia lliure, destinada l'endemà a un cinema de Sabadell. Com aquell qui diu, vaig volar, amb la bici. La sessió va començar una hora tard i per sort, com que la pel·lícula va agradar, els mals no van ser més grans. Vaig aconseguir que no em fessin fora a canvi d'un càstig equivalent al sou de tres mesos i a la renúncia d'un mes de vacances pagades. Com que per a l'any 36 me'n tocaven deu dies, es pot dir que em van encolomar de no tenir vacances en tres anys (hauria acceptat qualsevol cosa, només tenia una idea al cap).

Però tot i amb això estava content i ansiós. Tothom em coneixia, sobretot als barris de Ribera i del Raval. Quan em veien venir ja s'apartaven, jo era en Pere de la bici:

—*Carring, carring*! Pas que vinc! Pas que vinc!

—Pere, i la gorra? —em deien els obrers tot passant.

—Li vaig deixar a ton pare perquè es tapés les banyes! *Carring, carring*! Pas que vinc! Pas que vinc!

—Pere, qui t'estima a tu? —em deien les bacallaneres del Born.

—La teva filla, dos cops per setmana, a l'escullera...

Vaig estar esperant amb candeletes que la Maria em truqués el primer cap de setmana de maig. Tenia l'excusa perfecta per obligar-la a veure'ns. S'estrenava la primera pel·lícula en color, *La feria de las vanidades*, al cinema Astoria i no cal dir que en tenia invitacions. El dissabte, no vaig sortir de la pensió, esperant. De vegades em telefonava des de la botiga. Van trucar a la porta i m'hi vaig llançar de cap, però era un aprenent de Montoro Films, que em deia si el volia ajudar a vendre als Encants una sèrie de cartells, programes i fins i tot fotogrames d'unes quantes pel·lícules. Ho tenia amagat al magatzem i em proposava d'anar-hi amb la bici a carregar-ho. Els beneficis, meitat i meitat. Vaig estampar-li la porta als morros quan en un altre moment li hauria fet un petó. El temps va passar i res.

Res de res. Tants dies sense notícies, era evident que la Maria no en volia saber res. Vaig decidir que, abans que m'engeguessin, seria jo, qui trencaria. I me'n vaig anar a veure la pel·lícula tot sol.

De tornada a la pensió, va sonar el telèfon. Ja era de nit, però val més tard que mai, vaig pensar. Era la Lídia (tot d'una vaig caure que l'endemà havia quedat amb ella). En veu baixa, em va dir que aquell cap de setmana no baixaria. I que no ho faria durant una temporada perquè el seu marit (ja s'havia casat) s'ensumava alguna cosa. I que si li anava tan bé de casada, que si el seu marit era un xicot tan maco i que si tomba i que si gira... Que s'hi fotés fulles!

L'endemà vaig dormir fins a migdia i, havent dinat, avorrit, vaig repassar el meu estat de comptes: Justet, però suficient per arribar-me a veure la Quimeta. Encara no eren les sis que ja trucava a la porta del bordell, clenxinat com una mala cosa. Doncs tampoc: No hi era, se n'havia anat al poble a recuperar-se d'una bronquitis mal curada. La mestressa em va dir si no em feia peça una altra de les noies, que m'arreglaria el preu i, si no en tenia prou, que ja ho trobaríem. No em va donar la gana, que jo, de vegades, si no tinc el que vull, encara que sigui una merda seca punxada a un bastó, no vull res.

Vaig estar passejant amb la bici, rabiós, esperant que es fes l'hora de tornar a casa i dient fàstics de totes les dones del món. A la Rambla vaig veure un noi que enganxava pasquins a la paret. Era tard i no hi havia ningú. Vaig baixar de la bici i m'hi vaig acostar a tafanejar. No volia pujar a la pensió, encara estava molt excitat. Eren pasquins feixistes. Demanaven la llibertat de José Antonio Primo de Rivera i la legalització de Falange Espanyola, que feia poc havia estat posada fora de la llei. Sense adonar-me'n vaig agafar el cubell de cola i li vaig entaforar al cap. I aprofitant la sorpresa, li vaig clavar un genoll als collons. Un cop vaig tenir-lo a terra, vaig començar a estovar-li les costelles amb la puntera de les sabates. De seguida vaig sentir un clap-clap acostant-se i em vaig girar: Sis o set mansos venien directes cap a mi amb molt males intencions. Vaig arrencar a córrer i encara és l'hora que m'han d'agafar. Vaig donar voltes una estona esperant que se n'anessin per poder recuperar la bici. Quan finalment m'hi vaig acostar, vaig trobar els dos pneumàtics tallats a trossos. I al seient, gravat sobre el cuiro amb un punxó, les sigles CAFE, que volia dir «Camarades, amunt Falange Espanyola». També hi havia una nota entortolligada entre els radis de la roda. Deia: «Sabem qui ets i on vius.» No et fot? Jo també sabia qui eren i on vivien! Potser es pensaven que em farien venir cagarel·la, els feixistots aquells.

Quan em vaig ficar al llit tenia encara tanta ràbia que vaig beure un got de llet perquè em vingués la son i no el vaig pair bé. Ja m'ho havia semblat, que la llet tenia un gust una mica agre, però amb l'emprenyada ni me n'havia adonat.

No hi havia manera de fer arribar el dilluns!

La vida va continuar amb els ensurts que la quotidianitat donava, particularment a una llar com la meva, catòlica, apostòlica i romana. S'acabava d'escollir Manuel Azaña com a nou president de la República i va dir que «Espanya havia deixat de ser catòlica»; el senyor Cleofàs va exclamar que ell ja ho havia avisat, però que ningú no li havia fet cas. Que quan els gossos lladren, alguna cosa senten i que anàvem de cap a l'abisme. I afegia misteriosament que sabia de molt bona tinta que abans de la destrucció definitiva, passarien coses, que home previngut mai no és vençut.

A casa, els meus pares, tan lligats a la parròquia, estaven preocupats però procuraven amagar-ho.

—Ho veig fotut —deia el pare.

—Octavi, no diguis *fotut* —deia la mare.

—No ho diré, però ho veig així.

I jo, arran de terra, pensava en la Maria. I també en el Pere. Ara ja gairebé mai ens trobàvem tots tres. I ho trobava a faltar.

A l'hora de plegar, en Pere, la seva clenxa i la seva bicicleta eren com un clau davant de can Ponsich. L'havia trucat per dir-li que em vingués a buscar, després de dies i dies de no dir-li res respecte a la seva carta.

Vam començar a caminar en silenci. Estava nerviosa. Li volia explicar com eren els meus sentiments, li volia dir com més aviat millor que uns quants dies abans m'ho havia fet amb en Gregori. Caminàvem i no deia res. Em vaig començar a neguitejar. Li vaig preguntar si li passava res, però ell dissimulava i deia que no. Anàvem caminant i tot estava anant al contrari de com jo m'havia esperat que seria. Observava en Pere de cua d'ull i el veia molt tranquil, mirant endavant i arrossegant la bici amb les dues mans. No em preguntes per què t'he dit de veure'ns?, li vaig dir tot d'una.

—No em cal, ja ho sé.

I llavors es va aturar en un banc i s'hi va asseure. Jo també ho vaig fer amb un cert emprenyament. No entenia res. Va començar a explicar-me que tenia pares i una germana i era com si no els tingués, que aquells pocs anys passats a Barcelona havien esborrat tots els altres de la seva vida i tanmateix, no se'n penedia. Que li feia l'efecte de no tenir passat i que si es presentés el seu pare en aquell moment no sabria què dir-li. I tal com anava parlant, jo m'anava ensopint. Després va explicar-me que, feia uns quants dies, l'empresa havia convidat tots els treballadors i les seves acompanyants a la sessió de tarda del cinema Astoria, que era l'estrena a Barcelona de la primera pel·lícula en color. I que li hauria agradat d'anar-hi amb mi. Tot seguit va començar amb el tema de les bicicletes, que d'ençà que hi treballava ja no li agradava la boxa sinó el ciclisme i que si hi havia tantes menes de bicicleta...

Era maig i el dia allargava molt. Tot i amb això el cel començava a enfosquir-se i a mi se m'havia posat la pell de gallina. I jo m'estava enfosquint tant com el cel. I, com que em tornava el record d'en Gregori, vaig dir-li que m'acompanyés a la parada del tramvia, que se'm feia tard. Llavors, de sobte, va agafar-me i va fer-me un petó de pel·lícula. Vaig sentir la bici que queia per terra i jo, sense fer-hi cas, sense parar esment que érem enmig del carrer, em vaig deixar fer amb els ulls tancats. Vam barrejar les llengües i vaig notar que en Pere feia gust de macarrons gratinats. Quan em va deixar l'hi vaig dir i ens vam posar a riure, per treure fora tots els nervis del moment.

—Ara ja em pots dir que no em vols —va fer en Pere tot d'una.

Tota l'estona s'havia pensat que l'havia citat d'aquella manera per dir-li que no l'estimava, d'aquí el seu comportament. Vaig dir-li que no era pas que no el volgués, sinó que no volia lligar-me amb ningú, que no tenia clars els meus sentiments i que el que em passava amb ell i amb en Gregori era massa fort per explicar-ho amb paraules.

—Amb en Gregori?

Es va quedar parat. No li havia passat pel cap ni remotament que en Gregori també em pogués interessar. Era així, en Pere. Va recollir la bici de terra i la va repenjar al darrere del banc. Tot seguit es va plantar davant meu, va agafar-me pels braços i va aixecar-me un pam de terra. I en aquesta posició ens vam fer el segon petó.

—Això per si te'n vas corrents…

I vaig veure que ho havia entomat bé. Va lligar la bici al banc amb una cadena i un cadenat i vam començar a pujar, enllaçats, Rambla amunt, una altra vegada sense dir res. A mi encara em faltava per dir-li la segona part del missatge… i no les tenia totes. I la veritat era que, a aquelles alçades, cada cop dubtava més de mi mateixa. Ens vam ficar al Moka i vam demanar dos entrepans. Per mirar d'introduir el tema vaig preguntar-li si es pensava que jo era verge i va dir-me que sí. Quan li vaig explicar que m'ho havia fet ja amb dos nois es va sorprendre:

—Mira-te-la, la mosqueta morta...

Li vaig aclarir que jo només ho feia per amor i ell em va dir:

—I per què et penses que ho faig, jo? Me les estimo totes!

I es va posar a riure i a fer-me pessigolles perquè jo m'havia emprenyat d'allò més. I va aixecar-se i va començar a fer-me moixaines enmig de la cafeteria i vaig ser incapaç de dir-li allò d'en Gregori. Em va dur a casa, ens vam tornar a besar, em va dir que no m'amoïnés per ell (aquí és quan em vaig començar a amoïnar) i en cap moment vaig saber què li passava pel cap.

Quan vaig dir a la Maria, en plena cafeteria, que ni me n'havia adonat, que en Gregori li anava darrere, es va emprenyar i em va replicar:

—Tu només et veus a tu! I no he dit pas que em vagi al darrere, sinó que jo no tinc els sentiments clars.

Però dins meu vaig pensar que ja tindria temps d'agafar aquell merda seca traïdor i ensenyar-li que no s'havia de jugar amb foc. Li trauria els menuts de viu en viu i...

Vam decidir que ja n'hi havia prou, per aquell dia. La Maria era una dona de cap a peus. Al contrari que en Gregori, que no era marieta, però era un mig home. Ja l'enxamparia. Però mentrestant no la deixaria pas escapar. I tant que no. Els petons que ens havíem fet no eren precisament de germans... Ja es podia anar calçant, la Maria. N'hi muntaria una que li marxarien de cop tots els coloms que li volaven pel cap. Si volia jugar amb foc, hi jugaríem de debò. Li pensava xuclar el cos i l'ànima de viu en viu. I a més, sense donar-li temps de reacció: Si podia demà, millor que demà passat, i si podia demà passat, millor que demà passat no l'altre. I no seria qualsevol cosa. Se'n recordaria tota la vida.

Em vaig acomiadar ràpidament d'ella. Vaig anar a buscar la bici i corrents cap a casa, havia de fer unes quantes trucades amb urgència.

L'Encarna em va passar a buscar a la feina i vam estar passejant per la Ciutadella mentre ens menjàvem un sandvitx. Només veure-la arribar ja vaig començar a sanglotar i plorar a llàgrima viva. I ella em volia consolar i com més ho intentava, més grossos eren els meus sanglots. Al final vam acabar rient totes dues com dues boges.

—Qui m'ho havia de dir? —deia—. I ja vas prendre precaucions? A veure si haurem de córrer.

I jo feia que no amb el cap i encara reia i plorava més. Vam seure en un banc i la gent que passava ens mirava com si fóssim dues bogetes de Sant Boi. Vaig tornar a treballar amb els ulls com dues pilotes de ping-pong i pensant, ja veuràs, s'imaginaran que has patit una desgràcia.

Quan ho vaig tenir tot ben lligat, un parell de dies més tard, li vaig trucar a can Ponsich a mig matí. Li vaig dir de broma que l'obligava a quedar amb mi l'endemà al vespre, que no li digués res a en Gregori. I vaig acabar:

—Vés-te preparant, que, de la impressió, demà no dormiràs…

—Què? Per què?

—Tu, vés-te preparant…

I li vaig penjar l'aparell. A mitja tarda, igual:

—Ja te n'has fet el càrrec?

—Eh? De què?

—Jo, de tu, m'aniria fent la malalta…

—Per què?

—Perquè de la impressió, demà no dormiràs i l'endemà següent qualsevol treballa…

I vaig tornar a penjar.

L'endemà al vespre, a l'hora en punt, vaig enviar un taxi a recollir-la. Era un taxista amic que treballava sovint per a Montoro Films. Em va fer el favor a canvi d'un bon munt d'entrades gratis al cinema.

L'Hermínia em va cridar a punt de plegar:

—Maria, aquí et demanen...

—A mi? Qui?

No em va contestar i em va indicar cap a la porta amb un riure sorneguer. Hi havia un taxista vestit de vint-i-un botons que no coneixia de res. L'Hermínia i jo vèiem visions.

—Vinc de part d'en Pere Cros —va dir—. Si em vol acompanyar...

Tenia els peus com clavats a terra. Vaig mirar cap al senyor Ponsich, que estava fent caixa amb l'Hermínia i es feia el desinteressat, li vaig dir que si no manava res més...

—Faci, faci, Maria...

No tenia ni idea del que es proposava en Pere.

Les noies de la botiga badant tres pams de boca, la senyora Ponsich, que en aquells moments entrava carregada de paquets, amb cara de pomes agres perquè es pensava que el taxi de la porta era el que ella havia demanat i jo, deixant-me endur. El xicot em va dir que en Pere em comunicava que tot anava sobre rodes. Tot? El què? Coneixent-lo, se'm barrejaven alhora el tremolor de cames i l'esvalotament de cor.

—Si em fa el favor, el taxi espera...

Des de la botiga, les noies em van fer adéu amb la mà i jo, burra de mi, els vaig tornar el comiat amb cara de bleda assolellada.

El taxista amb uniforme de gala va dur-me fins a la pensió. S'hi va aturar al davant, va baixar, em va obrir la porta amb la gorra a la mà. Vaig picar fort i em va obrir en Pere, endiumenjat i amb la pell de la cara més rosada que mai. Em va abraçar i em va fer un petó. Em va dir:

—Et volia convidar a una copa de xampany i a uns canapès.

La decepció em va fer pujar la sang a la cara. Gairebé li vaig cridar, tan injustament que encara em fa vergonya:

—I per això m'has donat tant la llauna?

—T'he dit el què, però no el quan, el com ni l'on. Som-hi. Anem.

Vam baixar cap al carrer. Ell em duia tot cerimoniós agafant-me el colze amb la mà. Al portal, el taxi ens esperava i el taxista, tan bon punt ens va veure, es va precipitar a obrir la porta perquè hi entréssim. Vam pujar-hi i vam sortir amb destí desconegut.

Tenia la Maria a punt de caramel. Jo, per dintre, estava que no hi cabia. La cosa anava sobre rodes (amb el taxi, mai més ben dit). Vaig fer que el taxi ens dugués fins a un lloc de Gràcia. L'hi vaig agrair i li vaig picar l'ullet d'amagat (comunicant-li que ja ho trobaríem l'endemà). Va saludar la Maria amb una inclinació de cap i se'n va anar. A aquelles hores encara hi havia força gent al carrer. Les botigues de queviures començaven a tancar, devien ser quarts de nou, les nou. Vaig treure un mocador vermell de la butxaca. La Maria no gosava dir res. Ni hauria pogut encara que hagués volgut.

—Ara t'embenaré els ulls...

—Però es pot saber què t'empatolles? —em va dir—. Que em vols fer morir de vergonya?

—Muts i a la gàbia. Les sorpreses ja ho tenen, això. Caminarem sempre endavant, en línia recta, entesos? No tinguis por, que no hi ha res on puguis ensopegar.

I ella, a batzegades:

—I la gent? Ens veuran així pel carrer...

—Si algú diu res, direm que és una promesa! Au va, calla-deta i endavant. Som-hi, que serà un moment, només.

Com que em tenia agafada del braç, en Pere m'anava guiant, com si fos cega. Era incapaç de pensar res. Vam caminar una mica, no gaire. De sobte em va fer parar i girar a la dreta. Em va dir:

—Torna a parar! Ara, puja un esglaó! Molt bé! Endavant!

Havíem entrat en algun lloc, un espai gran, però no era un magatzem perquè no havia obert cap porta. Potser era el portal d'una escala... Però a aquelles hores, tots els portals eren tan-cats...

—Atura't! I ara espera't aquí un moment. Ara torno...

El molt cretí, pensava deixar-me amb els ulls embenats en un lloc desconegut? Em va abraçar i em va començar a fer peto-nets i a dir-me melosament a l'orella que tingués paciència, que valdria la pena, que no es separaria de mi més de cinc passes... El cor m'anava a cent per hora. El vaig sentir xiuxiuejar amb algú! Una veu desconeguda deia: «Ni un minut més, eh?», i ell responia: «T'ho juro, Pancraç, collons!», «Mira que me la jugo...», i ell: «Ja ho sé, Pancraç, t'ho agrairé tota la vida, jo hauria fet el mateix, per tu.» «Doncs va, som-hi...» I vaig sen-tir com el tal Pancraç s'allunyava. I jo, allà palplantada com una bleda. En Pere em va agafar pel braç i vam continuar avançant, vaig sentir com obria una porta i entràvem en un lloc molt fresc i amb una olor que no vaig saber identificar. Darrere meu vaig notar com en Pere tancava de nou la porta i aquest cop ho feia amb dues voltes del pany. Era evident que m'acabava de tancar en alguna banda... Llavors va treure'm el mocador a poc a poc... i em vaig quedar igual: Estava en un lloc absolutament a les fosques. No s'hi veia res. Em va fer avançar una mica, va fer petar els dits tres vegades i es va fer la llum. Vaig obrir la boca i no hi havia manera que la tanqués, no em sortia la veu: Cortinatges, relleus daurats, la catifa central vermella, les llotges, el llum gegant d'aranya al centre, l'escenari, la pantalla: Era un cinema immens, buit! L'havia obert només per a mi! Era un esclat, tots els llums del cinema oberts, semblava un palau. Només em va sortir de dir-li que era boig. I ell, tot cerimoniós, de darrere una butaca va treure una olla de coure una mica rònega i abonyegada plena de trossos de gel i amb una ampolla de xampany dintre. I dues copes, és clar. I una safata de canapès. Em va fer seure en una butaca, va destapar l'ampolla i va omplir les copes. Vam brindar i ens vam abraçar. Vam buidar les copes d'un glop i les vam tornar a omplir. El xampany em posava idiota i sentimental, però en aquell moment tant se me'n donava. En Pere va fer petar els dits i va dir:

—Som-hi, Pancraç!

Es van apagar els llums i va començar la pel·lícula. Em volia concentrar i no podia. Sóc incapaç de recordar com es titulava ni quins artistes hi sortien. Després en Pere em va dir que era *Su noche de bodas*, el gran èxit de la Imperio Argentina. I que li havia costat tant i tant d'aconseguir-la, però que havia fet tots els possibles perquè sabia que aquesta actriu m'agradava molt. A part, hi havia el títol i l'argument, tan suggeridors… I m'anava parlant i parlant i jo, com si em deia Llúcia, no estava per a res.

Al cap de tres minuts, el tal Pancraç va aparèixer arrossegant els peus i amb cara de cavall trist. Va dir «Apa, fins després» i se'n va anar. Vaig sentir com reia per sota el nas mentre sortia cap al carrer. En Pere va tancar amb clau per dins la porta d'accés. Estàvem tancats en un cine meravellós, en Pere i jo. Anàvem picant canapès, bevent xampany i mirant la pel·lícula.

La Maria semblava un d'aquells caganers que, quan ploren, de la ràbia es queden sense respiració i se'ls ha de donar un copet a l'esquena perquè tornin a respirar. Li acabava d'obrir tot un cinema per a ella sola. Ep! I amb pel·lícula i tot! Ep, i amb xampany fred i tot! Ep, i amb uns canapès que et feien venir salivera només de veure'ls! Que quan m'hi poso, m'hi poso. Em vaig conxorxar amb en Pancraç, que era el projeccionista i encarregat de la sala. Estava tancada provisionalment per unes petites reparacions i ho vaig aprofitar. Era un bon company. Jo hi vaig posar la pel·lícula (fins l'endemà al matí ningú no la trobaria a faltar) i ell faria l'orni durant una hora i mitja, el temps que durava la pel·lícula. Bé, no exactament, perquè hauria de ser-hi cada quart d'hora per anar canviant les bobines. Però li havia fet jurar que, mentre ho estaria fent, no miraria cap a la sala. I vaig amenaçar que, si l'enxampava espiant, li esclafaria el cap amb el projector. La Maria no ho va saber, que cada quart d'hora en Pancraç seria a la cabina de projecció.

Juro que no havia previst gens el que va passar. Encara més, venia decidit a ser bon noi (si calia). Haig de reconèixer que era una possibilitat, però ja havia après que amb la Maria no se sabia mai... Però és clar, aquella escalforeta del xampany, els canapès, tot barrejat amb la foscor del cinema, la pel·liculeta que era prou romàntica... En fi, va passar el que va passar. I amb tots els ets i els uts. Quina cardada! I que bé que s'ho va fer... Ens vam despullar l'un a l'altre. Recordo el contacte dels seus llavis sobre el meu pit, sobre la meva panxa, i dels meus llavis sobre els seus mugrons i també al clatell —per què no? Era com una nina. La veia amunt i avall i em feia por de trencar-la, tan morena, prima i ben feta. Que bé que s'ho va fer... Corria fent carreretes curtes que la feien semblar més petita. I tot i que el record d'en Gregori de tant en tant se'm ficava pel mig, me'l treia del cap pensant que aquell bombonet el tenia jo entre les mans, que aquell bombonet me l'estava cruspint jo.

I a més, tota l'estona amb aquella sensació de risc sempre present. Qualsevol veí podia sentir el cine funcionant fora d'hores i cridar la policia... M'agrada una mica de risc. Un risc menor, que pugui controlar. Em dóna una mena de sentiment de força. Em fa creure que la meva vida depèn només de mi...

En Pere, de seguida em va passar el braç per l'esquena i em va arrambar, com els promesos de debò, els de la filera dels mancs...

La diferència era que teníem tot el cinema per a nosaltres. Fins i tot feia una mica de por i no vaig gosar demanar-li què passaria si es descobria. Probablement perdria la feina.

Ens vam començar a besar i cada cop ens besàvem més i ens miràvem menys. I a la fi va arribar el que havia d'arribar i no em va saber greu. Perquè ja m'ho esperava i era el que volia de tot cor en aquell moment. Era tota una frisança de tocar-se i despullar-se mentre la Imperio Argentina, gegant des de la pantalla, ens mirava. Vam quedar a pèl enmig del passadís central. Els peus em tocaven la catifa vermella, tan flonja, i em comunicava una sensació de benestar. Va omplir de nou les copes i em va fer anar darrere seu demanant-li que me la donés:

—Ai que m'ets borratxeta...

Vam acabar corrent l'un darrere l'altre per tot el pati de butaques, despullats i feliços, mentre la pel·lícula anava corrent i la Imperio Argentina feia la seva. La sensació d'estar fent una malesa era total. No ho oblidaré mai a la vida. A més, l'estimava intensament. En Pere tenia una pell tota rosadeta i despullat semblava més petit. La feina amb la bici li estava carregant les espatlles i els braços, se li endevinava un cul dur com una pedra i les cames eren musculades. Però tot i amb això, despullat, et donava una sensació commovedora. Com si fos un nen gran, vulnerable com els nens. I fins i tot una mica vergonyós, amb el cul en l'aire i el seu membre, més rosat encara, demanant guerra.

Quan ens vam cansar de córrer i de fer el préssec ens vam abraçar. Vam fer l'amor sobre la catifa del passadís central.

Luxúria, obscenitat, necessitat de plaer pertot arreu, sota la claror intermitent de la pantalla. I en tenia tantes ganes que no vam prendre cap precaució ni res. Passió i sexe, humitats barrejades, esquenes tibants, estómacs contrets. Li agafava les natges amb les mans i hi clavava les ungles i li picava fort perquè empentés endins i amunt i avall. I li pujava damunt i li agafava les galtes amb una mà i el masegava i li feia dir que m'estimava i que no desitjaria mai res més ni ningú.

No ens en vam adonar que la pel·lícula ja s'havia acabat.

—Merda, la pel·li! —vaig fer prou fort perquè se'm sentís a la cabina de projecció—. Ja s'ha acabat! I en Pancraç serà aquí d'un moment a l'altre!

El company va fer bé el seu paper. Abans que ens en anéssim fins i tot va venir a presentar-se formalment. A ella li va donar la mà i li va preguntar si li havia agradat la pel·lícula, però a mi em va fer una abraçada (en Pancraç, un veterà de les barricades de la Setmana Tràgica!). No sé què passa, que la gent, veient-te demanar favors per ruqueries romàntiques, s'estova tota.

Va ser fabulós. Vaig acompanyar la Maria a casa seva i, quan ens estàvem dient adéu, vaig dir-li, Em sembla que t'estimo. Em va mirar i se'n va anar endintre sense contestar. Vaig veure la tia, darrere les cortinetes del primer pis, i aquella vegada li vaig fer «Hola, mestressa» amb la mà i em va caure simpàtica.

De tornada a la pensió, vaig trobar-me el senyor Eugeni llevat encara. Era més tard que mai i, tanmateix, allà s'estava, assegut a taula. Vaig quedar-me una estona amb ell, com sempre. Entre les mans tenia el pot de vidre amb el dit. Va veure que me'l mirava i va dir:

—És que he aprofitat per canviar-li el líquid...

—Ah...

—I així dius que t'ho has fet dins d'un cinema?

—Sí.

—Ja se't veu, que vas pel món amb una flor al cul.

Com que era tard i, per variar, no l'entenia, me'n vaig anar a dormir i vaig deixar-lo a la cuina observant com el dit flotava dins el pot.

Les coses tornaven a anar com cal!

Des de la meva barraqueta de la Virreina continuava veient com el món passava davant dels meus ulls cada dia. Ja feia molta calor. I les coses anaven pitjor. Al carrer, la gent estava nerviosa. La situació social i política s'anava tornant cada cop més explosiva. A la Rambla, es feien grupets d'exaltats que deien que els militars conspiraven obertament contra la República i ningú no hi feia res. Es deia que la situació de Catalunya diferia força de la de la resta d'Espanya, amb avalots, morts, vagues generals, persecucions... Però jo més d'un cop vaig sentir trets Rambla avall... Era com una mena de xuclador. A més, tot passava molt de pressa i no era prou ràpid per adonar-me de les coses. I per postres estava enamorat, cosa que enmig de tot aquell merder, a més, em feia tenir remordiments: M'importava més la meva situació personal, el meu amor perdut, terrenal i concret, que no pas totes les idees del món. M'importava més la meva família i la destrucció del seu món casolà tranquil, endreçat (malgrat els antecedents familiars de desvarieig) i catòlic que no pas un hipotètic futur de solidaritat universal (convençut com estava que l'home era dolent per naturalesa).

Un dia vaig acompanyar els pares a missa, estaven força neguitosos i vaig fer-ho per ells. A la sortida, la mare va donar una moneda a un captaire i un home que passava pel costat va començar a escridassar-la i la pobra no va entendre res. El pare se la va endur cap a casa agafant-la per les espatlles. A mi no se'm va acudir res més que dir:

—És lleig, que els rics explotin els pobres... Cal mirar de no fer-ho...

El pare em va mirar amb tristor i em va replicar:

—D'ençà que el món és món, la gent és dolenta i inconscient i no pot evitar-ho... A famílies com la nostra ens toca d'apedaçar-lo amb l'exercici de la caritat... Ara, pel que sembla, ja ni això...

Un dissabte de principis de juliol, la Maria es va presentar a la barraqueta. Em va dir que havia quedat al vespre amb en Pere, que podíem sortir junts. Jo havia d'anar a la Universitat. Les poques ganes d'estudiar m'havien empès a oferir-me voluntari per ajudar a fer l'inventari de la biblioteca. I ho feia els dissabtes, fora d'hores. La sala era buida i immensa i, tot i la calor exterior, dins hi feia una certa fresca. Vam seure cara a cara, en una de les taules de la sala principal de lectura. Em mirava com no m'havia mirat mai. La Maria i jo havíem sortit junts unes quantes vegades (tres, en concret) sense que en Pere ho sabés. No havíem tornat a fer l'amor, però. A mi, fins i tot em feia por i no ho havia intentat. Aquell vespre l'havia atrapada amb l'esquer de dur-la al magatzem a ensenyar-li llibres estranys i fins i tot prohibits, llibres que no veia mai ningú. Fora, el cel s'havia enfosquit i plovisquejava. Per la finestra entrava la llum grogosa dels fanals del carrer. Li vaig tornar a dir que l'estimava. Ella em va dir que en Pere també.

—Un dia o altre t'hauràs de decidir.

—Ja ho sé. Per què han d'anar així les coses?

—Sempre van així. Aquestes coses són així.

Vam anar a trobar en Pere, que arribava de treballar. Havíem quedat a la taverna del carrer Ample, on anàvem quan ens vam conèixer. Feia més d'un mes que no ens havíem trobat tots tres. I havien passat tantes coses... En Pere, jo mateixa, no l'havia tornat a veure des del dia del cinema ja que com qui diu, a partir de l'endemà, se l'havien endut fora de Barcelona a treballar. Va arribar a la taverna que nosaltres dos ja hi érem. Semblava un altre: Morè, amb la pell plena de clivelles de pedalar sota el sol. Es van saludar i es van fer les bromes habituals, semblaven contents de tornar-se a veure. I jo també reia i em semblava mentida, tornar a estar tots tres junts, com en els vells temps. Els mirava i havia de fer ganyotes perquè no notessin que tenia el llagrimall a punt de vessar.

Llavors ho vaig veure clar: Em casaria amb el primer dels dos que m'ho demanés.

Es va espatllar una de les camionetes de Montoro Films i, mentre l'arreglaven, no se'ls va acudir res més que enviar-nos a mi i a la bici a substituir-la. La cosa no hauria tingut més importància si no és perquè cobria la distribució d'una part de la costa: El Maresme i més amunt. Total, que m'estava passant el començament d'aquell estiu duent pel·lícules entre uns quants pobles de la zona. Per això, quan vaig contactar amb la Maria per dir-li que tenia lliure un dia al vespre, no em va agradar gaire que em digués que ja havia quedat amb en Gregori, i que ens podíem veure tots tres.

Va ser curiós, però un cop a la taverna, tornar-me a trobar amb la cara de tòtil d'en Gregori, em va posar content i tot. Ens vam abraçar i em van preguntar com anava la feina. Vaig aprofitar per queixar-me una mica.

—Els barcelonins, tots de vacances a la costa i amb ganes de veure cine. I ja em teniu carregant la bici al tren fins a Mataró, que és el meu quarter general. I som-hi, a pedalar, de Mataró a Argentona, d'Argentona a Vilassar i torna cap a Mataró. I encara bo si només és una pel·lícula, ja que, posem per cas, em presento a Argentona a les sis, m'espero fins al final, me l'enduc volant cap a Vilassar per passar-la a les vuit, torno a esperar, i cap a Mataró falta gent perquè està programada per a les deu. Acabo mort i al mateix cinema de Mataró, en un catre a la cabina de projecció, caic adormit com una soca. De fet, dormo més dies fora que a casa...

—No et queixis, de tant pedalar sota el sol en samarreta, estàs agafant un bronzejat «paleta» que ja el voldria jo per a mi...

En Gregori, tan gallet, mai no havia gastat aquell to, amb mi, semblava un altre. Vaig observar la Maria, però vaig veure que no n'havia fet cas... També ella semblava diferent. Érem els mateixos i alhora no ho érem. Què punyetes estava passant? Tot era força estrany. Finalment, només duia fora quinze dies!

Llavors vam començar a explicar els nostres projectes de futur. Mai no ho havíem fet. No sé qui va treure el tema, però el cas és que ens hi vam enganxar amb ganes. Va començar en Pere. No per res sinó perquè en el fons era qui ho tenia més clar.

—O és que no sóc propietari del meu propi mitjà de treball? —deia.

I va afegir que tenia moltes idees per eixamplar el seu negoci de la bicicleta, que ho tenia tot previst. Ens va assenyalar i ens va dir que seríem socis seus. La Maria, gerent i comptable. Jo, encarregat de difusió i propaganda... Xerraire i moreno, res no semblava aturar el somni d'en Pere.

Els vaig ben agafar de sorpresa. En Gregori somreia i la Maria obria els ulls.

—Per etapes, és clar, però calculat al centímetre. És el negoci del futur per a una gran ciutat com Barcelona: Transport urgent de paquets petits, missatges i cartes personals. Amb la bicicleta arribes on no arriba un auto. Un negoci rodó.

—Hi ha el telèfon, no sé si ho recordes... —va fer la Maria.

—Mira, espavilada, no tothom en té, als que en tenen, de vegades, els costa d'agafar línia. I a més, encara es valora el paper escrit i signat. Un negoci rodó. Al principi m'hi dedicaré en les hores mortes, és clar. Quan hagi estalviat prou engegaré Montoro Films a dida i em faré independent. He calculat que, en un any, podré comprar la segona bicicleta i llogar un manso que faci les feines menys compromeses. En dos anys, quatre bicicletes i un local amb despatx... Quan ho tingui tot ben organitzat ja us ho donaré per escrit, amb un esquema...

»I tu de què rius? —vaig dir a en Gregori.

—De res, home, de res. Em feia gràcia, imaginar-te fent esquemes.

No pensava emprenyar-me. Això sí, els vaig repetir amb tota la seriositat que esperava que tant ell com la Maria participessin en el negoci:

—No vull que després, a la vista de l'èxit, em feu morros...

Vaig anunciar als nois un dels secrets que duia guardat dintre meu des de feia uns quants mesos. No ho sabia ni l'Encarna. I els oncles, encara menys: Volia estudiar. Encara no sabia com ni quan. Però ho pensava fer. M'havien dit que et podies matricular de més d'un curs de batxillerat alhora. Estudiaria als vespres. Si tot anava bé, en un parell d'anys, màxim tres, podia ser a la universitat. Tindria vint-i-un anys, seria l'àvia de tots els meus companys, però no em feia res.

—I què t'agradaria estudiar? —em va demanar en Pere, que s'havia quedat mut per la sorpresa.

Vaig dir-li que no ho sabia, que alguna cosa de lletres...

En Gregori també tenia un somni. Ens va dir que tantes hores ficat a la barraqueta escrivint cartes per als altres li havien fet venir ganes d'escriure cartes seves...

—A qui? —va demanar-li en Pere.

—Al món.

—Collons, nano, sí que vas fort...

—Aquest seria el meu primer projecte: Escriure un llibre on cada capítol fos una espècie de carta dirigida a gent poc important, desconeguda, sense nom.

—Com vols enviar una carta a algú que no coneixes? És impossible —va tornar-hi en Pere

—Són cartes falses, idiota, és una manera d'explicar les meves idees sobre algunes coses.

Es va gratar el clatell, ens va mirar i va dir:

—Quin parell d'intel·lectuals de merda m'esteu sortint... Val més que els feixistes no se'n surtin, no els agraden gens, els intel·lectuals...

—Se'n surtin? De què? —va preguntar en Gregori.

—Abans de venir aquí he passat un moment pel local del partit a saludar els companys. Era ple de gent entrant i sortint. Alguns fa més d'una setmana que hi dormen i tot. Els he ajudat a aixecar rajoles del soterrani. En un moment, d'un forat de terra han sortit una pila de pistoles, fusells i capses de munició. Fins i tot bombes de mà. I han començat a repartir-ho...

—Per què?

—Els militars i els feixistes estan a punt d'aixecar-se contra la República. A la Generalitat ho saben i la veu ha corregut pels partits...

—Això ja s'ha dit altres vegades i no ha passat mai res —va fer en Gregori, clarament trasbalsat.

—Ara, no. En pots estar segur. Camarades del sector bancari diuen que fa més de quinze dies que molts caps d'empresa s'estan enduent tots els calés i fotent el camp. Els feixistes busquen gresca. Són quatre desgraciats, que en busquin, que en busquin, que se la trobaran...

—No saps el que et dius —va dir en Gregori amb to de fàstic.

—Sí que ho sé —va respondre—. I tant que ho sé...

En Pere es va aixecar i va dir:

—Mireu.

La Maria i jo vam clavar els ulls al farcellet que ens ense-nyava. Va desembolicar-lo amb una delicadesa inusual. Hi va aparèixer una pistola. Era grossa, platejada, nova i lluent. Se l'havia tret de sobte de la cintura dels pantalons. En Pere, que era com jo, que tenia els mateixos divuit anys i mig que jo, anava pel món amb una pistola. Ens la va passar pel davant, com si fos una joia, reposant-la al palmell de la mà. Va brillar a la llum de la lluna i tots tres ens la vam quedar mirant en silenci, bocabadats, com esperant que es posés a parlar i ens digués alguna cosa.

Però almenys aquell vespre no va dir res.

Era el dijous 16 de juliol de 1936.

4

I sense haver-la demanada, va venir la guerra i tot se'n va anar a can Pistraus.

I sense haver-la demanada, va venir la guerra i tot se'n va anar a fer punyetes.

I sense haver-la demanada, va venir la guerra i tot se'n va anar a la puta merda.

5

El matí del diumenge 19 de juliol em van despertar tot de trets provinents del carrer. El dia abans no havia llegit els diaris ni sentit la ràdio. Ni tan sols havia anat a la barraqueta de la Virreina perquè havia agafat un refredat d'estiu que em tenia tot ensopit, i m'havia quedat a casa. Vaig sentir els trets i els vaig comptar, per si eren tres. Vaig mirar per la finestra. Vaig veure tot de gent armada que corria en direcció al centre. I autos i camions plens passant de qualsevol manera. Vaig sortir al menjador i em vaig trobar els pares agafats com si fossin joves i amb una cara que no l'havia d'oblidar mai.

Aquella setmana Barcelona s'havia omplert de cartells que deien: «Setmana contra la Guerra.» I jo m'ho havia cregut. O sigui, que la guerra va agafar-me de sorpresa...

Els dies següents van ser confusos i funcionava a impulsos irracionals: Per por i per amor. Ho recordo perfectament: Dies abans del començament tothom estava en condicions d'adonar-se de la malignitat de la guerra i que calia actuar per evitar-la. Un cop declarada, la reacció de la gent, però, va produir-se en l'altra direcció: Tothom se'n mostrava entusiasta. I pobre de tu si algú t'enxampava fent ganyotes d'incredulitat... o de simple dubte: Era més que evident que els insegurs no ens trobàvem en el nostre millor moment històric, mai no havíem estat tan mal vistos. Havíem de suportar menyspreus i insults dels uns i dels altres.

Venien escamots de milicians a la Universitat a captar gent i a mi em deien que, en comptes d'estar-me en aquella feina de cagats i traïdors, me n'hauria d'anar voluntari al front, a engegar trets. Que tothom qui esperava a ser cridat no era més que un gallina. Què és el que impulsava tots aquells nois i noies a lluitar per la llibertat fins a la mort? Què és el que impulsa altres homes a doblegar-se davant d'altres homes fins a la mort? Una, dues i tres: No ho sé. Si la llibertat tenia aquell preu, jo no la volia. Ja de ben petit havia tingut del tot clara la sensació que la vida és molt curta. Per què havia de ser un heroi?

Aquell diumenge, l'Encarna i jo havíem quedat per anar a Piscines i Esports a nedar i a ballar. Barcelona era plena d'atletes estrangers (i molt ben fets) arribats per a l'Olimpíada Popular. Una de les noies de can Ponsich m'havia dit que n'hi havia que passaven les estones de lleure a la piscina. Quan l'hi vaig explicar, a l'Encarna li va faltar temps per voler-m'hi arrossegar. No vam arribar a anar-hi, és clar...

A Catalunya va guanyar la República, però durant un parell de dies la situació va ser confusa. Ningú no s'ho pensava, que tot allò fos el principi d'una guerra. Com tants d'altres, no havíem fet gens de cas de les notícies inquietants sobre un possible aixecament de l'exèrcit. A unes quantes ciutats d'Espanya se n'havien sortit. La vida es va aturar de sobte. Ningú no sabia què fer. Els oncles van tenir obert, però a can Ponsich van tancar amb l'excusa de fer inventari.

Amb en Gregori, hi vaig parlar dilluns de bon matí per telèfon. Estava trastornat i desconegut, però bé. I la seva família també. D'en Pere, ningú no en sabia res. El cor se'm va encongir.

Si la guerra va enganxar tothom amb els pixats al ventre, a mi, a més a més, va agafar-me pedalant com una bèstia bruta per les carreteres del Maresme. Tot el dissabte vaig anar seguint les notícies i vaig anar veient com els cinemes no obrien i els estiuejants es tancaven a les torres i no sortien. El diumenge al vespre vaig deixar-ho tot i vaig tornar a Barcelona a risc que em fessin fora de la feina. Quan vaig arribar tot era dat i beneït. Les forces populars havien pres les casernes i s'havien pogut armar. Per tota la ciutat circulaven camions plens de gent amb les banderes i els cartells de les seves organitzacions tot i que els que es feien veure més eren els de la CNT-FAI. Tothom estava molt content i jo encara més perquè els xicots i xicotes del POUM havien estat dels que havien contribuït a donar una bona tunda als feixistes. Feia goig de compartir amb ells la sensació d'aconseguir coses que sempre havíem imaginat. Em vaig recordar d'en Ferrer i de totes les seves il·lusions.

Vaig anar a trobar-los i em vaig posar a la seva disposició.

Vaig estar gairebé una setmana sense notícies d'en Pere. Un migdia, de cop i volta, va aparèixer per La Paella de Cullera, somrient i com si no hagués passat res. Venia fet un trinxeraire i em va dir que feia dies que no passava per casa, que patrullava. Vaig demanar-li, Què vol dir, que patrulles, i ell no va saber què respondre'm i em va deixar anar que volia dir el que volia dir i punt; i que havia vingut per assegurar-se que estava bé.

No em va agradar gaire el to. Els oncles se'l miraven, em miraven i callaven.

Mentre li preparava un parell d'ous ferrats amb patates fregides, vaig fer-lo anar al safareig de l'eixida a rentar-se ben net. La meva tia li va deixar roba neta del meu cosí Hug, que tenia més o menys la seva talla:

—No crec que arribi precisament ara. I en guerra, encara menys...

Vaig trobar-me en Pere assegut dins del safareig amb l'aigua fins al pit i envoltat dels ferroviaris que en aquell moment hi havia al local. Li feien preguntes i ell les responia tot animat. Era un ambient nou, com de festa, com de vacances... Em va acompanyar a can Ponsich amb un cotxe requisat, nou i bonic, amb olor de fusta i pell. Anava a batzegades.

—Des de quan guies autos? —li vaig preguntar.

—Des d'ahir.

De camí es va aturar a saludar un parell de companys guarnits com ell. Era una mena d'entusiasme que s'encomanava sense adonar-te'n.

En Pere s'havia llançat de cap a viure la nova situació amb una alegria inconscient i suïcida, com si n'hi hagués prou amb la seva força per aturar-ho tot. I prou que va encomanar-m'ho a mi: Teníem divuit anys i mig i a aquesta edat, encara que t'envoltin els cadàvers, no es creu en la mort ni en el patiment; es creu en el present i en el futur, en l'esperança. Per això no es tenia por de res. El cas d'en Gregori era diferent i més d'un cop que ens vam trobar, aquells dies, vaig témer que ell i en Pere no acabessin malament. En Gregori patia per la seva família i en Pere, milhomes, li deia que mentre fos amic seu, ni ell ni ningú no havien de témer res. I en Gregori, cínic, amb la seva pell blanca, les seves venetes blaves marcades a la templa i la seva boca de llavis prims, li deia que les guerres eren avorrides perquè gràcies a elles, tot d'una, el més fosc dels individus s'adonava que podia tenir el seu lloc al sol. En Pere s'emprenyava i li deia:

—Ho dius per mi, això?

I en Gregori somreia i callava, com si s'hagués fet gran de cop.

I jo? No era més que una joveneta amb un garbuix mental considerable d'idees feministes, antimilitaristes i esquerranistes. Mirava al meu voltant i recordava els mots de la meva tieta:

—Fixa-t'hi molt, Mariona, fixa-t'hi...

Fàcil de dir i difícil de fer.

No podia evitar un sentiment d'enveja pels companys meus de la universitat, tan joves com jo, que per les seves experiències, per les seves lectures, pel que fos, s'havien format una idea precisa del món que els envoltava. O el mateix senyor Cleofàs (que per cert havia desaparegut d'un dia per l'altre), que sempre sabia quins eren els bons i qui eren els dolents. Qui anava errat i qui no. Una, dues i tres: Jo ho intentava i no podia. Per la ràdio deien que la guerra, per als catalans, era una qüestió definitiva de supervivència perquè els republicans espanyols, encara que la perdessin, no perdrien cap dels trets culturals que els definien (llengua, cultura) mentre que Catalunya ho perdria tot, fins i tot el nom....

Va entrar-me una por atroç, horrorosa. La mare em va suplicar que no anés a la barraqueta de la Virreina, que no anés a la universitat, que no anés enlloc, estava aterrida. Barcelona se'm va fer desconeguda. Fins i tot l'aire que respiràvem semblava diferent.

Vaig deixar les patrulles tan aviat com vaig poder. Vull dir que en aquells moments, cada cop me'n recordava més, d'en Ferrer. I, si al principi m'havia sabut greu que no hagués arribat a veure el nou panorama, hi havia dies que em passava el contrari. Tenia molt presents les seves lliçons teòriques, que insistien sempre en la importància del progrés social imparable, però ordenat i planejat al mil·límetre. I per contra em trobava que tot era un merder. Es va col·lectivitzar massivament la societat, però també es van formar aquelles patrulles que es carregaven la gent com si fossin cucs. Vaig veure matar a la babalà, sense consideració. No podia ser bo. Algú n'hauria de passar comptes un dia o altre. Molts dies al vespre, començaven a circular unes llistes que feien esgarrifar, llistes que, quan es feia de dia, apareixien plenes de noms guixats. No és que em fes por, a més els feixistes eren molt pitjors. Acabàvem de saber el que havia fet el carnisser d'en Yagüe a Badajoz, on havia executat en massa els pobres milicians presoners ajuntats enmig de la plaça de toros. Sí, els feixistes eren molt pitjors, però igualment no m'entrava al cap aquella necessitat de sang per part nostra.

A més, els del POUM (jo no ho era però com si ho fos) ens trobàvem enmig de dos focs i rebíem de totes dues bandes, de l'anarquista i de la comunista. Els uns deien que, en realitat, cada passa que es feia en nom de l'eficàcia militar amagava un retrocés per als obrers. Els altres insistien en el fet que calia guanyar la guerra, fins i tot a risc de perdre la revolució.

A Montoro Films, els amos van desaparèixer de la nit al dia. Els cinemes i teatres continuaven tancats tot i que els companys em van explicar que, fins al mateix dia de l'alçament militar, els espectacles públics havien funcionat normalment. Dos dies més tard, el 20, la CNT va confiscar totes les sales de cinema, de teatre, de music-hall, de balls populars i públics i va decidir socialitzar-les. Per feina! Segons ells era «la millor manera de protegir i enfortir els drets laborals dels treballadors del nostre ram».

Jo, pel que pogués ser (i per por que em confisquessin la bici), em vaig presentar voluntari per formar part de la comissió que havia de fer el projecte de socialització dels espectacles públics. La llista de queixes que duien preparada els de la CNT em va semblar d'allò més general. I no és que no hi estigués d'acord, sinó que era una manera de parlar tota florida que em semblava més pròxima a un discurs d'un míting que no pas a una negociació sobre la nostra realitat: Que si estàvem sotmesos a la intolerància i a l'explotació dels amos, dels propietaris dels locals, dels empresaris, que si els nostres sous eren ínfims i els horaris excessius, que els acomiadaments eren lliures i injustos...

De seguida m'hi vaig trobar. Van presentar-me com el «company ciclista portador dels rotlles de pel·lícula de local a local» i vaig despertar immediatament totes les simpaties dels col·legues. De manera que, tot i el predomini de la CNT a l'Assemblea General del Sindicat Únic, van acceptar-me a la comissió.

Em sentia d'allò més bé, com si cada alenada d'aire em revifés el doble. La guerra, el front, m'atreien com un imant. En parlava amb els companys i, els uns pels altres, ens animàvem i dèiem que no ens podíem quedar amb els braços plegats mirant com morien els nostres camarades.

A principis d'agost, en una reunió informativa, un dels nostres comissaris vingut del front ens va explicar quina era la situació i quines les necessitats. Sense adonar-me'n, vaig ser un dels trenta braços que, enfervorits, es van alçar per allistar-se. Van apuntar el meu nom i ja no em vaig poder fer enrere. Una setmana més tard, quan ho vaig dir als companys de la comissió es van emprenyar molt amb mi. Que si cadascú havia de servir la revolució des del lloc on podia ser més útil i que si tomba i que si gira. Em vaig deixar convèncer i vaig tornar al centre de reclutament a desdir-me'n.

—Per què? —va fer l'allistador.

—Perquè em caso —vaig respondre tot d'una.

—I per què no ho vas dir la setmana passada?

—Perquè no ho sabia.

—No pot ser. La columna ja està formada. Com a màxim, podràs incorporar-t'hi d'aquí a un mes.

Vaig recordar una conversa amb l'Encarna, un parell de mesos enrere. Es burlava de mi:

—O sigui, que no en tens prou amb un, oi? Els teus cava-
llers et van darrere i tu, bona persona, no saps quin triar...

I jo, com una bleda, dient-li que me'ls estimava tots dos. I
ella, que allò era impossible, que hauria d'escollir, que si no ho
feia per mi, que ho fes per ells.

—Em casaré amb el primer que m'ho demani —vaig fer
amb el cor tot feixuc. L'Encarna em va mirar tota seriosa i em
va dir:

—No és just. Perquè t'ho demanarà en Pere.

La vaig tractar de saberuda i ens vam mig renyir, aquell
dia.

I ara, s'acabava de presentar en Pere a ca l'Encarna i m'havia
dit:

—Maria, amb l'Encarna i els seus senyors pares per testi-
moni. Me'n vaig a la guerra: Casem-nos. I si t'ho has de rumiar
és que no m'estimes tant com dius. I si no m'estimes tant com
dius, és que no m'has estimat mai...

Sempre vaig saber que aquelles frases no eren seves. Devia
oblidar-se'n tot seguit, d'on les havia tretes. Jo, no, perquè vaig
buscar-ho immediatament. Era una cita robada a una antiga
comèdia d'amors, i les vegades que me la va tornar a dir em
feia la desmemoriada perquè m'agradava sentir-la.

En Pere s'havia arrapat al fet que un vespre, dies enrere,
vaig dir-li que l'estimava. Però li vaig fer veure que l'estimava
tant com podia estimar en Gregori...

Tant era. I jo vaig oblidar totes les xerrades i tantes vetlla-
des al costat de l'estufa amb l'Encarna parlant del matrimoni.
Me la vaig mirar i la vaig notar seriosa. Vaig mirar en Pere i
em somreia, a l'expectativa. I vaig pensar que se n'anava a la
guerra i el podien matar. I que l'Encarna, com sempre, tenia
raó, i havia arribat l'hora de la veritat. I vaig ser tan burra que
ni tan sols el vaig fer gruar una mica i vaig acceptar la seva
proposta allí mateix. Vaig preguntar-li que quan se n'aniria, a
la guerra. I em va respondre que al cap d'un mes.

Vaig tenir un rampell i vaig demanar a la Maria que ens caséssim, que me n'anava a la guerra. Coneixent-la, vaig pensar, ara em dirà que s'ho ha de rumiar. Però no, em va respondre immediatament que sí. Va ser fabulós. Tot era fabulós: Els companys em respectaven i la xicota era d'allò més dolça amb mi. Vaig dir al senyor Eugeni que havia demanat a la Maria de casar-se amb mi.

—Trobo bé que et casis tan aviat. Per a un jove com tu no és bo compartir un casalot com aquest amb un vell com jo. Has de tenir casa teva. I una dona.

Per primer cop vaig trobar que el senyor Eugeni em donava un consell que valia la pena.

Des de la Virreina era un passeig de deu minuts i a l'hora assenyalada ja era davant can Ponsich palplantat com un pal de telèfons. Abans de plegar ja em va veure des de la botiga i em va saludar amb la mà des de darrere l'aparador. Va sortir a l'hora en punt, tota enjogassada i bonica. Em va rebre amb un paquetet:

—Té, un regal, t'anirà bé, amb aquesta calor, entatxonat dins aquella barraqueta...

Vaig obrir-lo i vaig trobar-me un parell de dessuadors...

—Si has de fer conquestes, que no et facin olor les aixelles...

I em va agafar pel braç i es va posar a riure. Vam estar caminant una bona estona en silenci. Vam seure en un banc i, veient que estava cansada i se'n voldria anar, vaig començar a xerrar pels descosits. Ni me'n recordo, de què li vaig dir. A la fi va demanar-me que l'acompanyés a buscar el tramvia. La vaig agafar de sorpresa i li vaig fer un petó. I mentre la besava ella feia uns ulls com unes taronges i vaig notar que allí hi havia alguna cosa que no quadrava. Però la Maria se m'arrapava i em barrinava dins la boca que semblava que li anés la vida. I després va venir un altre petó i vaig sentir com el paquet de dessuadors queia per terra i vaig mirar de cua d'ull on havia anat a parar, no fos que passés un espavilat i me l'agafés.

Tot d'una em va dir que em volia confessar una cosa.

Ja hi som, vaig pensar (torna l'eunuc). M'hi vaig posar bé.

Vam seure en un banc i ella va acostar-se'm per darrere i em va envoltar amb els braços mentre fregava la seva galta contra la meva. I en aquella mateixa posició va deixar-me anar sense embuts, mentre em passava els dits pels cabells, que en Pere li havia demanat de casar-s'hi i ella havia respost que sí. Em vaig quedar mut. Què collons m'estava dient?

Em sembla que gairebé em vaig marejar. La cara que vaig fer devia ser digna de veure perquè només em va sortir un incongruent «Gràcies per dir-m'ho» que no treia cap a res. Em vaig aixecar com un somnàmbul. En el seu egoisme de noia de múltiples pretendents m'acabava d'obrir en canal i a més m'hi havia llençat un raig d'esperit de vi perquè la coïssor em fes morir de mal. Va afegir que, l'endemà, en Pere ho demanaria oficialment als seus oncles:

—I que em casi amb en Pere no impedirà que continuem sent els millors amics del món...

No la vaig escoltar, la vaig agafar pels braços i la vaig mirar als ulls. I li vaig dir que volia fer l'amor amb ella en aquell moment, encara que l'endemà es casés amb en Pere:

—M'has dut fins aquí per dir-m'ho. Molt bé, ja m'ho has dit. Ara fem l'amor, perquè avui encara no és demà.

I vam entrar en una pensió de la Rambla i vam fer l'amor. I tot i que era una pensió rònega i lletja, amb una porta d'un color fosc i lleig, amb un passadís sense llum, amb ditades a la paret i amb ferum de pobresa, vam fer l'amor.

Abans de marxar li vaig demanar per què m'havia permès que pràcticament la violés.

—He volgut que tinguessis un bon record de mi —em va dir.

Va oferir-me un somriure trist, un somriure de persona forta. Els febles no en sabem, de somriure així: Sense il·lusió, però alhora amb generositat. La Maria era tota una dona. Mentrestant, jo, fet una merda, m'havia quedat com una espelmeta que ha cremat amb força i tot d'una l'apaguen: Amb el cap calent, el cos fred, traient fumerola i pansit com una flor tallada de tres dies enrere.

Un cop a casa, vaig arribar a la conclusió que aquell regal que m'havia fet la Maria, aquell record, potser seria pitjor que la pitjor de les tortures...

Vaig dir-li que pensava casar-me amb en Pere. Que no era pas que me l'estimés més que ell, però que se n'anava a la guerra... En Gregori se'm va quedar mirant amb uns ulls de pena tan gran que em va venir molta angoixa, com si hagués fet una dolenteria. Sempre recordaria la seva cara tan blanca mirant-me amb els ulls entelats a punt de vessar i donant-me a entendre que n'hi havia fet una de molt grossa, que amb quatre paraules l'havia reduït a pols morta:

—Fa un moment era una persona i ara sóc un tros de merda —va dir.

Mai no m'havia parlat així. I jo vaig haver de concentrar-me per no pensar que m'havia equivocat, que el regal de comiat que havia volgut fer a en Gregori potser era enverinat.

Vaig convidar la Maria a sopar a la pensió per fer oficial el compromís. I amb el senyor Eugeni present: Què collons, per a mi, el vell era la meva única família. Quan va arribar, ja li tenia la taula parada, que semblava un palau. Ella, tot va ser entrar i trobar-se de cara amb el senyor Eugeni que per poc no se li desencaixen les barres de tant que va badar la boca. I és que era digne de veure: Mudat, perfumat i pentinat, sense la bata blava no se'l coneixia. Fins i tot havia anat en persona a la Boqueria a comprar els ingredients per al tiberi d'aquella nit.

Durant tot el sopar no van parar de xerrar. Semblaven la Bella i la Bèstia. Jo, tota l'estona vaig estar patint per si al senyor Eugeni li agafava per ensenyar-li el dit. La Maria era una noia impressionable i una cosa era conversar animadament amb un exanarquista de nou dits i una altra fer-ho amb el pot del dit a la taula. Per sort no ho va fer i tot va anar molt bé. A l'hora del cafè, el vell estava explicant-li que s'havia autocol·lectivitzat i obria gratis les portes del seu niu d'amor a les parelles de la CNT-FAI. Vaig agafar la Maria i vam sortir al carrer. Mentre tancava la porta, em va dir que de tot el que li havia explicat no n'havia entès ni la meitat.

—No t'amoïnis, és normal —li vaig confessar.

I tot seguit va comentar que havia trobat el vell Eugeni «molt interessant», com si sortís de visitar un museu. Sort que el que em va dir tot seguit, va fer-ho abans de pujar a la bici:

—Vull explicar-te una cosa sobre en Gregori. Pot ser que no t'agradi.

—Qualsevol cosa que vingui de tu no em podrà mai desagradar.

—Ahir vaig explicar-li que em casaria amb tu. Vaig voler que en tingués un bon record.

—Em sembla bé. Li vas regalar algun llibre o una cosa així?

—No ben bé.

—Doncs què?

—Me'n vaig anar al llit amb ell.

—Mecagonredéu!

—Ja t'he dit que no t'agradaria.

—És que m'esperava qualsevol cosa menys aquesta!

—Ho hauria fet igualment i, posats a passar, volia que fos abans que ens caséssim.

Mecagonredéu! La mare que havia parit mil vegades el mitja merda d'en Gregori! Mal llamp li partís per tres parts la cara de pomes agres i li quedés senyal tota la vida!

—I això no és tot.

—Ah no? Què hi ha més?

—Que tampoc no era la primera vegada...

Me la vaig quedar mirant fixament, vaig notar com se'm feia un nus a l'estómac. La volia esclafar. I per acabar d'adobar-ho, se'm planta al davant tota flamenca i em diu:

—Quan et calmis, ja em vindràs a buscar. Si el teu orgull ho pot superar, és clar. Adéu.

I va començar a caminar. I tot i la ràbia que em corria pel cos, des de la punta dels cabells a la punta de les ungles dels dits, la vaig agafar i la vaig aturar.

—Promet-me que no li tocaràs un pèl, a en Gregori —em va dir tota seriosa.

—No em pots demanar...

—Promet-m'ho o me'n vaig i no em tornes a veure mai més.

Treballava a la barraqueta de la Virreina i el que també havia canviat era la mena de clients: Ara, les cartes les escrivia per als milicians i les milicianes. Alguns, abans de partir cap al front, o d'altres, durant un permís. També, de vegades, milicians retornats a la reraguarda amb ferides horroroses. Era curiós de veure com el més ferotge dels combatents no volia altres models de cartes que els tradicionals (si no, no els semblaven prou «correctes»). De manera que em vaig fer un tip d'escriure encapçalaments de la mena: «Benvolgut amic, en aquest mateix moment m'acaben de comunicar el decés al front d'Aragó del teu germà i m'afanyo a fer-te arribar els meus sentiments amicals i fraternals de condolença...» Tots em pagaven amb un val del comitè corresponent: VAL PER UNA

CARTA PERSONAL. En teoria, els podia bescanviar per aliments als respectius economats, però a la pràctica no era així ja que la majoria de les vegades eren buits o, quan hi anava, la persona que havia signat els vals no hi era o ja no manava.

Quan no hi havia feina pensava en la Maria, i que es casava amb en Pere. Una, dues i tres: Potser el millor era desaparèixer de la seva vida, de la dels dos, d'un dia per l'altre. Si no, em tornaria boig de debò. I sense cap necessitat d'anar-me'n «al Brasil», com els meus avantpassats.

L'endemà al vespre me'n vaig anar a buscar en Gregori amb la sana intenció de trencar-li les cames i fer-ho passar per un accident. Em vaig arribar a la Virreina, però la barraqueta estava tancada i barrada. Vaig pensar de calar-hi foc però vaig témer que no es cremessin totes quatre, de barraquetes, i ho vaig deixar córrer perquè els altres no en tenien cap culpa, de compartir l'espai amb un traïdor de baixa estofa com en Gregori. Vaig enfilar Rambla amunt cap a casa seva. Vivia a l'Eixample, prop del Passeig de Sant Joan. I la veritat, a mesura que pedalava, la ràbia es va anar esvaint. I no pas perquè el perdonés. Aquesta no l'hi perdonava ni l'oblidava en tota ma vida. Més aviat se m'anava obrint pas al cervell la possibilitat que la Maria, que era molt viva, no s'empassés la casualitat que en Gregori hagués patit un accident precisament l'endemà de la confessió. La veritat era que, tard o d'hora, ho sabria. Aquestes coses són difícils d'amagar...

Quan vaig arribar al portal de cal Gregori encara no sabia què fer.

Total, que em vaig limitar a comunicar-li molt civilitzadament el que pensava d'ell. Li vaig fer veure que no li trencava les costelles una a una (així feia més mal) per no fer enfadar la Maria. Però que valia més que, durant una temporada, la seva cara de gripau no s'encreués pel meu camí perquè llavors no hi hauria res ni ningú que m'impedís de matar-lo d'un cop de puny enmig del front, d'obrir-lo en canal, i d'arrencar-li els menuts per menjar-me'ls crus. Va entendre perfectament per on anava.

Va trucar al portal i vaig treure el cap pel balcó. Em deia que baixés, que em volia dir una cosa. Vaig suposar que em venia a oferir esportivament el condol i «...que em casi amb la Maria no impedirà que continuem sent els millors amics del món...». Mentre baixava l'escala de casa vaig pensar de ser més esportiu que ell, felicitar-lo i dir-li que no es preocupés per mi. Vaig comptar les monedes de la butxaca sense treure'n la mà. No en tenia tres: Malament. M'esperava a l'altra banda del carrer recolzat a la paret amb la bicicleta repenjada a un fanal. Només mirar-lo, me'n vaig adonar: En Pere estava emprenyat. Molt emprenyat. El coneixia i sabia que aquella nit estava fora de si. Allò implicava que em podia agafar amb les manasses de ciclista i retorçar-me el coll com a una gallina.

Haig de confessar que veure'l sulfurat perquè jo havia fet l'amor amb la Maria abans que ell és una de les satisfaccions més grans que m'ha donat la vida. Ja sé que aquest sentiment no és del tot correcte, però no ho oblidaré mai. En comparació amb ell sempre m'havia sentit cohibit. Ell era l'expert i això el feia indestructible. I jo l'envejava i per aquesta mateixa raó em sentia profundament imbècil. Per això, cada cop que recordo aquell petit triomf, aquella nit, no puc evitar de posar-me a riure davant la imatge d'en Pere deixant anar un cop de peu furiós a la pobra bicicleta i dient-li:

—Filla de puta! Si et trenques, et foto a mar! —I a mi—: Ho veus, què has aconseguit, desgraciat? Ara no tinc bicicleta!

—Però si jo no he fet res!

—No em provoquis, Gregori, que la patacada a la bici te l'has estalviada tu als collons!

I no vaig poder més i vaig esclatar a riure, a riure com una bèstia. Per ell, per mi, per nosaltres. Primer, per sota el nas, després a més no poder. En Pere va deixar la bici a terra i se'm va acostar amenaçadorament. I jo vinga a riure.

—Calla, que te l'estàs jugant...

Vaig arrencar a córrer i ell darrere. Vaig recordar la mateixa situació, mesos enrere, però ara al contrari. Corria fort, m'insultava, feia juraments, però no m'atrapava:

—T'esperaré al portal, desgraciat. Encara que m'hi hagi d'estar tota la nit! Si ets tan home per a determinades coses, a veure si ho ets per a unes altres...

I jo ja no sabia com eixugar-me les llàgrimes del riure. En una de les corregudes vam donar tota la volta a l'illa de cases i vaig tenir temps de sobres d'arribar al meu portal des de l'altre cap de carrer, entrar-hi i tancar la porta.

El meu pare, que s'havia aixecat, quan em va veure tan rialler, es va calmar de cop. Vam sortir tots dos al balcó, a temps de veure en Pere com estava recollint la bici. Abans d'anar-se'n va mirar amunt. I ens va descobrir. Encara no ens en vam adonar que ja havia agafat un roc del carrer i ens l'havia llançat. Va tocar un test i no va aconseguir sinó que em tornés aquella passió de riure. A la fi, se'n va anar clamant venjança. Quan em vaig calmar, ja asseguts a la taula del menjador, el meu pare em va preguntar:

—Té mal geni, el teu amic, eh...

—I tant...

—Li has fotut la xicota, oi?

Em va pujar el vermell a les galtes. El meu pare no m'havia parlat mai d'aquella manera.

—Què més voldria, però ell s'ho pensa.

Em vaig ficar al llit mentre sentia, a l'altra banda de la porta de l'habitació dels pares, que la mare deia:

—Octavi, no diguis *fotut*.

Vaig dormir alleujat com feia temps que no dormia.

Amb la Maria, aquells dies, no paràvem de fer plans de futur, però tots acabaven amb la mateixa cantarella: Quan tornis del front. I llavors ens quedàvem moixos perquè a Barcelona començava a ser normal la visió de soldats i milicians convalescents passejant sota el sol. I la feina era meva per fer-la riure. Un vespre, tot d'una, va demanar-me si ja tenia el meu relat a punt. No sabia ni de què em parlava. Es referia a la nostra promesa de cap d'any de continuar explicant (ara per escrit) la nostra vida. Amb les assemblees, les reunions i tota la pesca, no me n'havia recordat més. Ella em mirava tota expectant i somrient, vaig voler guanyar temps:

—Però no era fins al setembre? D'aniversari en aniversari...

—No has fet res, oi?

—I tant!

—Perfecte, un dia d'aquests me'l dónes i ja el farem arribar a en Gregori perquè s'ho vagi mirant... Així al setembre ho tindrem a punt.

—Ho haig de passar en net...

I vaig tenir tanta por que s'enfadés amb mi (amb el casament pel mig) que els dies següents em vaig dedicar a fer hores extres de nits. El senyor Eugeni em veia escrivint a la taula del menjador i se'n fotia tant com podia. Si li arribo a dir que estava escrivint la meva vida, li agafa un cobriment de tant de riure...

Aquells dies, l'ambient revolucionari s'escampava per Barcelona. Teníem tot el poder. M'enduia la Maria a fer un vermut i li deia:

—Faig tota la bondat del món, nena! De la bici al despatx i del despatx a la pensió. I poca broma, eh? Hem estat treballant-hi tota la setmana: Salaris uniformes per a tots els treballadors del cinema. Beneficis repartits, això sí, en proporció a uns certs coeficients, des dels propietaris als operadors, passant pels de les taquilles, els acomodadors, els encarregats del vàter i mossos repartidors de bobines com jo. Hi haurà subsidis de malaltia i d'invalidesa, pensions de jubilació... I vacances!

—Ah, sí? —feia ella tota burleta.

—I tant! Vacances d'hivern i vacances d'estiu! Quinze dies per Nadal i trenta per l'agost...

—I res més?

—Que te'n fots?

—Gens ni mica...

—Bé, jo he demanat la creació d'un parc mòbil de la indústria d'exhibició de pel·lícules format per bicicletes incautades. No sé pas si m'ho donaran... I per què te'n rius?

Van ser uns dies llargs i espessos, de reunions, on es cridava i es fumava molt i volíem arreglar el món dels cinemes i els teatres, ara que n'havíem fotut els patrons al carrer.

No cal dir que al segon dia em vaig posar a la butxaca els oncles de la Maria. Van oferir el seu restaurant per al convit, però no vaig acceptar. Els vaig dir que no s'ofenguessin però que ja ho tenia tot a punt i que era una sorpresa. La Maria em va mirar com donant-me a entendre «una altra sorpresa de les teves?» i jo li vaig tornar un somriure que significava: «Sí, i de les grosses.»

La Maria va venir expressament a dir-me que tant ella com en Pere volien que anés al seu casament. Vam quedar a la barraqueta i no vaig poder convidar-la ni tan sols a prendre un cafè: Ens vam veure el temps just per comprovar que la idea del matrimoni l'havia tornada encara més bonica. Em va recordar que els seus relats, el d'en Pere i ella, estaven gairebé enllestits.

—Quin relat?

—La nostra vida! No te'n recordes? Per als de Ràdio Barcelona! O és que ja no som especials?

—És clar, és clar...

—Un cop passat el casament, ens ho mirem. Millor que ho guardis tu, vés a saber què pot passar.

Jo vaig pensar, què pot passar?

I va afegir-hi mentre m'abraçava per acomiadar-se:

—No te'n descuidis, mentre ho farem, serem vius; mentre ho farem, tindrem la certesa que ens tornarem a veure...

—Quan tot torni a ser una mica normal...

—Sí.

Se'n va anar i va deixar flotant en l'aire tota la incertesa de la vida. Una, dues i tres: Vaig pensar que la gent s'estava matant al front i nosaltres amb prou feines sabíem viure poca cosa més que la mesquinesa del nostre amor.

Un cop vaig tenir en Gregori davant, tot se'm va ensorrar. Amb la pell més blanca que mai i les seves venetes blaves. Se li veien tan bé com la primera vegada. Va mirar-me amb aquells ulls tan tristos i només vaig encertar a recordar-li el compromís respecte als nostres relats. Vaig pensar que, almenys, veient que jo tenia present la nostra promesa de cap d'any, s'adonaria que continuava tenint confiança en nosaltres i en el nostre futur.

El nostre futur? Quin era, el nostre futur? La vida quotidiana era com un xuclador que se t'enduia. A can Ponsich, per exemple, a finals d'agost, l'amo feia ja gairebé quinze dies que no donava senyals de vida. Li enviàvem missatges i ell deia que estava malalt. Una assemblea dels seixanta treballadors de la fàbrica, del magatzem i de les botigues va decidir d'intervenir l'empresa en nom de la UGT.

Els de la comissió gestora, que sabien que jo queia particularment bé al senyor Ponsich, em van enviar a parlar amistosament amb ell abans d'haver de fer-ho ells oficialment. No m'hi vaig poder negar. D'altra banda, tampoc no em feia res.

Era veritat, que sempre ens havíem entès bé. Es tractava d'oferir-li la possibilitat de col·laborar. Però vaig trucar per telèfon a casa seva per anunciar-li la meva visita i va ser molt desagradable. Em va tractar de tot i em va deixar amb la paraula a la boca. Llavors vaig pensar que potser era millor d'anar a fer la gestió amb una mica de protecció. Vaig explicar-ho a en Pere i ell mateix es va oferir voluntari per acompanyar-me. Quan va arribar el dia es va presentar vestit tal com anava al principi de la guerra, lluint orgullosament la seva canana amb cartutxos per damunt del pit. Duia dos pistolots penjant de la cintura. Suposo que la pena que tenia era que, per més elements que s'afegís a la indumentària, no deixava de semblar en Pere disfressat per carnaval. L'època dels incontrolats assassins, per sort, ja havia passat. Però era d'esperar que la seva presència, guarnit d'aquella manera, no deixaria de fer el seu efecte. Era d'esperar que els Ponsich tindrien seny.

A l'hora convinguda, la minyona, que estava avisada, va obrir la porta i vam entrar sense dir res. Vam esperar uns quants segons en silenci, després dels quals va sentir-se la veu de la senyora Ponsich des de l'interior del pis. La veu sortia de darrere una porta tancada. Llavors sí, cop de peu i endins. Primer en Pere i jo al darrere.

Va resultar que era el lavabo i que la senyora s'estava banyant. A mitja tarda, els raigs de sol travessaven les escletxes del finestró. Va comprendre que no hi havia escapatòria. Tot d'una em va conèixer. Va mirar en Pere, va dir el meu nom i es va posar a plorar, a dir que a casa seva sempre m'havien tractat bé, que què li volíem... Impossible fer-li entendre res si no es calmava. Vaig allargar-li una tovallola i un barnús perquè s'eixugués. En Pere, que havia desaparegut sense ni adonar-me'n, va fer passar el senyor Ponsich davant seu d'una empenta. L'home encara no entenia gaire què estava passant, però no semblava gens malalt. Els vam fer seure al menjador. Ell, tan gallet que era a la botiga, semblava haver envellit deu anys en

un mes. Ella, embolicada amb el barnús i el cos tot xop, geme-
gava. Per un instant em vaig sentir poderosa. Vaig informar-
los del que feia al cas amb actitud respectuosa, però inflexible.
I que, en qualsevol cas, no era res personal, jo no era més que
una simple representant d'un col·lectiu que feia una visita
amistosa i extraoficial. I que no es preocupessin, que no els
passaria res.

La senyora Ponsich va posar-se a plorar i, arrossegant-se
per terra, va agafar-me per les cames tot donant-me les grà-
cies. La vaig arreplegar i la vaig aixecar. Jo no podia aguantar
més. Vaig cridar en Pere a part, per dir-li que no ho podia
suportar i que marxéssim. Ell, seguint la comèdia, va cridar la
minyona, va desenfundar una de les pistoles i l'hi va donar pel
mànec:

—La camarada representant i jo sortim un moment a pen-
sar què fem. Tu, aquí, a vigilar. Fixa-t'hi bé, són els teus explo-
tadors, s'han acabat els esclaus, són teus. Si es belluguen, els
mates. Ho has entès?

La pobra va dir que sí i es va quedar enmig de la sala aga-
fant la pistola amb les dues mans, tremolant com una fulla i
apuntant cap als Ponsich.

Vaig intentar protestar però se'm va endur cap al rebedor
amb un somriure. Em va dir que la pistola no tenia bales, que
no hi havia perill de res. I que a més, una beneita com aquella
no encertaria un tret a un metre de distància... Vam sentir un
terrabastall i un crit. Vam córrer cap a l'habitació i ens vam
quedar de pedra. La minyona semblava una altra, tibada i
forta, feia que la senyora Ponsich s'estigués dreta enmig de
l'habitació. Va començar a donar-hi voltes a l'entorn. La dona
estava exhausta. El marit, assegut al sofà, mirava a terra, com
si no hi fos. La noia va obrir-li la bata amb la punta de la pisto-
la, li va fer descordar el nus i, sempre amb el canó de l'arma, li
va treure primer una espatlla i després l'altra fins que va caure
a terra i va quedar despullada. La nuesa de la senyora Ponsich

va quedar al descobert: Pell blanca i cutis ben cuidat d'una dona de mitjana edat encara amb les carns dures gràcies a molts partits de tennis i a uns quants milers de llargs de piscines fets al club. N'he vistes moltes, d'aquestes. La criada es va posar a riure com una boja. Es va acostar a la senyora i li va posar la pistola al cap. Ens va mirar i va veure que no rèiem gens ni mica. En Pere va anar-hi tot decidit i li va agafar l'arma. D'una estrebada va enviar la senyora al sofà amb el marit i va agafar la minyona, que xisclava com una boja que volia matar aquells porcs. En Pere se la va endur a la seva habitació perqué recollís les seves coses. Abans de marxar, vaig mostrar als Ponsich que la pistola estava descarregada per tal que veiessin que en cap cas els hauria matat ningú. En Pere va afegir:

—Això ho fan els seus, nosaltres no som uns assassins.

Aquella frase se'm va quedar gravada. Nosaltres «no érem assassins». Sempre recordaré els ulls de la senyora Ponsich, arraulida de pèl a pèl entre els braços del seu marit i mirant-me amb un odi intens.

Després d'allò, el senyor Ponsich va acceptar de continuar a la seva empresa com a treballador gerent amb un salari de 1500 pessetes al mes, però al cap de poques setmanes va desaparèixer del mapa. De manera que se'n va acordar la col·lectivització, es va posar tot en mans d'un comitè mixt CNT-UGT i can Ponsich va passar a dir-se Antiga Casa Ponsich, E.C.

I jo, enmig, i a punt de casar-me.

Un vespre em va trucar en Pere per comunicar-me l'adreça i el dia de la cerimònia. Semblava un altre. Em va dir:

—És una sorpresa per a la Maria, o sigui que no diguis res o et mato. Que encara te'n guardo una...

Jo, que l'havia vist pedalar Rambla avall algun dia acompanyat d'altres bicicletes pintades de vermell i negre i conduï-

des per xicots lluint el casquet confederal, vaig pensar que, irò-
nicament, en aquells temps que corrien, allò de dir que em
matava, més d'un cop, dit pels seus amics, no era tan sols una
manera de parlar.

—Em mates?

—Vés-te'n a cagar. Visca la revolució, merda seca!

Tothom parlava de revolució, de la llibertat, que calia lluitar
per defensar-les. I jo em veia incapaç d'assumir la defensa d'un
concepte, d'una cosa tan abstracta i discutible. Sentia discutir
la gent, els qui deien que preferien la seva llibertat a qualsevol
altra cosa i jo hi reflexionava i arribava a la conclusió que no
n'estava gens segur. Em feien veure que oposant-me a la lli-
bertat em convertia en el més menyspreable dels criminals. I
la sola visió de la sang em marejava. Els companys de les
barraquetes, gent normal i corrent, més aviat de comporta-
ment gregari i tranquil, tot d'una apareixien amb mocadors
vermells al coll. A la biblioteca, fins i tot vaig veure alguna
pistola a la cintura de gent que havies tingut per pacífica.
T'agafaven per l'espatlla amicalment i et duien a una finestra
qualsevol des de la qual es veiés el carrer i et deien:

—T'hi has fixat, Gregori? No és fantàstic? Mires enfora i
t'adones que ha desaparegut qualsevol rastre de barrets, cano-
tiers, corbates i corbatins, jaquetes… Tothom igual!

Una, dues i tres: I jo pensava que, a ple mes de juliol, amb
una calor que esberlava les pedres, que la gent anés a cos de
camisa ho trobava d'allò més normal i corrent, però m'estava
molt de dir-ho.

Mon pare, que continuava amb la seva feina de comptable,
ajudava el rector més que mai, ara d'amagat, i ma mare conti-
nuava corregint-li el parlar amb la mateixa energia de sempre.
Els recordo, superats com tanta gent pels esdeveniments i
observant esbalaïts el que semblava tota una revolució. Ens
afligia més la por i l'angoixa que no pas l'escassedat material.
En tres mesos, de juliol a setembre, la ciutat es va transformar.

Al cap de pocs dies ja van començar a aparèixer cadàvers al marge de l'Arrabassada: religiosos, professionals, falangistes, monàrquics... Incontrolats de la FAI acabaven d'assassinar el director d'*El be negre*, cosa que volia dir que, ni fent broma, podies parlar amb ells. Coneguts de la nostra família van ser sotmesos a escorcolls d'allò més mortificadors i humiliants. Recordo el posat del meu pare tornant de treballar i explicant que s'havia assabentat d'algun conegut a qui havien dut «a passejar».

El seu problema —i nostre de retop— era que, tot i malparlat, no solament era un catòlic practicant, sinó que, com ja he explicat, també estava força compromès amb la parròquia del barri. Tenint en compte que les patrulles havien arribat a endur-se gent tan sols en concepte de simple parentiu, n'hi havia per passar angoixa (sentiment que més endavant es va revelar justificat).

Vaig convidar el senyor Eugeni al casament, però no va acceptar-ho fins que no li vaig explicar que ens casaria un dels capitostos confederals del sindicat de l'espectacle:

—Actua com a delegat del jutge popular de la zona. Ara et pots casar així...

I per segona vegada en poc temps, va treure's la bata blava i va fer planxar i emmidonar de nou la seva camisa blanca. Li vaig dir que no volia anar-me'n de casa seva sense fer-li una pregunta.

—Per què li va posar «La Comissaria», a la pensió?

—Ja que et cases i, per fi, te n'aniràs i em deixaràs tranquil, t'ho diré. Fa molts anys, vaig estar allotjat en aquesta pensió com a client. Quan la meva dona es va morir em va deixar un petit capital. I un bon dia, passant pel carrer, vaig veure que estava en venda i la vaig comprar. Pura nostàlgia.

—Nostàlgia d'una pensió ronyosa?

Se'n va anar a l'habitació i va tornar amb el dit. Va picar amb el pot sobre la taula, com si col·loqués un doble sis al dòmino. El dit, blanquinós, va posar-se a ballar:

—No. Nostàlgia del dit. Me'l van tallar aquí mateix, a la pica de la cuina.

Vaig engolir saliva.

—No ho sabia.

—Ni falta que et fa.

I de seguida va arribar el dia. De bon matí ja feia molta xafogor. Jo, pràcticament no hi havia convidat ningú, només els oncles i el meu cosí Carles. També l'Encarna. Els seus pares havien tornat al poble només començar la guerra. Pel casament em regalaven deu llaunes d'oli d'oliva de cinc litres. En Pere estava tot nerviós i no parava de xerrar amb els seus amics de la comissió. Havia volgut que el nostre casament fos una cerimònia revolucionària. Jo no entenia gaire què volia dir i sobretot, ja que ens casàvem, volia saber si seria vàlid. Perquè si no, no valia la pena, em semblava una comèdia, tot plegat. Però en Pere estava tan content que no vaig dir res i vaig deixar-lo fer. Em deia:

—Ja veuràs quina sorpresa! Els companys fa una setmana que hi estan treballant…

I no em deia en què i no el treia d'aquí. El dia en qüestió, diumenge 13 de setembre de 1936, va venir-me a buscar a casa amb la bicicleta. M'agradava que em portés amb bici amunt i avall i veure'l pedalar amb els pantalons lligats al turmell amb un cordill. Més d'un cop, em deia si volia que anéssim a tal lloc amb bici o amb tramvia. I gairebé sempre li responia que amb bici perquè així em feia l'efecte que anar amb mi li suposava un esforç, però que no li importava gens de fer-lo per mi. Ara, una cosa és anar a passejar amb bicicleta i una altra de molt diferent anar a casar-te. Vaig posar-li cara de pomes agres i l'hi vaig dir. Però en Pere sempre tenia la resposta a punt.

—Vull passejar-te per tot Barcelona, que tothom vegi la núvia més maca de la ciutat, que l'aire et faci voleiar la faldilla i se't vegin les cuixes i tots els homes girin la vista i em tinguin enveja i rancúnia.

I així ja em tenia desarmada i jo pensava que era difícil que algú que ens mirés endevinaria que érem un parell de nuvis camí de formalitzar la nostra unió i que tant de bo no ens trobéssim en Gregori pel carrer i em veiés d'aquella manera.

En Pere duia la seva granota blava i les espardenyes i l'únic detall extra era la camisa de mil ratlles neta i tan emmidonada que el coll se li clavava a la carn i li feia una ratlla violeta. També duia un clavell vermell en un trau fet expressament a la granota per a l'ocasió. Jo em vaig posar una brusa blanca preciosa que em va regalar la meva amiga Encarna. Tret de la brusa, no vaig poder estrenar res més. Perquè no podia i perquè a en Pere no li feia gràcia:

—Nena, que el camarada Paco vindrà expressament a casar-nos...

L'esmentat camarada era un dels capitostos del Sindicat Únic i representava que era un honor que ens casés ell. Vaig preguntar-li si ja valdria i ell em va dir que sí.

Però jo no acabava d'estar tranquil·la. I em repetia dins meu que vet aquí que estava anant a casar-me enfilada a la barra d'una bicicleta. Almenys, notava fort l'alè d'en Pere al clatell i en sentia l'olor mentre ell m'estrenyia amb els braços. I ell, content per Barcelona, pedalant com un animal, suant perquè era ple agost i jo no era precisament una ploma. Tocava el timbre de la bici sense raó i cridava als vianants que ens anàvem a casar. I em deia a cau d'orella que volia fer-me un nen com més aviat millor.

Va ficar-se pels carrerons del Raval i les llambordes sotraguejaven la bicicleta. No sabia on em duia. La gent li deia adéu i ell responia cridant:

—Que em caso, collons, que em caso!

En un moment donat, es va aturar i vam baixar. Vaig mirar a l'entorn i només vaig veure una carboneria, un drapaire, una mena de magatzem tancat i barrat i un portal rònec i atrotinat que deixava anar bafarades d'humitat barrejades amb pudor de col i patata bullida. I van venir-me ganes de plorar. Em va dir que encara no havíem arribat, que havia d'anar al magatzem un moment per acabar d'enllestir una qüestió del convit.

—Acompanya'm, que t'ho ensenyaré...

Va treure una clau grossa i va obrir una portalada. I vam passar endins cap a un silenci tot espès. La calor del carrer va acabar-se de cop i vaig passar a una zona fresca i humida, tan agradable que vaig tenir una esgarrifança pel canvi. I, com el dia del cinema, es va encendre la llum de cop i va tornar a fer-se el miracle: Un munt de persones, cinquanta, cent, jo què sé quantes, van posar-se a aplaudir i cridar «Visca els nuvis!». Darrere seu, uns músics van començar a tocar cançons revolucionàries de benvinguda. Tothom cridava i cantava i deia «Visca els nuvis!».

—Què et sembla? És un magatzem requisat a un dels empresaris del sector del cine...

Jo ni el vaig escoltar perquè un núvol de gent se'ns va llançar damunt i van començar a fer-nos abraçades i petons. Vaig veure els oncles i l'Encarna i fins i tot alguna noia de can Ponsich.

El magatzem era molt gran, de sostre altíssim, però això no impedia que, de banda a banda, fos travessat i creuat per un bosc de garlandes de paper amb els motius més diversos. La claror immensa del carrer entrava per la portalada fins a la meitat del magatzem i l'omplia de llum. A la part central hi havia col·locades tot de taules llargues amb bancs d'església per seure-hi (es veia que eren d'església perquè eren d'aquells que per darrere tenen el reclinatori per agenollar-se). Les taules estaven parades i convidaven a acostar-s'hi. Pels quatre racons, però apartades per fer espai, piles de cartells d'antigues pel·lícules, llençats, molts encara empaquetats; munts de llau-

nes de bobines de pel·lícula, fent columnes d'equilibri inesta-
ble, repenjades contra la paret; un parell de grans cubells plens
de rínxols de cel·luloide llençat, un rotlle gegant d'una pantalla
estripada... En un altre racó, butaques velles de vellut del bo,
totes espellifades, escrostonades, amuntegades les unes da-
munt les altres com si fossin a punt de cremar per Sant Joan.
També hi havia un piano ple de pols parcialment tapat per una
mena de lona florida. I penjant del sostre, moltes teranyines.
Les taules feien dues fileres i deixaven un passadís enmig que
anava a morir a una tarima amb barana que semblava una me-
na de tribuna presidencial. Al costat de la tarima, a sota, una
altra taula amb tot de cassoles tapades amb paper d'estrassa,
pans de pagès, fruita i altres menges que no vaig poder veure.
També, tot de cossis d'alumini escampats per terra plens
d'ampolles de vi i de cervesa refredades amb trossos de barra de
gel. Semblava ben bé una revetlla i tothom estava tan content i
em feia tantes festes que vaig creure que potser sí, que aquella
era una manera ben maca de casar-se. I jo anava d'una banda a
l'altra i la gent em deia sóc en tal i jo en tal altre i em deien el
nom i de què coneixien en Pere. Ell mateix, no sé quan, va aga-
far-me i va dur-me cap a la porta. Acabava d'arribar una parella
d'edat i va dir-me que eren els seus pares.

I no em va agradar que els hagués convidats sense dir-m'ho,
però, ja que hi eren, m'hi vaig acontentar. Havien vingut per a
l'ocasió. I potser tant de bo no ho haguessin fet, perquè l'angú-
nia que van passar durant tota la cerimònia era digna de veure.
No calia ser endevinaire per adonar-se que el seu fill no els
havia avisat de la mena de casament que era. La meva futura
sogra, seca com un bacallà, amb el seu collaret de perles bones,
amb els ulls humits, comentava:

—No pot ser bo, un casament sense la núvia vestida de
núvia...

El pare d'en Pere, que gastava bastó i sabates enllustrades,
remugava que pitjor que allò era un casament no ja sense

capellà, sinó també sense jutge ni capellà. Jo, al primer mo-
ment, vaig mirar que no s'ho prenguessin tan a la valenta,
però com que no paraven de remugar, al final els vaig deixar
estar perquè no volia que m'amarguessin el meu casament.
Endiumenjats enmig d'aquella multitud proletària, es van
arrapar a la pobra Encarna, l'única persona, a part d'ells, que
s'havia mudat una mica per a la cerimònia. Estava molt maca.
No veia en Gregori per enlloc.

Hi havia un xivarri fenomenal i els músics tocaven valsets i
polques des de la tarima per ambientar. En un moment donat,
algú va cridar:

—Ja arriba el camarada Paco!

La Maria estava espaterrant. Fins i tot vaig trobar prou arre-
gladeta l'estirada de l'Encarna. D'en Gregori, ni rastre. Millor.
El que ens havia de casar es deia camarada Paco i, amb gorra i
pistola a la cintura, ens va col·locar davant seu i ens va dir:

—Us uneixo en nom de la llibertat. —I va afegir—: Si voleu
anar al Registre Civil a inscriure-us, vosaltres mateixos. A mi
se me'n fot. Però ja us aviso, no us entretingueu gaire a fer-ho
perquè d'aquí a quatre dies penso anar a cremar l'edifici…

I va posar-se a riure amb unes cleques totes encomanadis-
ses. Llavors els companys músics van començar a tocar. Jo
estava content i la idea d'anar-me'n al front ja no era cap sen-
timent passatger. Els meus pares van baixar de Ripoll tots dos
(no pas la meva germana gran, de qui no recordava ni tan sols
quina cara feia). Endiumenjats enmig del munt de jovenalla
amb granotes i mocadors vermells al coll, van passar més por
que res. A més, que tota una autoritat politicomilitar com era
el camarada Paco em tractés amb aquell respecte els tenia
impressionats. No vaig parlar gaire amb ells. Em van explicar
que, a Ripoll, el ram de sastreria s'havia col·lectivitzat i ara
havien de fer vestits per als obrers i els milicians, per 200 pes-

setes al mes ell i 140, ella. Els vaig trobar molt més vells, allà, al meu casament, amb la cara llarga i pensant com l'havien arribada a cagar, amb mi. L'hi vaig comentar a la Maria però no em va entendre gaire. Potser hi va tenir a veure que era òrfena i es veu que aquestes coses, els orfes no les veuen igual.

I els valsets van parar i van començar a tocar cants revoluciona-ris que jo no coneixia. El camarada Paco, baix i rodanxó, vestit de milicià, amb pistola a la cintura, somreia i saludava, entre irònic i ingenu, barreja de dues persones: Una de molt treballa-da per la vida, amb guerra i amors a l'esquena, vell llop de mar sense barba, una altra que emanava una innocència càndida i particular. Ens va fer pujar, a en Pere, a mi i els testimonis, que per la seva banda era el senyor Eugeni March i per la meva, l'oncle Carles. Mentre anàvem cap a la tarima, l'Encarna em va aturar a mig camí i em va dir:

—Ja saps com penso, jo, traïdora. No em casaré mai. Però això no treu que un casament sigui un casament, i molt més si és el de la meva amiga de l'ànima... Ara que ja m'havia acos-tumat a tu... Què faré una altra vegada tota sola?

Vaig replicar-li que no em feia gens de pena, que ja sabia prou bé com consolar-se. I ella reia, cridava i em deia «Que n'ets, de boja». Estava tan contenta perquè em casava que jo també m'hi vaig posar. L'oncle, de camí cap a la tarima, em va dir que estava orgullós de mi i que, finalment, l'*escola de la vida* havia donat els seus fruits.

El camarada Paco va indicar als músics que deixessin de tocar. Va intentar de fer callar la gent però ningú no el sentia. Amb tota la parsimònia va treure's la pistola de la funda i va fer un parell de trets al sostre i llavors sí que tothom es va girar i el va mirar.

Amb els nervis, em vaig equivocar de lloc i d'hora i vaig arribar-hi tard. Entre altres raons perquè vaig haver d'anar a reconèixer el cos del senyor Cleofàs al dipòsit de l'Hospital Clínic. Ja no li podria comentar mai més res (ara que ja em parlava de tu a tu). S'havia fet fonedís al començament de la guerra. Encara no feia una setmana de l'aixecament militar que una de les patrulles de control va venir a buscar-lo a la Universitat, algú l'havia reconegut entre els feixistes que el 19 de juliol s'havien presentat a les casernes per posar-se a les ordres dels sediciosos. Quan els milicians van arribar, ell ja no hi era. Se'ls havia avançat i havia fotut el camp. Però el van caçar igualment. El dipòsit vessava. Vaig comptar els cossos i n'hi havia trenta-tres. El cadàver del senyor Cleofàs feia cara de setciències i encara tenia l'escuradents a l'orella, cosa que volia dir que se l'havia tret de la boca per fer una darrera frase de les seves, abans de morir.

Del dipòsit al casament, de la mort a la vida: Ja havien dinat i els convidats ballaven amb una orquestrina rònega i desafinada. Hi havia moltíssima gent. Vaig comptar les parelles que ballaven: Quinze, cinc vegades tres, bon auguri. Per a ells, és clar. Només veia cares suades que brillaven i nois i noies que s'eixugaven els regalims de suor amb mocadors i tovallons. Vaig buscar-la entre la gent i la vaig descobrir, bonica i riallera, ballant amb en Pere. Ballaven tota l'estona, junts o separats. No em van veure. Qui sí que em va descobrir va ser l'Encarna, que es va posar a saludar-me amb la mà des de l'altra banda del local. Com que no m'hi vaig acostar, ella tampoc no ho va fer. Tenia unes ganes irrefrenables de tornar a agafar la Maria. Però cada cop que m'hi acostava, algú ja se m'havia avançat. A la fi, vaig estar ballant una estona amb l'Encarna i em devia notar alguna cosa als ulls perquè va dir-me una frase així com que valia més la pena mirar endavant…

—És més fàcil de dir que no pas de fer —li vaig contestar.

—Per més que costi de creure, els amors passen.

—No és cert.

—I tant, que sí. I no solament passen, sinó que passen de debò, del tot. I aquell amor que vas jurar i rejurar que era el de la teva vida, doncs no ho era. Era un amor i punt i seguit.

Anàvem ballant i m'anava dient que quan els amors s'acabaven, d'altres n'arribaven. I jo me la mirava i li deia:

—Com ho saps, tot això?

—Si jo t'expliqués...

I m'estrenyia i continuàvem ballant mentre jo rumiava el que m'havia dit perquè era una noia més gran que jo i amb més experiència (bé, d'això, gairebé tothom en tenia més, que jo), però no em treia la Maria del cap i a més, me la imaginava fent l'amor amb en Pere i em venien mal de ventre i ganes de vomitar.

En Pere somreia i, enmig dels seus amics, es transformava i no em parlava igual. El camarada Paco ens va casar amb unes simples paraules i ens va estrènyer fort la mà i ens va felicitar. I ens va recordar que ja estava bé, de pensar en l'amor, que la llibertat també n'estava feta, d'amor, però que no oblidéssim que, mentre nosaltres ens ho estàvem passant bé, els millors camarades estaven morint al front d'Aragó. I jo no acabava de treure'm un raconet d'angúnia entre el pit i l'estómac perquè aquell camarada que ens havia casat («us uneixo en nom de la llibertat», em sembla que va dir) gairebé no sabia llegir i perquè en el fons patia pels pares d'en Pere, sols i arrapats a l'Encarna perquè era l'única persona mudada de tota la cerimònia.

En qualsevol cas, tothom semblava feliç i cridava «Visca l'amor!» i «Visca la revolució!». I en Pere s'acostava a mi i em deia si m'ho estava passant bé i tot seguit es girava d'esquena i es posava a cridar cap a algú que acabava d'entrar. Mai no l'havia vist tan content.

Ens vam retratar de totes les maneres possibles i semblava que no havíem d'acabar mai. Havent dinat, el quartet del sindicat de músics va començar a tocar masurques, valsets i pasdobles i tothom va posar-se a ballar. I a mi, la barreja de vins freds i cervesa m'havia pujat al cap i no sabia gaire què em feia. Em vaig acostar a la porta i vaig veure que el cel s'havia ennuvolat i estaven repicant contra la vorera aquelles gotes tan grosses i espaiades que cauen en temps d'estiu, per entremig del sol, que sembla que cadascuna hagi de deixar marca al carrer. Del terra pujava l'olor de pols i de pluja. Vaig començar a ballar amb tothom i em deixava endur on fos i amb qui fos. I reia i tancava els ulls i tirava el cap enrere i ballava. I els milicians em feien anar com una baldufa a ritme de vals i fins i tot m'havia d'aguantar la faldilla perquè no em voleiés massa. I de sobte, va canviar l'olor de milicià i quan anava a obrir els ulls una mà me'ls va tapar amb força. I, quan anava a cridar, una boca es va posar damunt la meva i va començar a besar-me amb passió mentre em duia a ritme de vals sense tocar a terra. I jo vaig tornar el petó amb força perquè havia reconegut el gust salat de la saliva d'en Gregori.

A la fi, vaig poder ballar amb la Maria. Vaig agafar-la de sorpresa i quan es va trobar amb mi, tan a prop, va obrir molt els ulls i em va abraçar.

I a mesura que anàvem voltant, l'estrenyia més fort i ella preguntava què fas, que caurem, que estic una mica trompa... I jo vinga a voltar i a estrènyer-la ben fort, amunt i avall, entre aquella gentada, i a enfonsar-li el nas al coll, com si la volgués mossegar, només per poder-la ensumar, com un gos. I la vaig besar a la boca com besaria un amant. I ella es va deixar, en el dia del seu casament, enmig dels convidats. I jo allargava el moment a veure si en Pere ens descobria i venia i em trencava la cara. Però no, una, dues i tres: Per molts anys. Amén.

Tot seguit me'n vaig anar sense aturar-me i pensant com ho podria fer per «esborrar-ho», tot allò. Encara no sabia que no caldria, que la guerra ja ho estava esborrant tot.

Tot d'una, en Gregori es va desfer de mi i em va deixar allà enmig, marejada i confusa, mentre se n'anava cap a la porta sense dir res. Vaig mirar a l'entorn i vaig veure lluny, a l'altra banda, en Pere, que també ballava i no havia vist res. I llavors devia notar que el mirava perquè va deixar la seva parella i va venir a buscar-me per ballar amb mi. Quan vaig mirar cap a la porta, en Gregori ja no hi era. Fora, les quatre gotes de la xafogor s'havien convertit en un xàfec dens que descarregava amb força contra la teulada i feia de ressò de fons de la música.

—Que no et trobes bé? —va fer en Pere—. Te n'adones? Per una setmana no hem hagut de celebrar alhora casament i aniversari...

I em vaig arrecerar en el seu pit mentre ballava pujada damunt dels seus peus perquè estava marejada i no volia pensar en res. Ni tan sols que en Pere pogués reconèixer l'olor d'en Gregori. El nostre aniversari...

Cap a les sis, en Pere em va agafar a pes de braços i va començar a cridar:

—Deixeu-me passar, que me l'enduc! Deixeu pas que els nuvis se'n van!

I tothom va fer un passadís perquè poguéssim passar i l'orquestrina va tocar més fort. Mentre en Pere se m'enduia vaig veure la cara rodona de la tia que em somreia i l'Encarna, que em feia l'ullet i adéu amb la mà. I em vaig girar i vaig veure tota aquella gent, i la taula plena de plats sense escurar i pells de síndria i de meló i gots mig plens i ampolles mig buides. Havia deixat de ploure, havia refrescat força l'ambient i la xafogor no es feia tan present. En Pere va pujar a la bicicleta, que la tenia tot just a la porta, i va dir:

—Som-hi! Ens en anem de viatge de nuvis!

En Pere era boig i capaç de dur-me pedalant fins a Saragossa. Bé, fins a Saragossa no, perquè encara la tenien els feixistes, però fins a València, sí. Se'm devia notar a la cara perquè em va tranquil·litzar:

—No tinguis por, dona...

Por? Amb ell no tenia por de res. M'hi vaig agafar fort. Anàvem rebotant sobre les llambordes i el sentia cridar a ple pulmó:

—Pas que vinc! Pas que vinc! —I el timbre feia: *Carring, carring! Carring, carring!*

La nit de nuvis tenia previst que la passaríem en una casa fabulosa de Sant Gervasi. L'havien abandonat els propietaris i el partit l'havia requisada. Tot eren habitacions, salonets, cortinatges, i, sobretot, lavabos i més lavabos, banyeres immenses amb les aixetes daurades. Al pati hi havia un pou i un petit estany amb peixos de colors i plantes d'aquelles que tot és fulla i sembla que flotin. Mai no havia vist res igual. Als armaris, fins i tot hi havia vestits de gala i uniformes amb xarreteres. Els expropietaris devien ser uns peixos grossos. El casalot havia de ser el centre de reclutament de les milícies del POUM, però aquella nit, per cortesia dels companys i companyes (que a més a més, farien guàrdia discretament perquè ningú no emprenyés) el palau era nostre. Doncs bé, la Maria no va voler. No va haver-hi manera de convèncer-la. Va ser posar-hi els peus, fer-hi un cop d'ull ràpid i dir que volia anar-se'n. Em vaig quedar veient visions. I que consti que no em queixo gens ni mica, d'aquella nit, perquè vam acabar en un hotel de primera —col·lectivitzat, però de primera— i vam fer-hi festa grossa. Però una cosa no treu l'altra. O sigui, que qui entengui les dones, que vingui i que m'ho expliqui. En plena feina em va preguntar si sabia de debò per què s'havia casat amb mi i no amb en Gregori. Té collons la cosa, em vaig posar dret al llit i li vaig dir que era prou evident...

Em va dur a un casalot de la part alta. Es veu que l'havien ocupat els companys del partit i ell l'havia triat per passar-hi la nit de nuvis. Perquè nosaltres érem revolucionaris, però no ens deixàvem perdre res. Era un veritable palau i, només d'entrarhi i veure'l tan buit i abandonat, em va fer venir una esgarrifança que ja no me la vaig treure del damunt en tota la nit. Era preciós, semblava de pel·lícula, però m'era impossible estarm'hi més de cinc minuts. I encara menys passar-hi res que pogués semblar una nit de noces.

La visió del casalot abandonat, lluent i brillant, amb els seus llums d'aranya, les seves catifes i els seus domassos, però abandonat, no em va deixar. Fins al punt que quan en Pere em va recordar que, mentre ell fos fora, jo havia de buscar la nostra futura casa, vaig dir-li que sí per no contrariar-lo, però el mateix sentiment de malastrugança em va córrer per l'espinada i vaig pensar que, si buscava pis tota sola, no arribaríem mai a ocupar-lo tots dos junts.

Finalment vam anar en un hotel.

L'endemà, com que a la Maria se li havia ficat al cap, vam anar als jutjats a avisar que ens havíem casat perquè en prenguessin nota. Ja tenia a la butxaca el paper segons el qual un parell de dies més tard em ficarien en un tren per anar-me'n al front amb una de les milícies del POUM. La imaginava a l'andana de l'estació amb l'altra gent arribada per dir-nos adéu.

Aquí es queda i jo me'n vaig, va així això... Li he deixat l'encàrrec de buscar el nostre pis, per a quan torni. Aquests dies m'ha preguntat una pila de vegades que per què volia anar a la guerra. I jo li he respost que calia defensar la revolució i la República. Defensar la revolució i la República... renoi, sona fort això, eh?

El tren s'engega amb una estrebada. Torna a treure el cap per la finestra i li faig adéu amb la mà... En Pere, amb un cop de cap, somriu, em llança un petó bufat amb la mà i em fa senyal que faci un cop d'ull enrere. Em giro i veig en Gregori. Quan torno a mirar, en Pere es fa petit perquè el vagó ja s'ha mogut. Em diu adéu amb la mà i jo també ho faig. Sense adonar-me'n, com l'altra gent, tinc l'impuls de córrer darrere el tren. Em torno a girar cap a en Gregori i se n'ha anat.

Vaig anar a l'estació perquè no em vaig poder treure del cap la idea que potser no tornaria a veure mai més en Pere. Vaig arribar aviat i vaig voltar amunt i avall buscant-lo. Vaig trobar-me per sorpresa, tot d'una, amb un canó carregat al tren. Era gegant, una mena d'animal gris i lluent, lligat i guardat per dos milicians, com si fos un animal perillós anestesiat. Fins aleshores, com tanta gent, no havia vist cap canó tan gros si no era fent bonic davant d'una caserna, en una desfilada o en una pel·lícula. Em va venir mal de cap. Llavors van començar a arribar les fileres de voluntaris. I tot d'una l'estació es va omplir de parents i amics. Ells des de dalt del tren saludaven tothom amb la mà. Em sembla que una de les coses pitjors de les guerres són les escenes de comiat a les estacions. Reclutes o milicians marxant cap al front. Estan destinats a morir i ells somriuen, joves i forts.

La guerra em va ficar la por al cos per sempre més i va acabar de definir el que sóc: Algú que mira de convertir el món en una cosa sentimentalment neutra, que necessita la neutralitat emocional, que evita les situacions o fins i tot els objectes que tinguin per a ell un component sentimental important. I si no ho puc evitar, intento reduir-ne la importància gairebé fins al zero. Es tracta de no sentir. És per això que, per seguretat, cal destruir fotos i documents. I si no, buidar-ho tot de significat. O millor, ficar-ho en una capsa de sabates i entatxonar-la al fons de l'armari.

Vull dir que, encara que sembli una estupidesa, hi ha un abans i un després de la guerra.

Vaig veure com la Maria s'adonava de la meva presència al mateix temps que descobria en Pere traient mig cos per la porta de la plataforma d'un dels vagons. Vaig dir-li adéu, i me'n vaig anar corrents. Tenia molt mal de cap.

Qui sap per què fem les coses? En Pere era amic meu, se n'anava a la guerra i jo, no. El mínim era ser a l'estació.

Vaig trigar deu o dotze dies a tornar a veure-la.

Tal com havíem quedat, vaig passar per can Ponsich a buscar-la perquè em donés el seu escrit i també el quadern escolar greixós on en Pere havia explicat les coses de la seva vida.

—Els records d'en Pere arriben fins al dia que se'n va anar. Els meus arriben fins ahir. Què et sembla?

No em semblava res. En aquells moments era més que evident que aquell segon disc no l'arribaríem a fer mai, però m'era igual. Una, dues i tres: M'era igual.

M'ho va donar i no vaig voler llegir-ne ni una engruna, d'aquells plecs. Ni tocar-ho. Ja ho faríem tots tres junts. I si no, mala sort, no em veia amb cor de pensar gaire més enllà. De fet, no sabia ni per què els havia acceptats.

Feia un posat tot trist i jo també. Em va dir que en Pere estava bé i que l'havia feta molt contenta de veure'm a l'estació el dia que se'n va anar. Vaig arronsar les espatlles i vaig somriure, però no vaig contestar.

Va dir que tenia pressa, em va passar un dit pel front i la templa, com si dibuixés una ratlla, em va fer un petó i se'n va anar. Me la vaig quedar mirant. Se'ns havia passat la data del nostre aniversari i ni tan sols no ens en havíem adonat. Teníem el cor feixuc.

Érem a principis d'octubre i encara feia molta calor.

TERCERA PART

Les nostres guerres, tots sols

LA GUERRA D'EN GREGORI (1)

Les coses, un cop més, van rodolar avall totes soles. L'endemà de la trobada amb la Maria va presentar-se a casa una patrulla de milicians que semblaven sortits directament d'una revista satírica. El pare va avançar cap a ells però el van apartar d'una empenta i van clavar els peus de ma mare a terra tan sols pel fet que el cap d'aquella colla va dir-li amb un mig somriure que, «per ara», només volien parlar amb mi. De poc em moro de l'esglai. Del meu pare, curiosament, no semblaven voler-ne saber res.

Va resultar que duien una antiga llista d'adolescents que havíem format part de la congregació mariana. Me la va ensenyar. Estava plena de creus vermelles. Al costat del meu nom no n'hi havia cap. Vaig deduir amb una esgarrifança què volien dir les creus. Era una llista de feia cinc anys! Jo en feia tres que no en sabia res, de la congregació mariana. A ells, tanmateix, tant se'ls en donava.

—Ens han dit que tots els d'aquesta llista són feixistes —deia el cap de l'escamot.

Jo li vaig replicar que s'equivocava, que en primer lloc, aquella llista era de l'any de la picor. I en segon, que no era de «feixistes», sinó de «fejocistes», que era molt diferent.

—«Fejocistes»? Què és, això? No és un grup de capellanets?

—No, camarada. Els de la FJCC són joves cristians.

—Cristians? Ho veus... Som-hi!

—Camarada! Estàs cometent una equivocació! Molts cristians estem amb la causa del poble i en contra dels privilegis de l'Església!

Tot seguit li vaig deixar anar de memòria els passatges doctrinals del POUM que havia sentit citar una i mil vegades al fatxenda d'en Pere. El milicià es va quedar de pedra davant del meu míting inesperat. Esperava de trobar-se un escolà ploraner per cruspir-se'l de viu en viu i no deixar-ne ni els tendrums. Va ser digne de veure quan vaig engegar-li allò que ells, com jo, no aspiràvem a la democràcia parlamentària sinó al control obrer; que ells, com jo, acceptàvem que la guerra i la revolució eren inseparables; que ells, com jo, exigíem el control directe sobre la indústria per part dels obrers; que ells, com jo, propugnàvem el govern a través de comitès locals i ens oposàvem a qualsevol mena d'autoritarisme centralitzat; i que ells, com jo, «i ho remarco especialment, camarada», manteníem una hostilitat sense treva ni compromisos enfront de la burgesia i de l'Església tradicional... I vaig acabar amb un vibrant: Es pot ser cristià i revolucionari, camarada!

Ho vaig dir gairebé sense respirar, però amb una certa entonació ritual. El que manava va dubtar. No volia fer el ridícul davant els seus homes, però era evident que un capellanet no podia parlar d'aquella manera...

—No ho veig gens clar. I no m'agrada el POUM, tampoc.

—Doncs jo hi conec molts sindicalistes sincers...

—Prou! —I va plantejar-me un dilema molt senzill—: Demà dissabte, noiet, aniràs al local de les Joventuts Llibertàries i t'hi inscriuràs, entesos? Ja et diran com i quan t'incorpores al front de «voluntari». Tornarem dilluns a veure si has fet bondat. Si no, t'agafarem a tu i els teus pares i us durem a prendre la fresca per l'Arrabassada.

—Millor pel Garraf, Demetri —va dir un dels milicians.

El tal Demetri se li va girar i amb males puces li va dir:

—Es pot saber per què collons m'interromps? Si dic que els durem a passejar a l'Arrabassada, els durem a passejar a l'Arrabassada i punt.

—Dilluns tenim un... «encàrrec» a Vilanova, podem aprofitar el viatge.

Se'm va posar la pell de gallina.

—Hòstia, tens raó! —I a nosaltres—: Us agrada el mar? Sí? Doncs fins dilluns!

Se'n van anar amb un cop de porta. El meu pare estava tremolant, enfonsat, amb el cap entre les mans, mormolant paraules. De sobte, va comançar a riure fluixet des de sota les mans. La mare es va espantar:

—Octavi, què et passa?

Va aixecar la cara i se la va mirar amb un somriure agre:

—No te n'adones? Demà no treballen! La patrulla respecta el descans dominical! És una cosa ben curiosa, aquesta guerra...

Després d'aquell dia, el meu pare es va fer vell de cop.

Un cop va assegurar-se que ma mare no ens sentia, se'm va acostar i em va dir amb to cansat:

—No sé si et creus totes les coses que li has dit al cap de la patrulla. Jo no me les crec i ta mare tampoc. A casa, no te les hem ensenyades pas. Ara, qui ho hagi fet t'ha salvat la vida. I segurament també la nostra.

No l'havia vist parlar mai amb aquella gravetat. No pensava allistar-me a les Joventuts Llibertàries i molt menys anar-me'n a disparar trets enlloc. Ni a favor d'uns ni a favor dels altres. El millor potser fóra escapar a França i esperar. L'hi vaig comunicar al meu pare i ell em va dir que em comprenia molt bé. Tanmateix, la realitat era tota una altra: Les circumstàncies el superaven i era incapaç de pensar amb claredat.

—Pare, penso desaparèixer del mapa durant una temporada. Però deixa'm dir-te una cosa i fica-te-la bé al cap: Encara que m'inscrivís a les Joventuts Llibertàries, podria venir qualsevol altra patrulla a buscar-te per la teva relació amb la parròquia... Qualsevol veí de l'escala et podria denunciar... Vosaltres també heu de marxar. I com més aviat millor.

El meu pare, més impressionat per haver-lo tractat de tu per primer cop que no pas pel fet en si, no va entendre quina era la situació. Em va dir que si me'n volia anar, que me n'anés, que ell i la mare no es movien de casa:

—No hem fet cap mal. No hem de témer res.

Em vaig desesperar perquè els minuts volaven i en qualsevol moment la cosa es podia complicar. Però ell, res, tossut. No va canviar ni tan sols quan li vaig fer veure que, si ells es quedaven, jo també m'hi hauria de quedar. Perquè si els milicians tornaven i veien que jo no hi era, se'ls endurien a ells.

No va servir de res. Davant d'allò, per guanyar temps, l'endemà diumenge vaig anar al punt de reclutament de les Joventuts Llibertàries. M'hi vaig presentar com si hi anés per pròpia voluntat. Els vaig dir que volia inscriure-m'hi, però que aquells dies estava molt ocupat a la meva barraqueta de la Rambla, fent cartes gratis (vaig remarcar-ho: Gratis) per als milicians i les milicianes llibertaris que volien comunicar-se amb els éssers estimats, tant si era al front com a la reraguarda.

—No m'expliquis la teva vida, camarada —va dir-me una miliciana de granota blava i rínxols rossos sota la gorra—. Això és un punt de reclutament de voluntaris. Quan et vagi bé, tornes i et reclutem. I cap al front falta gent...

—I no em podries fer un paper que digués que m'he presentat aquí i...

—No, si no em dius quan penses inscriure't.

—Estic buscant un substitut... Potser d'aquí a quinze dies.

—Perfecte. Estem confeccionant una nova columna i, més o menys, fins a aquestes dates no estarà completa. Dóna'ns les teves dades i ja t'avisarem.

La noia, sense cap problema, va fer-me un document on constava que m'hi havia presentat i que me n'aniria al front amb ells quinze dies més tard, el va segellar amb un tampó fet amb una patata i me'l va donar sense més ni més. De moment, em salvaria la pell durant aquell temps. Tenia un parell de setmanes de marge per convèncer els pares.

Va passar el dilluns, però no es va presentar ningú. El dimarts de matinada van sonar uns trucs precipitats. Vaig tenir uns moments de pànic intens. Des de l'habitació, esperava sentir d'un moment a l'altre els crits i els cops. Vaig agafar el document que em lligava amb les Joventuts Llibertàries i vaig aparèixer al menjador en pijama. No hi havia cap rastre de milicians. Per contra, hi havia el senyor Bartomeu Salines, amb tots els seus quilos i disfressat d'obrer. L'edat no li havia pres vitalitat i continuava sent més aviat alt i gras, però fornit. Feia anys que no el veia. Era un amic de joventut del pare. El recordava, pulcre i mudat, d'algun diumenge que havíem dinat amb la seva família. Era tècnic en plantacions de tabac i amo d'una petita empresa familiar dedicada a fabricar paper de fumar.

—Deus recordar en Bartomeu… Acaba d'arribar…

Vaig saludar-lo i vaig seure amb ells a taula. En Salines va mirar fix el pare i li va dir amb un to greu, a poc a poc, amb els ullets vivíssims, que no solament era jo qui estava en perill, que el mossèn havia desaparegut i en aquells moments ja devia ser mort. La notícia va ser com una bufetada en plena cara per als pares. Es va quedar blanc.

—El següent a la llista ets tu, Octavi, algú t'ha denunciat, ho sé del cert, no són enraonies… —I va acabar dient—: Heu de sortir pitant. Tots. Ara mateix.

—No hem fet cap mal. No hem de témer res.

—Octavi, si en cinc minuts no tens fet un farcell amb el mínim imprescindible per no despertar sospites, jo mateix t'estaborniré d'un cop al cap i te m'enduré.

El pare es va aixecar fet una fúria. No podia més. I va cridar gairebé sanglotant:

—No hem fet cap mal! No hem de témer res!

En Salines, impassible, va picar amb la seva manassa sobre la taula, com un tro, i va dir:

—No he vingut a discutir, Octavi. He vingut a buscar-te. Tinc un cotxe camuflat esperant aquí baix. Us portaré a Duesaigües, a la casa pairal, és en plena muntanya, al començament de la serra de l'Argentera. Allí s'estan la dona i la filla. I si tot va bé, és on ens estarem tots plegats...

Semblava un miracle. Una ocasió com aquella no es tornaria a presentar. El pare encara estava en tensió. Era un desordre tan gran, per a ell, que em va semblar que, més d'un cop, li faltava l'alè. Mirava en Salines i li tremolaven els llavis. Vaig afegir-m'hi: Si el senyor Bartomeu no l'estabornia, ho faria jo mateix. La mare li va agafar la mà i va dir:

—Octavi, ens en hem d'anar.

Davant d'això va cedir. Aquella matinada mateix, doncs, aprofitant la foscor de la ciutat en guerra, vam sortir de casa sense dir res a ningú, furtivament, com aquell qui diu amb la roba que dúiem posada i una muda en un mocador de fer farcells. Sense saber si mai hi tornaríem.

Travessàvem Barcelona de matinada i en Salines conduïa i xerrava. Vaig preguntar-li si no era perillós, el viatge per carretera fins a la seva masia. Va dir que no, que tenia l'excusa perfecta. Era un dels tècnics més qualificats de Catalunya en matèria d'elaboració de tabac i un cop al mes com a mínim anava a visitar la fàbrica tabaquera de Tarragona per encàrrec directe de la Generalitat. I va afegir:

—Ei, amb tots els permisos oficials! De vegades, amb escorta i tot. Amb la guerra, ja se sap, el tabac es converteix en producte de primera necessitat, més i tot que la llet. En aquesta zona és car de trobar, de manera que m'envien a Tarragona de tant en tant a veure si puc fer el miracle dels pans i dels peixos.

Fem experiments amb altres plantes per oferir barreges de la màxima qualitat que adulterin al mínim el tabac. En resum, que a la Generalitat es creuen que la fulla de tabac és de goma i es pot estirar com una molla. Gràcies a això, aquesta humil persona els resulta imprescindible...

Llavors ens va explicar el seu pla:

—A vosaltres —i va assenyalar els pares—... us portaré aquesta nit mateix a la casa de Duesaigües, a tu, Gregori, espero dur-t'hi durant la visita d'inspecció del mes que ve. Mentrestant, t'estaràs aquí, al meu pis. T'hi deixarem i nosaltres continuarem el camí. Vostè, senyora, hi anirà al meu costat, com si res. Tu, Octavi, t'hauràs de ficar al maleter. La teva dona, oficialment, viurà a la casa com si fos una parenta. Però tant tu com el teu fill, us hi haureu d'estar amagats fins que la cosa s'aclareixi. Duesaigües és un poble tranquil, tothom es coneix. No hi ha hagut cap violència. La revolució tan sols ha consistit a ocupar les parcel·les abandonades pels propietaris. Són els únics terrenys expropiats. Els col·lectivistes i el Sindicat manen, però toleren els individualistes. La nostra família s'ha ofert a les autoritats per fer una petita plantació de tabac i mentrestant els donem gratis la mica que produeix el nostre jardí.

—El seu jardí? —vaig preguntar.

—Sí. Fa dos-cents anys la meva família hi va plantar uns quants arbustos. N'hi ha un parell que fan ben bé tres metres d'alt, no et pensis... Sempre havien estat purament ornamentals, però en temps de guerra s'han convertit en una font de meravelles. He ensenyat la dona i la filla a recol·lectar-ne les fulles, posar-les a assecar, fer-ne picadura... Elaborem uns cigars una mica rudimentaris, però surten força bons. Al poble, els milicians s'ho mirarien molt, abans de tocar-nos un pèl. Si nosaltres no hi som, s'acaba el tabac gratis... Duesaigües és el poble més ben fumat de Catalunya. Però no se sap mai. Cal estar sempre a l'aguait. Si tenim sort i paciència, viurem per celebrar l'entrada de les tropes de Franco. Ha quedat tot ben entès?

El meu pare no se'n sabia avenir. Callava. Intentava escoltar, però no podia. Tot el superava: Que en Salines fos feixista, que ell mateix, acceptant-ne l'ajut, hagués de tenir «paciència per celebrar l'entrada de les tropes de Franco»... Tota una vida mantenint una actitud perquè ara, al final, una bufada dels temps se l'hagués endut com una fulleta seca, sense compassió, sense control. Ma mare mantenia més la presència d'ànim.

Tot es va fer tal com va manar en Salines. Vam aparcar davant del portal de casa seva i vaig baixar. Vaig abraçar els pares amb tota la força del món i, amb llàgrimes als ulls, els vaig dir que, ara que ells no hi serien, aprofitaria per escapar al Brasil, però no em van sentir...

En Salines i jo vam pujar l'escala a les fosques i, sota la claror d'una espelma, a la cuina de casa, em va donar quatre instruccions i se'n van anar. Des d'una finestra vaig veure el cotxe allunyant-se.

En aquell pis, hi vaig passar el mes previst, gairebé quiet com una mòmia. Ell se n'anava de bon matí i no tornava fins ben entrada la nit, exhaust. Només quan arribava podia anar al lavabo i bellugar-me una mica.

Un dels dies va arribar trasbalsat. Em va dir que havien fet un escorcoll a casa nostra, que ens havien anat a buscar. Em vaig posar a tremolar. Ens havia anat de poc, doncs. Em vaig impressionar tant que gairebé em van venir ganes de plorar. Per animar-me va obrir una de les seves ampolles de vi. Era un home de món, gran observador, li agradava menjar i beure. Després d'unes quantes copes, tot d'una em va dir:

—I a tu, per què et buscaven?

—Per no res. Anys enrere vaig estar vinculat a la congregació mariana. Per esborrar aquesta taca volien que m'apuntés a les Joventuts Llibertàries i me n'anés al front.

—I per què no ho vas fer?

Em vaig quedar de pedra.

—Què vol dir?

—Quan s'és tan jove, s'ha de fer la guerra... Si vols, et podria facilitar el pas a l'altre bàndol...

—No sóc pas franquista, jo...

Llavors, tot d'una, em va agafar per les solapes i em va sacsejar com un ninot:

—I jo tampoc, imbècil! Però oi que no t'has quedat a casa teva per discutir-ho amb el que et venia a buscar? Oi que ets aquí? Es tracta de pensar una mica més i una mica més ràpid que qui et vol fer la pell.

Era astut i espavilat com un vell general, en Salines. Em va deixar anar i es va disculpar:

—No em facis cas. Perdona'm. Ets catòlic, doncs?

—Sí, suposo que sí. Vostè no?

—M'agrada pregar. Les oracions em donen força.

—No sé si m'ha respost la pregunta.

—És que potser no en tinc, de resposta.

Quan va arribar el moment, em va tocar el torn de ficar-me al maleter. I, després d'un viatge sense entrebancs, vaig sortir a la llum del dia davant d'una casa pairal gran, compacta i antiga, amb un plataner gegant i una figuera davant el portal i un rellotge de sol a la façana. Dintre, els pares, pobres, tan desorientats, i els altres habitants de la casa: La dona i la filla d'en Salines. Ell mateix em va presentar la seva família:

—La meva esposa, senyora Llogaia Jovinyà, però tothom li diu Gaia. La meva filla, la Roser...

Els vaig donar la mà. Eren dues dones tan diferents com la nit i el dia. La mare, baixa i grossa, riallera, enginyosa de paraula, amb una innocència poc mundana potser deguda al seu origen camperol, es bellugava per tota la casa amb decisió, gronxolant els seus quilos amb una energia impensada que no casava amb el seu aspecte. Amb la filla passava igual, però per una causa diferent. La Roser, que era de la meva edat, em va impressionar: Alta i prima, tenia el rostre com si fos cisellat, com de dona de l'antigor. Tenia els ulls grossos i negres. La boca era gran, amb llavis molsuts. Els pòmuls, prominents. Em va semblar la més bonica de les lletges, una noia d'una lletjor esplendorosa. Ella s'ho sabia i no amagava la cara, ni la boca, ni res, ans al contrari, les ensenyava, i en feia una virtut afegida. Es movia per la casa lentament, però amb seguretat, i si li feies un cop d'ull, encara que fos de trascantó, t'aguantava la mirada i semblava dir-te: «Ningú no és més bonic que aquesta dona lletja que estàs veient.» Haig de reconèixer que allò em va captivar. I també un altre detall: La seva llangor no estava exempta de cops de geni. Era curiós de veure amb quina energia bellugava el cap i s'estarrufava els cabells quan trenta segons abans l'havies vista llegint mig ajaguda en un sofà...

Em vaig estar amb el pare, amagats tots dos en un recambró, sota teulada mateix, en unes golfes minúscules sense finestres, situades damunt l'últim pis de la casa (un espai immens, obert, que s'havia usat antigament de graner i magatzem). Vam aprendre a estar quiets i en silenci si hi havia gent de fora per la casa, xerrant i gairebé amb possibilitats de córrer i saltar si ens estàvem sols. A les golfes només hi pujàvem a dormir o a tancar-nos-hi a cuita-corrents si es presentaven visites impensades. Per sort, aquesta sala disposava de tota una sèrie de finestres petites que donaven a la part del davant de la masia i una porta-finestra gran, ara sempre tancada, que era per on s'abocava antigament el blat. D'allò en vaig fer la meva talaia. M'estava hores mirant l'exterior, rumiant i comptant coses per si n'hi havia tres. Situat tan amunt, veia enllà del mur exterior de la propietat les primeres cases del poble. Veia nens que sortien d'una casa esvalotats, aixecant la pols del carrer (devia ser l'escola), i comptava si eren tres. Veia la gent atrafegada entrant i sortint. De vegades, veia venir de lluny la Roser, sempre carregada, acompanyant la seva mare i la meva,

totes tres fent petits rodeigs als bassals d'aigua que havia dei-
xat la pluja el dia abans. M'entretenia, doncs, absorbint pels
ulls tota la vida que oferia aquella comunitat. Vaig arribar a
conèixer de cap a peus tots els seus habitants i tots els seus
moviments. I alhora, aquell foradet cap a la vida no em provo-
cava gens de nostàlgia perquè pensava que, en el fons, tant era
ser dins com fora. M'haguessin deixat enmig de la plaça del
poble i no hauria sabut què fer-hi.

Van ser dos anys i (un, dos i) tres mesos preguntant-me
què se'n devia haver fet, de la Maria i d'en Pere.

El pare no mirava res, ni llegia. No tenia ganes de xerrar.
Deixava passar les hores. Mig dormia, s'estava quiet, ajudant
la mare, que normalment pujava on érem nosaltres per fer-nos
companyia. La dona cosia i recosia, pelava patates, li pujava
algun diari endarrerit i li feia comentaris de la quotidianitat. I
passaven rosaris i més rosaris. A casa, mai no ho havien fet.
Ara ja no deia mai *collons*. Un dia fins i tot vaig sentir-li
remugar que, per acabar d'aquella manera, més ens hauria val-
gut a tots anar-nos-en al Brasil. La Roser venia de tant en tant
a les golfes. Em portava els llibres de la biblioteca i li tornava
els que ja havia llegit. M'explicava com li anaven les coses i em
preguntava què se sentia estant tancat. Durant el dia ajudava
en la feina de la cooperativa agrícola del poble o treballava en
l'elaboració casolana de tabac, al pati de casa. Esperava que
acabés la guerra per tornar a la seva vida anterior. Volia ser
pintora o dibuixant, o escultora. Jo, només podia seure, mirar
per la finestra i comptar coses per veure si n'hi havia tres.

De vegades estava tota llangorosa llegint al meu costat, amb
la pala de matar mosques a l'abast de la mà, i de sobte deixava
anar un cop sec i ràpid, com una descàrrega elèctrica. Fins i tot
era capaç d'aixecar-se de tant en tant com un dimoni per córrer
a liquidar-ne una encara que fos en una cadira a tres metres de
distància. Tot seguit, desinteressada per la sort de l'insecte, tor-
nava a jeure de genollons amb mi i es quedava mirant per la

finestra sense dir res o em parlava dels dàtils de la palmera del davant de la casa.

La senyora Gaia, si no era per la finestra, no la veia mai en persona.

Quan en Bartomeu Salines arribava, tot es revolucionava. Sempre ho feia de nit. L'endemà, la casa s'omplia de gent del poble que li feia encàrrecs o en rebia. Normalment s'estava amb nosaltres un parell de dies i se'n tornava, fos hivern o estiu. Des del meu punt d'observació el veia aparèixer pel camí tocant la botzina. Baixava impecable del cotxe amb els seus pantalons de color os, les sabates blanques impol·lutes i la camisa blanca si era estiu (això sí, tot ben arrugat pel viatge). O a l'hivern amb abric amb espatlleres i barret d'ala ampla, bufanda i guants de pell. Era digna de veure l'alegria als seus ulls, gairebé llepant les fulles de tabac encara verdes que posava a assecar (i que no podria fumar ja que estaven destinades a ser intercanviades per productes de primera necessitat).

I així va anar passant aquell temps estúpid. Vaig tenir temps de llegir de cap a cap la biblioteca, ocupada en un vuitanta per cent per llibres antics i moderns relacionats amb la qüestió del tabac. Els nens que corrien pel carrer es van fer grans i alguns van anar a parar a l'Ebre, tan a prop, a disparar. Segons la Roser, els de Pradell, al costat nostre mateix, però a l'altre vessant de la serra de l'Argentera, sentien la remor de les explosions contínuament, dia i nit, venint de les terres del riu... Els esbarzers del jardí van créixer fins a esdevenir una veritable tanca. De vegades hi havia pluja forta a mig matí, d'altres plugim i boira baixa tot el dia. De vegades pujava pudor de fems. D'altres, el que duia el vent era l'aroma de les glicines del pati, les que s'enfilaven pel mur exterior de la casa i feien aquells raïms violetes i blancs. Tot, des de la finestra.

I què va passar més? Una, dues i tres: Que el meu pare es va morir.

Va superar el primer hivern amb dificultats, però el
següent, el del 37, s'hi va quedar: Va fer molt de fred i nosal-
tres dos, allà dalt, sota la teulada, ens congelàvem per més roba
que ens donessin. Va anar-se desmillorant i va perdre la moral
i la gana. Va començar a tossir, va agafar una febrada i, encara
no ens en havíem adonat, que un matí me'l vaig trobar mort al
meu costat. No se'm va acudir res més que pentinar-li els
cabells amb les mans, fent rasclet. Vaig pensar que, tantes
hores junts allà dalt i no havíem parlat gairebé gens. Vam dis-
cutir què hi podíem fer. La mare volia un capellà, volia un
enterrament digne. Era impossible i li vaig haver de fer enten-
dre el que era obvi: No ho podíem dir a ningú perquè compro-
metíem els Salines, que es portaven tan generosament amb
nosaltres. A la nit vaig baixar les escales carregat amb el cos
del meu pare. Vaig estar fins a trenc d'alba fent un sot al pati
interior de la casa, al costat d'un dels famosos arbustos de
tabac. Allí va anar a parar provisionalment, embolicat amb una
manta. La mare no va tornar a pujar a les golfes. Ara s'estava
tot el dia al pati, asseguda al costat d'aquell munt de terra
remoguda, cosint i recosint, pelant patates o fent el que cal-
gués. Però allà, al costat de la terra remoguda, quieta com un
clau.

Quan en Bartomeu va tornar i se'n va assabentar, em va
donar les gràcies per no haver perdut la serenitat:

—Només que algú del poble hagués sospitat de l'existència
de gent amagada a casa meva haurien perillat moltes més
coses, a part de la vostra seguretat...

No li vaig preguntar quines, però tot va quedar clar poc
temps després, a finals del 38, quan, en qüestió de tres mesos,
van entrar i sortir clandestinament de la masia quatre perso-
nes que tot just hi passaven una nit o dues: Arribaven amb en
Bartomeu i se n'anaven amb ell, sempre d'amagat. Una de les
vegades li vaig donar a entendre que, deixant de banda la gra-
titud immensa que li tenia per la seva hospitalitat, compartir

aquella situació em convertia en còmplice... si no de grat, per força. Vaig parlar-li amb fermesa per primer cop:

—Si m'han d'afusellar al teu costat, almenys vull saber per què.

El vaig fer dubtar. Sabia que jo tenia raó. Finalment em va explicar que treballava per als franquistes i, de tant en tant, havia de facilitar l'evacuació de gent important a través del port de Tarragona. Només quan fallava l'enllaç marítim, aquelles persones havien d'amagar-se a la masia. Allò va convertir-se en el nostre secret.

I què va passar més?

Una, dues i tres: Vaig deixar embarassada la Roser. Amb aquell comportament seu una mica llunàtic, tan aviat pujava a veure'm tres vegades al dia i em portava unes rodanxes de ginebró de tronc gruixut («perfuma la roba i manté a distància les arnes») com s'estava una setmana sense dir-me ni ase ni bèstia. Vam tenir temps d'explicar-nos mútuament les vides. Vaig intentar de fer-li veure com havia canviat la meva existència després d'haver conegut la Maria i en Pere. Que em semblava mentida, tenint en compte el poc temps que feia que els coneixia. I després, els meus sentiments per la Maria.

Una nit vaig pujar a la teulada amb ella des d'una de les finestres. Estirats damunt les teules vam veure clarament, igual que si fóssim al cinema, com bombardejaven Reus enmig de les explosions blanques dels antiaeris. Ella m'explicava que eren els avions italians que venien de Mallorca. Vèiem el camp estès sota nostre. Ens arribava el soroll somort de les bombes tot i els quinze o vint quilòmetres de distància. I eren com trons en la llunyania, trons sense llampec ni pluja.

La Roser exhalava una fragància que en aquell context em va semblar meravellosa, barreja de cacau i tabac. Encara no havíem tornat a l'habitació que ja ens havíem abraçat i ens xuclàvem pertot arreu. Vaig descobrir tot un altre univers. Un cop més, tot m'agafava de sorpresa. La Roser em va embruixar,

va fer que estigués ansiós de tocar-la i fer-li l'amor. Ens trobà-
vem sols allà dalt, damunt un matalàs, i ella se'm donava tota.
Estàvem massa sols, tots dos. I fèiem l'amor silenciosament,
amb uns apagats murmuris de la meva part i uns lleus tremo-
lors de cuixes per la seva.

La Roser m'intimidava tant, amb aquella cara, que no vaig
dir-li que l'estimava. Em visitava gairebé cada nit i fèiem
l'amor tot sovint. Em besava, tot i que no pas gaire, amb besos
frescos, que no eren freds, però tampoc calents. Fent l'amor
podia ser tan lànguida com en la seva vida normal. Enmig de
l'orgasme podia ocórrer-se-li de passar-se la mà pels cabells per
no despentinar-se. O exactament al contrari. Mai no ho sabies
per endavant. Va explicar-me que, de petita, els pares sempre
havien comentat que havien volgut un nen i no pas una nena.
I jo, per amorosir-li el record, li llepava la boca, les dents, tot el
que l'havia fet sentir poc femenina. Després ens acoblàvem i ja
no ens amoïnàvem per res. De vegades fantasiejava que em
podia ficar dins la seva boca i descansar.

I així vaig passar la meva guerra, amagat, sense trepitjar el
carrer, entre principis d'octubre del 36, i mitjan gener del 39.
Dos anys i tres mesos, com una bèstia engabiada, esperant
cada nit del món per baixar al jardí, on hi havia la comuna, a
pixar i a fer de ventre. Vint-i-set mesos i mig llarguíssims,
com una tortura, sempre esperant notícies d'en Salines, que,
sistemàticament, deia que allò s'acabava en un mes i mig, que
Franco ho tenia a la butxaca, que si ja havia conquerit tal ciutat
i tal altra. Gairebé vuit-cents vint-i-cinc dies viscuts l'un dar-
rere l'altre, enganxats i enganxosos.

La guerra d'en Pere (1)

Al principi vaig tenir una mica de decepció. En comptes d'enviar-me al front a disparar em van destinar a telecomunicacions, a la rereguarda, perquè a la vida civil havia fet de dependent al Llampec Laietà. Els vaig intentar convèncer que l'experiència de la meva darrera feina, la de ciclista repartidor, seria molt més útil. Ja em veia amb la meva bici portant missatges entre la rereguarda i el front, tot esquivant els trets de l'artilleria enemiga, com a octubre del 34. Però no em van voler ni escoltar. Em van tenir més de dos mesos estudiant mentre tots els altres camarades de la columna es dedicaven a fer punteria als collons dels feixistes. Vaig sortir convertit en tot un especialista en comunicacions. Era capaç de muntar un telèfon de campanya amb els ulls tancats, en una nit sense lluna i sota els obusos franquistes. Això per no parlar de les transmissions per Morse, amb tota la martingala de punts i ratlles. Fins i tot em van ensenyar a tallar un arbre amb una destral i convertir-lo en un pal de llum o de telèfons en un temps rècord. I és que jo, si m'hi poso, m'hi poso. Com a especialista en telecomunicacions vaig recórrer diversos sectors del front d'Aragó, sempre en primera línia, en els llocs més perillosos, però sense disparar un sol tret. La majoria de les vegades havia d'instal·lar, pel sistema més útil en cada cas, una línia de comunicació directa entre el front i els estats majors, a la rereguarda. Ja es pot entendre, doncs, que la nostra tasca era primordial. La gent de transmissions és molt important en una guerra, me'n vaig adonar de seguida. La prova és que l'enemic, quan ens localitzava, fins i tot ens havia arribat a disparar obusos, si l'encerto l'endevino, des de darrere les seves línies! Ja ho he dit: Érem pocs i importants. Tot déu ens tractava com a reis i els comandaments se'ns disputaven (cosa que, tot s'ha de dir, m'inflava de gust).

A principis del 37 vaig matar un home per primer cop. Eren les nou del vespre. Plovia. Amb un altre noi de telecomunicacions formàvem part d'un grup de trenta soldats que havíem d'ocupar una posició teòricament abandonada. Ell i jo, a més de tot el nostre material, dúiem quatre granades cadascú. Vam pujar fins al cim d'una muntanyeta propera per plantar un pal de telèfon, i de sobte vam veure un enemic, darrere una roca, pràcticament al costat nostre. Devia haver-se despistat, potser estava ferit. El cas és que havia quedat despenjat dels seus. No n'havia vist mai cap tan de prop i només de pensar en el mot *feixista*, em van fer figa les cames. Em va veure i em vaig fixar que volia treure's la pistola de la funda. Em va venir tanta por que, quan anava a fer el gest d'apuntar-me, em va sobrar temps per agafar una de les granades i llançar-l'hi. L'ona expansiva ens va fer caure de cul a terra i les orelles em xiulaven. Vam començar a sentir crits i plors. Quan vam arribar al seu costat ja no respirava. Era un legionari gros, molt gros i pelut. Tenia molt de pèl a la cara i als braços. Fins i tot a les mans. Vaig sentir-me content i feliç, amb moltes ganes de riure. Després em vaig sentir fet una merda, però vaig pensar en tots els companys morts i em vaig revifar ràpidament.

No vaig tornar a entrar en combat en tota la guerra. Això no vol dir que no continués veient com la gent anava caient morta a l'entorn meu. En vaig veure munts i munts, de morts, de totes edats, formes i colors. Per això no acabava d'entendre les notícies que la Maria em feia arribar sobre la situació a la rereguarda. Em deia que Barcelona semblava una ciutat on els rics havien desaparegut, però alhora s'insinuava que la gent del POUM i de la FAI no eren sinó una colla de feixistes disfressats... No m'ho podia creure. Al front, els feixistes de debò no et preguntaven de quin partit eres, abans de disparar. Els nostres morts, tots tenien la mateixa pell i feien la mateixa cara de mort. I cada dia en tenia mil exemples de tots els camarades, la majoria voluntaris com jo, gent de cinquanta anys del braç de joves de divuit. Per primer cop, creia en l'impuls noble de la defensa d'una causa. Ens sentíem orgullosos de defensar la democràcia i la República amb les armes a la mà (bé, jo més aviat amb els telèfons, a la mà, però ja ens entenem). I la Maria em venia amb històries derrotistes de rereguarda... Per desgràcia, no devia anar del tot desencaminada perquè, el mes de juliol següent, la nostra divisió va ser dissolta oficialment (em van dir que va subsistir gairebé en rebel·lia fins a finals d'any, retirada del front i desarmada, no sé si és veritat). Uns quants vam triar d'entrar a l'exèrcit regular de la República. Els mateixos companys amb qui havíem compartit el front fins al dia abans ens van dir adéu a cops de pedra i amb els pitjors insults. Quina guerra tan estranya!

El temps va passar rapidíssimament, entre les cartes de la Maria i la sensació d'estar treballant per una causa real. Em vaig arribar a convèncer que jo, com els altres companys, estàvem fent una cosa important i que valia la pena.

A la fi, vaig ser destinat a la ciutat d'Alacant. Van posar-me a ensenyar tot el que havia après. Jo, ensenyar! Tenia conya, la cosa. En un antic hotel hi tenien ficats uns quants membres de les Brigades Internacionals. Eren els meus alumnes. Em feia de traductor en Laszlo Stepanovic, un brigadista, advocat de professió civil. Ens vam fer molt amics. L'Stepanovic era un individu ben curiós, amb una història tan particular com ho eren totes les dels brigadistes. Tenia uns quaranta-dos o quarantatres anys. De cap molt quadrat, lluïa un cabell castany fosc sense una sola insinuació de blanc. Era un home de barres rectes, matisades per una barba sempre a mig afaitar, celles espesses i despentinades, nas prominent i mirada penetrant. Tot ell es transfigurava, però, quan reia o esbossava una rialla. El rostre se li endolcia fins a uns límits extraordinaris.

Em va explicar que en acabar els estudis d'advocat, a Viena, l'any 1925, va anar a exercir a Alemanya, on es va casar. Es va dedicar a defensar causes perdudes, o sigui a fer d'advocat dels pobres. Amb l'arribada de Hitler va ser fet presoner i deportat a un dels primers camps de concentració per a presos polítics. Tres anys més tard el van deixar anar i es va trobar que la dona, convençuda que era mort, s'havia casat amb un carnisser tirolès. Va fotre el camp amb la idea d'arribar a Portugal com a etapa prèvia a Angola. I com que Espanya li venia de pas, s'hi havia aturat una estona a fer la guerra.

Vaig demanar-li què se li havia perdut a Angola. I va resultar que era el seu paradís, que ho tenia tot previst, que es tractava d'aconseguir que algú hi posés els calés per introduir-hi massivament el conreu de cafè. Em va explicar que es tractava de sobreviure els tres primers anys, que és el temps que la planta del cafè triga a començar a produir un cop s'ha plantat. Després, a fer-se ric.

—I si és així, per què no ho han fet els portuguesos, ja? —li vaig preguntar.

—Perquè tenen la mentalitat del colonitzador pobre: Si la natura generosa i la mà d'obra baratíssima t'ofereixen guanys sense esforç, per què invertir-hi més? Per això, el que cal és arribar-hi amb idees noves i, sobretot, capital i màquines...

L'Stepanovic, enmig de les bombes que queien sobre Alacant, somiava en l'Àfrica per oblidar un carnisser tirolès maleït que li havia fotut la dona.

Un dia va citar-me en un cafè cèntric de la ciutat. Abans que li digués res, em va dir que esperava una amiga. Vaig aixecar-me tot empipat amb la intenció d'enviar-lo a pastar fang. No m'ha agradat mai el paper d'amic que aguanta l'espelma. I encara més quan m'ho imposen per sorpresa.

—Jo de tu, no me n'aniria —va dir-me amb un somriure.

—Per què?

La resposta estava situada exactament al meu darrere.

—Ja se'n va? —algú em va dir.

Em vaig girar i em vaig quedar veient visions. Hi tenia una dona de bandera, que semblava sortida d'una pel·lícula. No era pas precisament una bellesa clàssica, però, tal com diuen les novel·letes roses, emetia un magnetisme especial. A primer cop d'ull, la impressió que causava era totalment mascla: Malucs estrets, espatlles amples, pits més aviat petits, però forts, cames i braços massa llargs. Era maca com una nedadora, com una atleta. L'Stepanovic es va alçar i va fer les presentacions. Era una vídua madrilenya riquíssima que es deia Irene, amb qui l'Stepanovic havia mantingut un flirteig breu, però intens. La Irene va posar-me l'ull al damunt així que em va veure. I és que, a canvi de perdre'm les emocions del front, almenys tenia l'avantatge de poder anar net i polit com un general. Feia goig de debò, jo, amb el meu uniforme de passeig. La vídua em va clavar els seus ulls de color d'ambre i em va dir amb veu melosa:

—No se n'anirà pas precisament ara, oi? M'ho prendria malament.

Vaig seure i vaig callar. Vaig deduir que la viduïtat era antiga perquè en la seva indumentària no hi havia el més mínim rastre de dol. Era incapaç de determinar-ne l'edat. Podia tenir trenta-cinc anys. També en podia tenir deu més però igualment n'aparentava deu menys. I en qualsevol cas, era una dona esplèndida. Mentre preníem uns gots de vi, va explicar-me que la guerra l'havia agafada de visita a la ciutat, on tenia casa i interessos. I veient com s'ho passaven a Madrid, amb els bombardejos i tota la mandanga, havia decidit quedar-se a

Alacant tant com durés el conflicte. Mirava com es duia la copa als llavis i m'imaginava agafant-la per aquells malucs estrets i estrenyent-la fort contra el meu entrecuix tot seguint el compàs d'un ritme molt lent. En un moment donat, l'Stepanovic va aixecar-se i, tot murri, va dir-nos que se n'havia d'anar, que acabava de recordar una feina molt important que havia de fer immediatament sota pena d'acabar directament al calabós.

Al cap de dos minuts, la Irene ja em va proposar d'anar a casa seva.

—I en Laszlo? —vaig fer.

—És molt llest. No t'hi amoïnis, per ell. Quants anys tens? —em va tallar.

—N'acabo de fer vint-i-un.

—Aquest número ens portarà sort. És exactament la meitat de la meva edat.

Aquella dona sí que era una bomba i no les que ens llançaven els feixistes!

De seguida vaig començar a visitar-la de tant en tant. Primer tenia remordiments per la Maria, però la guerra és la guerra. Més endavant, gràcies a les influències de la Irene (mai no he sabut com, ni amb qui, ni per què), vaig poder quedarme amb ella dies sencers.

En Laszlo Stepanovic deia que les guerres canvien les persones sense que aquestes se n'adonin. Hi estic d'acord. Jo mateix n'era un bon exemple. Ni tan sols havia comunicat a la Maria la meva nova destinació d'Alacant. D'un dia per l'altre em vaig cansar del to ploraner de les seves cartes i vaig decidir desaparèixer del mapa. Va ser un gest gens premeditat. Des del principi de la guerra, si hagués estat per ella, hauria hagut d'escriure-li dues vegades al dia, fins i tot des de la trinxera més avançada del front. Jo estava fent la guerra, que em deixés tranquil amb les seves històries. I per postres, acabava de conèixer la Irene... I amb una dona com ella al costat és molt difícil de pensar en res més.

La Irene m'agafava, em feia seure al sofà del seu pis i seia a la meva falda, de cara a mi, cama ençà, camà enllà, i se'm refregava contra una cuixa fins que la humitat li traspassava la roba i jo la notava. I mentre ho feia, em preguntava si ella era el que m'havia esperat, que què em semblava...

No sabia què respondre-li. La Irene era molt més intel·ligent que jo. Una nit vaig deixar-li anar que em semblava una dona misteriosa i li va agradar. Va dir-me tota somrient, amb els pits enlaire i una copa de Porto a la mà, que potser era una espia dels nacionals. I vaig dir-li que, si era així, a mi podien fer-me consell de guerra per passar-me a l'enemic. Em va mirar fixament, seriosa, i em va dir que jo era dels que sempre acabaven pensant en ells mateixos... Però que no m'amoïnés, que allò l'excitava... i que, a més, el meu egoisme li rebaixava el sentiment de culpabilitat que li produïa la idea de poder ser la meva mare...

I jo pensava que, per sort, no ho era.

La Irene sabia com engalipar-me i em xiuxiuejava a cau d'orella totes les coses que un xicot com jo desitja sentir. Un dia va dir-me que, si estava enamorat, compadia la dona que m'estigués esperant. Em vaig espantar. Semblava una bruixa. Vaig demanar-li què en sabia, de mi, i es va posar a riure:

—T'has quedat blanc com el paper... Bé, com el paper d'abans de la guerra. O sigui, que hi ha una xicota, oi, perduda per alguna banda...? Probablement a Barcelona...

No li vaig dir que era casat. Ella em va agafar la cara amb les mans i gairebé em va exigir que no hi pensés més, que li faria mal. A ella també, però no tant, deia que tenia la pell més dura:

—Concentra't en mi, hi sortiràs guanyant. Les dones et demanen amor i no en pots donar. Segur que, més d'un cop, t'has quedat de pedra perquè encara no portaves una setmana mirant de convence't que havies trobat el teu gran amor, que ja et distreies i et tornaves a enamorar...

I em deixava anar, tan tranquil·la, que el meu problema no eren les dones, sinó jo mateix. I que, quan la guerra acabés, el millor que podia fer era acompanyar-la a Madrid i estar-m'hi una temporada:

—Almenys, amb mi, potser aconseguirem que tota aquesta energia tan malaguanyada que tens pugui ser reconduïda cap a alguna ocupació de profit…

En aquell moment, jo ja sabia quina era la mena d'ocupació que a ella li agradava, però no li vaig dir res. Un dia li vaig preguntar per què em tractava tan bé i ella em va respondre amb una caiguda d'ulls mortal:

—No ho saps veure, nen? Doncs perquè tinc quaranta-dos anys i tu només vint-i-un, nen. I cada vegada que et passo la mà per la bragueta, nen, i la pixa se't fot dura com una pedra, és un triomf per a mi. Ho entens, nen? Una page-seta analfabeta de deu anys ja sap què té entre les cames i sempre que vulgui farà que el capatàs li miri les cuixes quan s'ajup. No té mèrit, nen. Per a mi, en canvi, és tot un triomf, ser desitjada. I seduir-te n'és la prova més convincent. I a mi no m'agrada perdre, nen. Recorda-te'n bé: Jo no perdo mai. Mai.

Em deixava fora de combat.

Cada cop que em trobava l'Stepanovic després d'haver estat amb la Irene, em preguntava com havia anat i jo l'hi explicava. Vam tenir grans discussions sobre quina era la millor edat de les dones. Ell sostenia que a partir dels quaranta, les dones començaven a fer-se malbé. I jo li replicava que al contrari, i que la Irene n'era precisament la prova:

—Es pot saber què fèieu, quan us trobàveu? Preníeu el te? Que et falta un bull? No t'has aturat a mirar com camina, com es treu la roba? La Irene és brutal, al llit. Se me'n fot l'edat, només m'interessa com s'ho fa! El comportament d'una dona no es calcula pels anys. I si et molesten les arrugues, apagues el llum i s'ha acabat!

Vaig perdre'l de vista a finals d'any, quan les Brigades Internacionals van ser obligades a retirar-se. No oblidaré mai el seu riure, aquelles riallades tan sonores que, si hagués estat al front, fins i tot els soldats de la trinxera enemiga haurien disparat sobre nosaltres perquè callés. Vam quedar que m'escriuria a la brigada per mitjà de la Creu Roja. Tant de bo es complís el seu somni africà.

En fi, el 26 de gener les tropes nacionals van entrar a Barcelona. A Alacant no ens en vam assabentar fins l'endemà. Vaig pensar que s'havien acabat els bombardejos i que no hauria de patir més per la Maria. Es van fer córrer uns rumors que feien por, es parlava de terribles venjances feixistes a Barcelona, incloent-hi rius de sang baixant per la Rambla i el relat de milicians crucificats ennig de la Plaça de Catalunya. No és pas que m'ho cregués, però no deixava de ficar-me la por al cos. Era evident que els feixistes no s'estaven per orgues. Si em quedava, em matarien. Si tornava a casa, em mataria la Maria.

Tot feia presagiar que el merder s'acabava, però a Alacant la guerra va durar encara dos mesos llargs més. D'aquells dies, recordo que, entremig dels bombardejos, anàvem al cine. A punt d'esclatar tots pels aires, vèiem drames amb totes les de la llei protagonitzats per les *tonadilleras* de moda: La gent deixava anar uns llagrimots de cocodril que feia por de veure. Semblava com si ploressin dins el cinema les llàgrimes que no els sortien fora al carrer, sota les bombes.

Vaig decidir que a mi no m'agafarien. Vaig començar a instal·lar-me a ca la Irene. Ella no cabia a la pell de contenta i jo m'ho passava de fàbula. Em xuclava la poca vitalitat que em quedava i em preguntava cada dia si me n'aniria amb ella a Madrid després de la guerra.

Al final, els fills de puta dels italians no paraven de bombardejar la ciutat des del mar. A mi no em feia por, m'emprenyava. Ho trobava massa fàcil, com quan vas a la caseta del pim-pam-pum. Els de comunicacions teníem feina intensiva:

Amb els trepants, els filferros, les alicates, els telèfons de cam-
panya a l'espatlla, semblàvem homes-mosca, tot el dia penjats
dels pals. El trosset de República que quedava s'ensorrava per
moments.

El dia 29 de març va caure Madrid i, al cap de poques hores,
els italians de la divisió Littorio van entrar a Alacant a sang i
foc en una operació combinada de mar i terra. No van fer-hi
gaire trencadissa perquè no hi quedava gaire per trencar. Van
trobar-se munts de gent que intentava fugir per mar tot i que,
a la bocana del port, els vaixells de guerra franquistes impe-
dien l'entrada d'embarcacions estrangeres preparades per eva-
cuar refugiats. Molts, abans de caure en mans dels feixistes, es
suïcidaven llençant-se a l'aigua i nedant mar endins. Al moll,
per defensar-los, hi havia una tanqueta i uns quants soldats
inexperts com jo. Una bala, com aquell qui diu, va fer-me la
clenxa. Ho vaig veure clar: Enmig de la confusió, vaig llençar
l'uniforme i vaig córrer a ca la Irene. Posats a capitular, valia
més fer-ho davant seu. Com Franco amb la República, només
va acceptar una rendició incondicional. No va admetre cap
excusa. Em va dir que volia que em quedés amb ella, que tenia
amics influents que vetllarien per mi, que si m'estava al seu
costat ho tindria tot, però que si l'abandonava me'n recordaria.

Quan es posava així m'excitava de cap a peus. Una dona
brava, sí senyor: No m'hi vaig poder negar i m'hi vaig amagar.
Cap al vespre del dia 31 de març, la ciutat ja era ocupada.
L'endemà va acabar la guerra.

La guerra de la Maria (1)

No me'n vaig adonar i, en un tres i no res, em vaig quedar tota sola. Després d'en Pere, l'Encarna també se'n va anar de seguida. Es va fer una crida a tots els treballadors del ram de la farmàcia perquè anessin al front, als hospitals de campanya. Em va donar les claus de casa seva i s'hi va apuntar.

Els oncles estaven atemorits. Els primers bombardejos havien triat la zona portuària i de l'estació de França com a objectius i les bombes queien molt a prop. De manera que van acabar tancant. Van llogar una caseta a la Seu d'Urgell, van enganxar un cartell a la porta que deia: «Hug, si arribes durant la guerra, busca'ns a la Seu d'Urgell», i se n'hi van anar a viure amb el seu fill, el meu cosí Carles, que ja hi era. Van dir-me d'acompanyar-los però no vaig voler. Això sí, vaig traslladar-me a viure a ca l'Encarna, per seguretat.

Finalment, estranyada perquè anava passant el temps i en Gregori no donava senyals de vida (trucava a casa seva i no contestava mai ningú), vaig anar a la Rambla a visitar-lo. Tampoc no hi era. Per no ser-hi, no hi havia ni les barraquetes. No hi havia res. Vaig arribar-me a casa seva i em vaig espantar. Vaig trobar el pis amb la porta esbotzada i tancada amb prou feines amb un cordill i dos claus. Dintre no havia ningú. Vaig començar a trucar a les portes del replà, com una boja. Una veïna em va informar que ja feia dies que tota la família havien marxat i que no n'havia sabut mai més res.

—Però i la porta...

—Això va ser després. Van venir a buscar-los una matinada, però ja no hi eren.

En Gregori... Hi havia pensat tantes vegades... Tant de bo se n'hagués sortit... M'havia quedat amb les ganes de dir-li que, davant el dubte, havia decidit casar-me amb el primer que m'ho demanés. Enyorava la seva pell blanca i les seves beneiteries tant com els rampells d'en Pere.

Al principi em vaig cartejar tot sovint amb ell. M'anava responent com podia. De vegades m'enviava simples postals, en general eren cartes en paper d'estrassa i escrites amb llapis. D'aquesta manera anava seguint en un mapa els seus moviments i no em costava gens d'imaginar-me'l. I malgrat l'omnipresència quotidiana de la mort, no pensava que a ell li pogués passar res.

La feina, a la botiga, continuava a ple rendiment. Dirigida pels treballadors, continuava amb tota normalitat, si és que aquesta paraula podia aplicar-se a Barcelona, a finals de l'any 36. La veritat és que, a can Ponsich, fins que no es va acabar el gènere al magatzem, no vam parar de produir i de vendre a un ritme que, donades les circumstàncies, qualsevol hauria considerat força bo. A més a més, durant molts mesos vam estar treballant gairebé el doble perquè la comissió gestora havia decidit que faríem una contribució pròpia a l'esforç de la guerra. Vam fer posar aquest anunci als principals diaris: «BANDERES, BANDEROLES, BANDERINS I ENSENYES PER A LES ORGANITZACIONS POLÍTIQUES I OBRERES. Els treballadors i treballadores de l'acreditada Antiga Casa Ponsich E.C. ofereixen la seva mà d'obra gratuïta, fora de les hores de feina, per a la confecció dels articles esmentats. Material gratuït a partir de restes de magatzem i fins a final d'existències. Servei per rigorós ordre de comanda.»

Es van arribar a fer cues al carrer i com que treballàvem amb el gènere sobrant de can Ponsich, de vegades, cap al final, van arribar a sortir banderes fetes amb trossos d'hule, lona o d'impermeable...

I el temps va anar passant. Després dels fets de maig del 37 em vaig desenganyar dels partits, però vaig pensar que no n'hi havia prou de cosir banderes a hores mortes. Hauria pogut quedar-me a casa i dur la vida vegetativa de moltes de les meves companyes de can Ponsich, que intentaven que el període de guerra s'assemblés tant com es pogués al període de pau. I si no era possible, almenys no volien donar gaire temps al pensament. No ho vaig fer. Però no pas per cap desig especial d'altruisme. Vist amb perspectiva —i amb una certa ràbia—, més que la guerra era l'absència de tota la gent que m'estimava, que m'impulsava a realitzar certes accions. No podia deixar de pensar en el Pere, en el Gregori, en l'Encarna... I vaig creure que el millor que podia fer era sortir al carrer.

Me'n vaig anar a la Generalitat i m'hi vaig oferir. De temps lliure cada cop en tenia més. La botiga pràcticament només obria mitja jornada. I a més, un cop acabat tot el material dels magatzems de can Ponsich, també va caldre tancar la confecció solidària de banderes. Des de la Generalitat, donada la meva experiència laboral, em van posar a treballar de valent amb altres dones en tot allò que fes referència a la reparació i repartiment del material tèxtil que ens arribava provinent de donacions i requises. Calia refer, recosir i apedaçar tot el material aprofitable: Des d'abrics i jaquetes fins a guants i bufandes. Fèiem la nostra feina en hospitals, menjadors comunitaris, bugaderies col·lectives (on netejàvem i desparasitàvem la roba)... Més endavant em van enviar a treballar per a la xarxa de solidaritat i suport als refugiats i refugiades.

Aquest és un dels meus records de la guerra: Tips de treballar, farts de fer feina que no s'acabava mai. Al matí a can Ponsich i al vespre a l'oficina del comitè central d'ajut als refugiats, al carrer de Montalegre, on seleccionàvem les peces de vestir que la gent donava. Les que estaven en bon estat eren classificades i preparades per repartir. La resta, me l'enduia cap als tallers de can Ponsich per veure què s'hi podia fer. Hi havia dies que acabava tardíssim. Sovint, entre un toc de sirena i un altre, els tramvies no funcionaven i tornava caminant a casa. No es pot ni imaginar com era de bonica Barcelona a les fosques.

Passava el temps entre carta i carta d'en Pere i visita i visita de l'Encarna. I de tant en tant, hi havia algun miracle. Vaig tenir al pis un nen orfe refugiat. Jo no em cansava de repetir-li que s'hi fixés molt... I tant que s'hi va fixar: Pel desembre de 1937, jo, tan republicana, vaig intentar convence'l que els Reis Mags no existien, que calia enviar les cartes al president de la República o al de la Generalitat, que eren els seus substituts...

No en vam parlar més i quina no seria la nostra sorpresa quan vam rebre un telegrama de la secretaria de la presidència de la Generalitat de Catalunya. El nen havia escrit al president Companys demanant-li regals i aquest no solament li contestava dient que per als nens els Reis Mags sempre existirien, fins i tot en una república i en moments tan tràgics, sinó que, per mandat directe de ses majestats, li enviava un val per valor de cinc joguines a triar entre les que hi havia als magatzems de la Generalitat (també, no cal dir-ho, fruit de les donacions i les requises). Vaig haver de callar. Mai no podré oblidar el dia que vaig acompanyar el nen a fer la tria. Va donar el val a l'encarregat del magatzem i va dir amb la seva veueta: «Vinc de part del senyor president.» El nen es deia Marçal i se'l van endur de seguida a una de les cases de colònies per a nens refugiats i ja no el vaig veure més.

Encara vaig tornar una vegada més a casa d'en Gregori, però no hi havia ningú. Bé, sí, s'hi havia instal·lat un rodamón que criava galls dindi al menjador i que per poc no em va matar de l'espant.

En Gregori, si mai tornava, no ho faria fins que tot aquell malson s'hagués acabat.

De sobte, va haver-hi un moment en què vaig tenir la consciència que no era normal la manca de notícies sobre en Pere i em vaig espantar. Vaig demanar informació als militars, però cada vegada em responien que no els constava que fos mort. Em vaig esverar tant que em vaig posar malalta. Fins i tot vaig enviar-li una carta a través de la Creu Roja Internacional, per si de cas l'havien fet presoner. Però res.

Després d'esperar unes quantes setmanes, vaig trucar als seus pares, al poble. No en tenien ni idea. I no solament això sinó que em va fer tot l'efecte que, a més, no volien saber-ne res, ni del seu fill ni de mi. Vaig preguntar pel Pere a cal senyor Eugeni, però no en tenia notícies, tampoc. Vaig parlar amb antics companys del partit. Em van explicar que no passés ànsia, que, per fortuna o per desgràcia, tard o d'hora, en una guerra, sempre acabes sabent què se n'ha fet, d'un soldat: Presoner, ferit, mort, desaparegut, desertor, estan tots ben controlats...

Estava desesperada, perquè no entenia res. Vaig arribar a sospitar que no fos mort i algú hagués usurpat la seva personalitat... O que s'hagués passat a l'enemic i no m'ho volguessin dir.

M'estava tornant boja d'ansietat i ni tan sols em calmaven els períodes en què l'Encarna era a casa.

Un dia, una veïna meva del replà em va aturar a mitja escala. Em va dir que acabaven de tornar-li el seu marit del front. Estava ferit i l'havien enviat a passar la convalescència a casa seva. Que em volia veure.

—A mi?

—Sí, ha vist el teu marit...

Em vaig quedar blanca.

El xicot jeia al llit amb la pell i els ossos. Tenia l'abdomen embenat i una cicatriu horrorosa li travessava el pit. No estava gens clar que se'n pogués sortir. Amb una veu baixíssima em va dir que havia vist en Pere, unes quantes setmanes enrere.

—On? Està bé?

—Sí. A Alacant. Encara hi deu ser. La meva dona m'ha dit que no en sabies res...

La notícia que en Pere era viu em va encoratjar de sobte. Vaig tornar a les oficines dels militars, els vaig dir que jo mateixa havia trobat el meu marit... Van fer unes comprovacions sobre la guarnició d'Alacant i m'ho van confirmar. Feia un parell de mesos que ho sabien, però no m'ho havien dit per un problema burocràtic. Cabrons. Em van donar la seva nova adreça i li vaig escriure una carta, però no em va respondre. Vaig intentar de posar-m'hi en contacte per telèfon i va ser impossible. Era tan misteriós com incomprensible. Si no era mort ni ferit, per què no em contestava?

L'Encarna, valenta, un vespre em va insinuar que potser aquella actitud no tenia res a veure amb la guerra. Al principi no la vaig entendre i ella no hi va insistir per por de ferir-me. Després hi vaig caure: I si en Pere ja no em volia? Haig de confessar que era l'última cosa que m'hauria imaginat. Però un cop ficada la idea al cervell, ja no vaig poder evitar de pensar-hi: I vet aquí que jo, l'alliberada, admirada com a model d'independència i d'autonomia, em sorprenia pensant que m'estimava mil vegades més que l'anés ficant pels conys més pudents d'Alacant, però pagant, que no pas imaginar-lo al llit amb una amigueta.

Era una decepció tan gran que no em cabia a l'enteniment. Per la falta de respecte que implicava: No se n'havia anat d'excursió, se n'havia anat a la guerra! Qualsevol pot adonar-se que la manca de notícies pot fer morir d'angoixa qui és a la reraguarda, esperant. El mínim que podia haver fet era dir-m'ho.

A partir d'aquell moment ja no em vaig treure la tristor del cos i de l'ànima. Hi havia nits que em maleïa a mi mateixa per haver-m'hi casat, em deia que en Gregori mai no m'ho hauria fet. D'altres pensava que m'estava tornant boja, que no eren més que suposicions i que, en qualsevol cas, el perdonaria, que en temps de guerra tot era diferent, que els homes són així, que quan acabés la guerra tornaria amb mi, etc., etc. I desitjava fervorosament que m'escrivís una carta plena de mentides com una casa de pagès. O que tornés, encara que fos només un dia.

Per fi, un matí vaig aixecar-me conscient de sentir-me alliberada de qualsevol compromís amb ell... El que estava fent amb mi no era humà. Quan vaig adonar-me'n, em vaig quedar molt tranquil·la i no vaig patir més.

Gràcies a això vaig poder suportar el final. M'havia anat venent les meves coses. Pràcticament ja no em quedava res. A les cues, que eren moltes, sempre hi havia discussions. De vegades, l'Encarna arribava amb un trosset de coliflor o un paquetet de farina. D'altres, me n'anava a l'altra punta de Barcelona, a Sant Andreu, a fer cua tot el matí, per rebre una paperina de galetes. M'estava més al llit que al carrer, tapada, amb aquell fred tan horrorós que feia... Els bombardejos eren continus. Vaig fer un últim intent de saber alguna cosa d'en Pere i em vaig trobar que, amb les tropes franquistes a un cop de pedra de Barcelona, encara hi havia funcionaris immunes a la realitat que, amb bufanda i guants, continuaven expedint certificats impertorbablement, amb caducitat de noranta dies (com si algú sabés on pararien ells i els seus tampons tres mesos més tard). Només veies cotxes, camions, autocars, bicicletes i fins i tot carros i autobusos urbans de dos pisos afanyant-se per escapar en direcció a la carretera de la costa. L'instint de conservació feia tornar la gent recelosa i irritable.

El 26 de gener al matí, l'Encarna i jo vam sortir al carrer a veure si trobàvem alguna cosa per menjar. Amb prou feines m'aguantava dreta. A cent metres de casa va sorprendre'ns un petit rierol d'un líquid tot llefiscós que corria vorera avall. Vam veure que sortia d'un local, una mica més amunt, on s'amuntegava una pila de gent de totes les edats. No ens hi vam acostar gaire més. Un noiet amb una cua de bacallà sec sortint-li de la camisa i les butxaques i la gorra plenes de llenties va dir-me que allò era un economat, que havien rebentat la porta i que n'hi havia per a tothom. El líquid era oli d'oliva. Com que no s'havien pogut obrir els bidons que el contenien, algú hi havia disparat i ara l'oli rajava com una font. Ens vam tombar per anar-nos-en però un vell embogit que corria pel carrer amb un sac de cigrons va ensopegar amb mi i li va caure tot per terra. Es va enfadar tant que vam haver de fugir cames ajudeu-me perquè ens hauria matat. Era un horror, tot plegat...

El millor que podia fer era anar-me'n, també. Només ens havíem de deixar guanyar per aquella febre d'escapar, afegir-nos a aquelles piles de gent que ho deixaven tot i se n'anaven cap a França, a un destí desconegut. Era insuportable, estava malalta i em veia incapaç de prendre una decisió.

Ens vam quedar vagant pel carrer enmig d'un silenci total. No se sentia res, ni un tret, només ressons d'explosions esporàdiques d'obusos llunyans, com trons. I la meva tos.

I de sobte, una mena de brogit escampant-se pertot arreu: Els nacionals entraven! Un home deia que s'havien estat dos dies aturats inexplicablement a Esplugues... Eren més o menys les dues i ho vaig veure amb els meus propis ulls: Els soldats desfilant disciplinats per l'avinguda Mistral en direcció a la Ronda. D'altres deien que havien vist tanquetes italianes baixant des del Tibidabo, pel carrer de Balmes, per la Diagonal i pel Passeig de Gràcia. De seguida, el carrer va començar a omplir-se de gent que ovacionava aquell exèrcit. L'Encarna em preguntava: «D'on surten? Tanta gent, ha estat amagada dos anys i mig?» Una multitud acollia amb entusiasme la presència d'aquells que havien encarnat fins uns quants minuts abans la negació absoluta dels valors pels quals tant havíem lluitat. A molts balcons apareixien llençols blancs, banderes de l'Espanya nacional i domassos.

No m'ho podia creure, semblava una escena irreal, com d'una pel·lícula... Estava paralitzada. També hi havia gent que, des de darrere les cortines, observava discretament la nova situació amb cara seriosa. Un falangista, des de dalt d'un camió, va saltar i, tot somrient, es va acostar a nosaltres. Va preguntar-me si era que no estava contenta. Em vaig quedar muda del terror. Però ell, tot d'una, va donar-me unes preses de xocolata i va dir-me que me les mengés a la salut del gloriós Exèrcit Nacional. Unes dones del nostre costat van llançar-se damunt meu i me les van prendre immediatament. Vaig anar per terra i sort en vaig tenir, de l'Encarna. Vam tornar cap a casa mortes de por. La portera de la finca del costat, a la porta, estava contenta i xerrava tota animada amb les veïnes. Havia enganxat amb tatxes un banderí vermell i groc tot ridícul a la porta.

L'Encarna pràcticament em va carregar a l'espatlla perquè no podia pujar l'escala. Em va donar alguna medicina i em va ficar al llit. Aclaparada, sense força, morta de fred, plorant sense sanglotar, les llàgrimes em rajaven en silenci. Pensava què se'n faria de mi, de nosaltres. I la tia, la pobra, sempre recomanant-me que m'hi fixés molt. No m'havia servit de res. Els consells no serveixen mai de res...

La guerra d'en Pere (2)

No fa ni un parell de setmanes que s'ha acabat la guerra. Aquests primers dies, darrere les persianes abaixades de ca la Irene, sento com els falangistes de tant en tant s'emporten algú. Criden que volen fer pagar a Alacant el fet d'haver permès l'afusellament de José Antonio.

La Irene m'explica amb tota la mala voluntat què passa fora. M'explica que estan detenint soldadets com jo, pollosos i despullats. Que n'hi ha que s'han passat una setmana sencera amagats dalt d'un arbre. I que els falangistes els porten al Reformatori d'Adults, els embenen els ulls, els repengen contra la tàpia i els fan un afusellament simulat. M'ha dit que molta de la gent que va quedar atrapada al port se l'han emportat a un camp de concentració, a Albatera. I que un cop identificats, la majoria van a petar a la presó cel·lular de València.

A mi no ha vingut ningú a emprenyar-me. La vídua és molta vídua. I em vol a mi. La setmana passada se'n va anar a Madrid i s'hi va estar quatre dies. Va tornar tota contenta. Va explicar-me que havia estat endreçant casa seva i preparant el nostre retorn.

—Nostre? —vaig fer.

—I tant! Véns amb mi a Madrid. En qualitat de nebodet. Què et sembla? Hauràs d'acostumar-te a tractar-me de tia.

Va posar-se a riure i a cantar. Em vaig sentir com una mena d'ocellet engabiat. Però no tenia opció. Viure com un petit príncep amb la Irene o com un tros de merda en un camp de concentració.

En qualsevol cas, estar al costat de la Irene és com estar-se tancat en una gàbia d'or. En una setmana fins i tot ha tingut temps d'arreglar-me una documentació falsa.

Penso en la Maria durant aquests dies de tancament. El que li he fet no té nom. No tinc decència. Per això m'he posat a escriure aquesta mena de confessió. Quan arribi el moment, m'obligarà a donar la cara. No podré negar-li res perquè tot ho hauré escrit i acceptat. Ho ficaré dins d'un sobre i ho enviaré al senyor March, a la pensió. La Irene és perillosa i no vull ni que l'ensumi, l'existència de la Maria. Li diré que és el meu padrí. Ell sabrà què fer-ne.

Ja n'estic una mica tip, de la Irene. De tant en tant és fantàstica, però cada dia, és massa, per a mi. Ahir li vaig dir:

—Irene, no t'enfadis, però si no dono senyals de vida a la meva pobra mare, la dona es morirà.

Va emprenyar-se moltíssim, va cridar:

—El que tu vols és plantar-me. Però no ho penso consentir, després de tot el que estic fent per tu…

Només coneixia una manera de fer-la callar i ho vaig fer. Després d'una bona rebregada, va entendre millor el meu punt de vista i va donar-me permís per anar a Barcelona uns quants dies. Fins i tot va regalar-me un grapat de joies, que tal com van els temps, són millors que els diners.

Avui ha tornat a marxar a Madrid. No me n'havia dit res, una urgència, es veu. M'ha dit que no em bellugui fins que torni demà passat.

És la matinada. Sento merder a l'escala. Han tornat a enviar uns falangistes. Quan pugen escales amunt amb la portera, mig bloc ja està despert i escoltant darrere la porta. Com és habitual, actuen amb massa prepotència per ser eficients. A trompades. No calculen que se sent tot.

M'he aixecat a escoltar jo també darrere la porta. He enganxat l'ull a l'espiell i he vist les camises blaves, que a la llum de la tènue claror de la bombeta del replà semblaven negres. S'acosten. Els sento, mentre escric això, aturats davant la meva porta. Fa tres dies també ho van fer, però hi havia la Irene, que va sortir al replà, es va identificar i van acabar enduent-se un desgraciat de dos pisos enllà...

Però ara la Irene no hi és. Se'n va anar molt enfadada amb mi...

La samarreta no em toca al cos. Estic cagat de por.

La guerra d'en Gregori (2)

El 15 de gener, els nacionals van entrar a Reus i des d'allí van organitzar l'ocupació dels pobles del voltant. Van enviar una simple patrulla de soldats i un parell de falangistes a «alliberar» Duesaigües. Van restaurar-hi l'autoritat municipal nomenant allí mateix alcalde provisional i cap local del Movimiento el veí que hagués sofert més persecució per part dels rojos a parer dels presents. Quan els falangistes van arribar a l'Ajuntament només hi van trobar el conserge. Un d'ells va dir d'afusellar-lo allà mateix, però com que l'home va posar-se a cridar que era de dretes de tota la vida i la dona del nou alcalde va avalar-lo *in situ*, es van conformar depurant-lo per si de cas. Llavors van demanar per la gent d'esquerres del poble, però no n'hi havia. Civils, militars, funcionaris i autoritats havien fugit cap a Barcelona. Només hi quedava un sindicalista que jeia al llit, malalt tardà de galteres. Com que no s'aguantava dret, van afusellar-lo contra la façana de casa seva, assegut en una cadira.

Vaig poder sortir de l'habitació, passejar i córrer una mica. En Bartomeu va passar per heroi i ell m'hi va fer passar a mi, també, com si hagués estat el seu ajudant.

En aquells moments, la Roser estava prenyada de sis mesos. La qüestió de l'embaràs s'havia acceptat gairebé com a inevitable, com si fos un tribut de guerra. En Bartomeu, home pràctic, va suggerir que ens caséssim immediatament, en la intimitat, abans de tornar a Barcelona per reorganitzar la vida. Cap problema. Vam decidir d'esperar a la masia el naixement del nen.

Amb les noves circumstàncies vaig conèixer tot de gent nova. Em va impressionar en particular el nou rector. Era guerrer, dels de la «creu i l'espasa». L'home va tenir força feina, només arribar, amb la família de can Salines: Ens va casar, va donar cristiana sepultura al pare i va batejar el nostre fill, que va rebre el nom d'Octavi-Bartomeu per raons òbvies. El capellà defensava, en converses de sobretaula, l'estat de coses que es vivia a la zona franquista. Els nacionalistes també estaven assassinant als marges de les carreteres i contra les tàpies dels cementiris, sense judici ni possibilitat de defensa. I si se sabia era perquè no se n'amagaven gens. Si a més, un capellà ho justificava, la cosa era d'allò més estranya, gairebé obscena.

Els comentaris sobre la repressió salvatge a la comarca —i en general a Barcelona i a Catalunya— no van trigar a confirmar-se i a augmentar. Contradient les seves primeres declaracions, els nacionalistes no tenien gens de pietat amb els vençuts. En un dels pobles de la comarca un escamot de falangistes havia retingut una dona, esposa d'un dels dirigents d'esquerres del lloc. Ell havia escapat, però ella s'hi havia quedat persuadida que no li farien res. En Bartomeu em va obligar a veure com li rapaven el cap, li feien beure oli purgant i la passejaven mig despullada pel poble damunt d'un carro. Era fastigós i me'n vaig anar. Després, el sogre va explicar que, en un moment donat, fins i tot l'havien fet ballar nua de pèl a pèl enmig de la plaça. Com a les pel·lícules de l'oest, disparaven a terra i la dona anava fent saltirons. Tot plegat era un malson repugnant que es va confirmar quan els militars van iniciar els judicis sumaríssims i van començar a dictar condemnes a mort. Fins i tot el meu sogre ho va admetre:

—Es mata massa.

Una, dues i tres: Tres mots terribles, com tres lloses: Es mata massa. O sigui, que es partia de la base que si es matava «una mica» no passava res. Una, dues i tres.

I jo, continuava preguntant-me què se'n devia haver fet, de la Maria i d'en Pere.

La guerra va acabar l'1 d'abril però fins a mitjan maig no vam tornar a Barcelona, amb el nen d'un mes, ja. La mare es va negar en rodó a venir amb nosaltres. Volia quedar-se al poble per poder anar al cementiri cada dia. No va haver-hi manera. Una de dues, o traslladàvem el cos del pare a Barcelona o ella s'hi quedava. Amb el consentiment de la meva família política, va estar-se vivint a la masia fins que no es va poder fer el trasllat.

Aquesta, doncs, va ser la meva guerra, gens heroica, però igualment plena: Hores i hores de sentiments precaris i alhora intensos, un temps provisional i antinatural, perquè qualsevol cosa que comences no saps si l'acabaràs, un temps alimentat per un entorn de mort i patiment.

De vegades em sembla que som com parracs d'una roba esquinçada, com pedaços recosits maldestrament, tots descolorits, escampats i trepitjats.

De nou a Barcelona, ens vam instal·lar a la casa familiar dels Salines, que jo ja coneixia del mes que hi havia passat amagat. La relació amb els meus sogres era immillorable, i amb la Roser, esplèndida. Aquells primers dies, en Bartomeu em va estar insistint perquè acabés la carrera. Un advocat a la família seria una peça imprescindible dins de l'engranatge que la nova situació havia de comportar, em deia. A més, com a heroi de guerra («ja ens inventarem alguna malaltia perquè no hagis ni de fer el servei») podria aprovar pràcticament sense ni presentar-me als exàmens. Però m'hi vaig negar fermament i vaig acabar seduint-lo a còpia d'exposar-li el meu anhel d'entrar a l'empresa familiar i al món dels negocis relacionats amb el tabac.

Vaig anar a casa meva i, contràriament al que m'esperava, no estava destrossada, simplement l'havien anada saquejant a poc a poc. El menjador estava ple de gallinassa, com si algú hi hagués tingut pollastres i gallines. A la cuina hi havia restes de fogueres, on hi havia cremat algun marc de finestra o una porteta d'un armari. Uns quants vidres, trencats. Però res de greu, simples conseqüències d'haver estat dos anys i mig amb la porta esbotzada i oberta. No sé per què, em vaig dirigir directament al meu armari i vaig ficar-hi la mà pel damunt. Hi era tot: el paquet de cartes del Brasil del besavi Tonet, el disc de pedra amb les nostres veus, el paquet amb la segona part dels nostres records...

Vaig fer posar pany nou a la porta, la vaig tancar i vaig desentendre'm del pis durant onze anys. El temps que va trigar a morir la mare. Llavors vaig endur-me'n els records personals i me'l vaig vendre.

No deixava de pensar en la Maria i en el Pere, però retardava el moment d'anar-los a trobar.

Em vaig submergir de ple a la nova feina. La fàbrica de paper de fumar, tot i l'escassedat de matèria primera, tornava a funcionar. Una de les meves tasques eren les relacions amb la Comissió Provincial de Reincorporació d'Excombatents al Treball. Es tractava d'evitar que caigués damunt l'empresa una allau d'excombatents, d'excaptius, de mutilats o de parents de «caiguts» que hi volguessin treballar tot emparant-se en les noves lleis. Això aterria particularment en Bartomeu, ja que, per exemple, els afiliats a Falange cobraven tot el seu salari encara que cada dos per tres haguessin de fer festa per tal d'acudir a algun dels nombrosíssims actes públics i manifestacions patriòtiques del moment (no importava que fossin a Madrid i l'absència laboral fos d'una setmana).

L'obsessió per la feina, però, no va guanyar l'altra obsessió. Necessitava saber on era la Maria, on era en Pere, si eren vius o morts, o com jo, ni vius ni morts. Necessitava saber què se n'havia fet, si estaven bé o malament. Només saber-ho, res més: Ara tenia família, una dona fabulosa, un nen... No em volia complicar gens la vida. Intuïa que parlar amb ells seria un gran risc, per a mi. M'havia fet una cuirassa i gràcies a ella tirava endavant. En circumstàncies així trobar-te algú que et toqui sentimentalment és com sortir a caminar pel carrer amb el cul enlaire. I el cul, cal dur-lo tapat.

La guerra de la Maria (2)

Feia quatre mesos de l'entrada dels nacionals i un del final de la guerra. Les poques vegades que baixava al carrer em semblava que m'havia equivocat de ciutat... Barcelona era una monumental ruïna, física i humana. La gent tot just començava a posar-se a lloc. Els desplaçats tornaven. Tornaven els pares que, amb mil avals, havien pogut recuperar els fills presoners dels camps de concentració, tornaven els senyorassos que s'havien refugiat a la zona nacionalista i volien veure què havia passat amb les seves propietats. Tornava molta gent i molt poca se n'anava perquè la que havia d'anar-se'n ja ho havia fet en el seu moment. Continuaven les cues i la gana, com abans de la guerra. Res no funcionava. I es donaven situacions gairebé fantasmagòriques, com ara que, per falta de pintura, un parell de mesos després de l'entrada dels nacionals encara circulessin per la ciutat tramvies amb l'anagrama de la CNT. I la gent continuava acceptant, humilment, modestament, ara, els polls, igual que havia acceptat a l'hivern els penellons. A més, era una mena de carnaval. Deixant de banda la desfilada contínua d'uniformes de tota mena, Barcelona anava plena de persones estrafolàries, vestides amb pedaços. Les més grotesques eren les grasses d'abans de la guerra que havien perdut molt de pes i caminaven pel carrer amb els vestits tallats a la mesura antiga i semblaven aquells pallassos del circ introduïts dins de pantalons on podien ficar-se'n tres, com ells. També veies gent vestida amb pedaços, dones amb bruses fetes amb roba de cortina i nens descalços que aprofitaven la roba dels seus pares...

Em sentia entre els perdedors i ho vivia amb una sensació d'intens realisme: La vida continuava, encara que fos de manera somorta i commocionada. Un dia vaig passar per les finques del davant de la catedral derruïdes pels bombardejos. S'havia decidit de no reconstruir-les i fer-hi una gran plaça per a major lluïment de la seu. Uns nens s'entretenien entre les restes de bigues cremades i munts de maons. Els vaig comptar: Eren tres. Un d'ells feia putxinel·lis als altres. S'havia fabricat una mena de teatrí amb una gran capsa de cartró col·locada sobre les restes d'un tamboret. Des de darrere, hi ficava dins el cap i es tapava amb una mena de pedaç de roba, tal com ho faria un dels fotògrafs de la Rambla. Els putxinel·lis, curiosament, eren nous i bonics. Els altres nens seien a terra damunt unes teules esquerdades i s'ho miraven. I de tant en tant, aplaudien.

Allò era la pau, i no ho dic amb cap doble sentit: No en teníem d'altra. La guerra s'havia acabat, i potser en el fons era l'únic que importava. Al costat, en paral·lel, transitaven la Pau i la Fe en el Futur que pregonaven les noves autoritats.

I jo, que no em trobava gens bé. Arraulida al llit, m'estava quieta, com si volgués passar al màxim de desapercebuda davant del món. No menjava i només m'aixecava per anar al lavabo. Tenia molta febre i molta tos. Em sembla que no em vaig morir gràcies als medicaments que em portava l'Encarna.

Però un matí vaig revifar-me de cop. M'havia sorprès pensant coses tan morboses, cursis, bledes i carrinclones que vaig tenir un atac de riure. M'acudien pensaments com ara que el cos m'havia demanat de recloure'm per estar sola amb el meu dolor. Em va agafar una passió de riure com mai abans a la vida. Vinga a riure. L'Encarna va entrar, tota espantada i només de veure'm d'aquella manera va començar a riure i a plorar, sense saber per què. Vinga a riure. Les llàgrimes relliscaven galta avall i no podia parar. Recordava les senyoretes riques i pàmfiles dels textos de Folch i Torres rebent recomanacions dels seus pares del tipus: «És de bon to meditar profundament sobre la pròpia pena.» I tornem-hi! Les riallades ens sortien en forma de ràfega metralladora i, jo mateixa m'escoltava, em semblava una situació ridícula i encara reia més. Només vaig aconseguir de parar gràcies a un atac de tos i de flat fulminants que em va fer rebolcar pel llit amb les mans a la panxa.

Els dies següents a l'ocupació de Barcelona, van aparèixer als diaris tot d'avisos cridant la gent perquè tornés a la feina. No em vaig presentar a la crida perquè no m'aguantava dreta, de febre i debilitat.

Se'm va acudir que jo també podia publicar un anunci demanant pel Pere. M'era impossible no pensar-hi. Passaven els dies i, en els meus deliris de malalta, el veia tornant a casa. Pensava, si arriba ara, que entri sense fer soroll, amb la seva mateixa clau, que digui bon dia o bona nit, com qui ha sortit a comprar tabac i torna, i veu la casa tal com l'havia deixada i s'asseu en el sofà més còmode del menjador amb un lleu sospir. I tot seguit deixaria que m'expliqués la història més increïble i rocambolesca del món. D'altres dies l'odiava com mai no he arribat a odiar i desitjava que una bomba mal dirigida l'hagués esclafat en mil trossets. A la fi em vaig convèncer que, en el cas que fos viu, no tornaria amb mi.

Un dia al vespre es va presentar a casa l'antiga encarregada de la botiga, l'Hermínia. Me'n vaig estranyar. Em va dir que venia a prevenir-me, que els Ponsich havien tornat de l'estranger i que, tal com era d'esperar, el primer que havien fet després de prendre possessió de nou de les seves propietats havia estat elaborar una llista negra dels treballadors. Que fins i tot havien dut els primers noms escrits a mà en un paperet rebregat. Va dir-me que entre que es feia la llista definitiva i s'envia-va a les autoritats encara trigarien ben bé vuit o deu dies i que ella ho sabia perquè l'havien ficada al despatx a fer d'adminis-trativa...

Vaig veure les seves ungles, rosegades fins a l'arrel, abans que el meu nom a la llista. Vaig preguntar-li que per què hi era, que si pensaven depurar-me només per haver fet de repre-sentant dels treballadors. L'Hermínia no sabia com dir-m'ho, però ho va fer. Em va confessar que ni tan sols constava a la primera llista, la dels elements a depurar o a despatxar, sinó a la segona, la de la gent desafecta i criminal a causa dels seus antecedents. I encara més, farien constar que jo era particular-ment perillosa, exmiliciana i integrant de les famoses patrulles assassines... En el moment que aquella llista es donés, la poli-cia començaria a buscar-me.

Tot d'una vaig adonar-me que no es tractava de cap error, que no era qüestió d'aclarir una confusió de les moltes que es podien donar en aquells dies estranys de final d'una guerra i començament d'una pau. No, no s'havien equivocat. Ho vaig entendre al moment, quan va tornar-me a la memòria aquella mirada d'odi, dos anys i mig abans: La senyora Ponsich no em perdonaria mai que l'hagués vista humiliada i despullada al saló de casa seva. M'havia condemnat.

Em vaig abraçar a l'Hermínia i li vaig donar les gràcies. Segurament m'acabava de salvar la vida. O me l'havia allarga-da una miqueta, vés a saber. Vaig mirar-la com baixava les escales amb aquell abric ratat on en cabien dues, com ella. L'Hermínia, sempre tan ferma i flamenca, amb qui havíem fet tantes bromes sobre els homes, semblava una vella pidolaire.

L'hi vaig explicar a l'Encarna. Era una noia valenta i no li importava que jo pogués ser una companyia perillosa. La prime-ra reacció va ser recomanar-me que havia d'anar-me'n corrents, amb els oncles, que continuaven a la Seu d'Urgell. Però amb mitja maleta feta, ho vaig deixar córrer. No els volia comprometre. Calia fugir, potser a l'estranger. Però abans sortiria a buscar ajuda. En aquells moments tothom buscava avals, jo també en trobaria. No havia fet res... Si en Pere no hi era per ajudar-me, m'ajudaria... en Gregori!

Vaig tornar a casa seva, però el pis continuava igual d'abandonat. Per sort, els mateixos veïns em van informar que havien tornat.

—Només s'ha mort el pare.

És l'absurd de les guerres: Quan s'acaben, es mesuren en resultats, com un partit de futbol. El resultat en aquella família era de Vius, 2 - Morts, 1. Havien guanyat, què més volien? I en el fons, jo no era millor que ells: Sense adonar-me'n vaig pensar, des de dins del cor, que se me'n fotia, que s'hagués mort el pare, només m'interessava que no s'havia mort en Gregori. Em van donar l'adreça nova i em vaig sentir més bé. Va ser així que el vaig poder veure, de lluny. Tot el cos se'm va tibar. Les orelles, els ulls i el front. Els nervis i la sang bategant-me a la templa. Les llàgrimes em van venir als ulls. Era ell, més blanc que mai, maco. Anava al costat d'una dona jove que empenyia un cotxet amb un infant dins. En Gregori estava més prim però se'l veia satisfet.

Va girar-se cap a mi i li vaig veure la cara. No vaig fer-li cap gest ni el vaig cridar. Vaig seguir-lo amb la mirada, incapaç de moure'm de l'emoció. L'impuls següent va ser de pujar-hi immediatament, però no ho vaig fer, estava molt nerviosa. No vaig dormir en tota la nit.

Vaig tornar-hi l'endemà, de bon matí, més tranquil·la. Em vaig ficar a la casa i vaig pujar. Era una finca noble, d'aquelles en què el principal té una entrada particular a part de la de la resta dels veïns.

Una minyona va obrir la porta. Vaig demanar pel senyor i em va dir que no hi era. Vaig dubtar durant uns instants i la temptació va ser massa forta: Vaig demanar per la senyora. La noia em va preguntar que de part de qui i no vaig saber què respondre. Li vaig dir que no em coneixia, que em deia Maria i era una coneixença del seu marit, d'abans de la guerra, que venia a tornar-li uns efectes personals. Vaig esperar en un rebedor tan gran com el nostre menjador. Hi havia, damunt una calaixera, una capelleta amb una marededéu. La minyona va tornar al moment. Em va dir que la senyora em rebria de seguida, que si volia passar al saló...

QUARTA PART

31 DE DESEMBRE DE 1985

Gairebé fa cinquanta anys i recordo la Maria i en Pere com si fos ara. No els he tornat a veure mai més. Les guerres ho tenen, això.

Alguna vegada m'he entretingut a rumiar com hauria estat la meva vida sense la guerra, què hauria passat amb la Maria i en Pere, amb mi, amb la Roser, la meva dona. El resultat sempre és el mateix: Qualsevol cosa menys la que va passar. Torna a semblar una estupidesa, una reflexió sense solta ni volta, que no té sentit, ni tampoc importància. Però no és així. Gens ni mica.

M'omplo la copa de xampany i el tasto, però és calent. Són restes del sopar. Hi ha hagut tota la família. Hem brindat i ens hem desitjat feliç any nou. Un pèl massa ràpid segons el meu gust, però és que se n'havien d'anar a celebrar les dotze campanades fora de Barcelona. Em sembla que ja ho he dit, això. O no... Sóc vell, repapiejo. No sé pas què estic esperant. Potser les meves dotze campanades. Més que home de paraula, amb els anys m'he anat convertint en home d'ordre, que no és exactament el mateix. Sóc com el pare, que s'emprenyava amb el seu sogre per haver desaparegut, com si aquella desaparició fos una mena d'incompliment de contracte. Jo, ara, em trobo igual. Fa cinquanta anys vaig fer una promesa i, podent complir-la, em neguiteja no fer-ho. Hauria d'aixecar-me, carregar tot el sac d'ossos en què s'ha convertit el meu cos, bellugar-lo, dir qualsevol cosa a la Roser i sortir al carrer... a fer el ridícul.

Per sort hi ha els records. Com tots els vells, recordo molt més bé el passat llunyà que no pas el passat recent. Per exemple, acabo de sentir el disc de Ràdio Barcelona. Eren les nostres veus, estremidorament clares i properes. Com quan les vam gravar. Amb els anuncis dels patrocinadors i tot...

És un disc gruixut, la gent en dèiem «de pedra», a l'època. Vam enregistrar-lo a l'hivern del 35. Fa cinquanta anys i un mes.

La vida és això, seure a esperar que arribi la mort i, mentrestant, viure moments com aquest, en què el temps desapareix durant uns segons. I quan torna, et demostra que aquest gest reflex d'aturar-te un moment per mirar enrere són cinquanta anys de vida.

Aprofito per obrir la finestra i respirar aire fred durant uns quants segons. M'arriben somorts els crits dels televisors del veïnat que fan el programa especial de la revetlla d'any nou. La gent saluda l'any que comença... Miro les finestres que encara tenen llum i les compto: N'hi ha més de tres. Tanco.

Agafo el disc i el torno a treure de la funda de paper esgrogueït. Vull passar-hi un raspallet però no ho faig perquè em tremolen les mans.

Hauria de complir la promesa.

La Roser dorm a l'habitació. Ho he preparat amb tot de compte. Cinquanta anys d'espera s'ho valen. He apartat les estovalles i les molles de la taula i hi he posat els objectes damunt, per ordre: El disc (que acabo de sentir), un paquet petit embolicat amb fulls de diari, un sobre de mida gran amb tot de papers dintre...

Agafo un ganivet de la taula. Al tallant hi ha restes de nata del tortell. El llepo. L'he fet servir fa una estona per tallar el cordill del paquet. Jo mateix vaig fer-lo, a finals del 39, quan vaig tenir tot el material recollit. O pràcticament tot. Miro els fulls de diari que l'embolicaven, que em donen informació intranscendent d'un dia de novembre de 1939, parlen del fred del primer hivern després de la guerra, de monsenyor Escrivà de Balaguer, de la detenció de l'Isidro Leyva, un famós xoriço de la ciutat de Badajoz que estava molt de moda... El paquet era una pila de fulls doblegats i un quadern escolar. Hi faig un cop d'ull per damunt. Hi reconec la meva lletra, la de les monges, tan rodoneta, de la Maria, i al quadern, l'absurdament grossa i destralera d'en Pere.

Vaig fer aquest paquet després que em decidís a buscar-los. Finalment, no vaig poder suportar l'impuls irrefrenable de passar comptes, de fer cau i net. Només volia trobar-los, saber que eren vius. Tornar-los a veure, encara que fos de lluny. No sé per què, no concebia la possibilitat que els hagués passat res de dolent. Vaig buscar-los d'amagat, sense dir-ne res a ningú de la família.

El primer que vaig fer va ser anar a l'antic domicili de la Maria, aquell restaurant atrotinat dels seus oncles. Estava tancat i barrat. Hi havia un individu, amb un sac a l'esquena, que semblava mariner i també preguntava per ells. Ningú no me'n va saber donar raó. El següent pas em va dur a ca l'Encarna. Vaig entrar al portal i vaig pujar l'escala. El cor em bategava tan fort que gairebé m'ofegava. Vaig trucar, però ningú no em va respondre. Em vaig sentir tan alleujat que vaig baixar corrents fins al carrer.

Vaig anar-me'n directe cap a una dona d'una parada de verdures que hi havia al davant. Vaig donar-li a entendre que era policia i s'ho va empassar del tot. En aquells temps, a causa del desgavell de la guerra, algú tan ben vestit com jo, encara que fos joveníssim, podia ser capità de l'exèrcit, policia secreta o, simplement, un senyoret dels que havien guanyat. O sigui, que poca broma. Tothom ho tenia molt clar. Li vaig fer una descripció física de la Maria. Em va respondre immediatament que no, que no l'havia vista, però que no li fes cas perquè feia poc que tenia l'establiment. No em vaig desanimar, vaig pensar que, després de gairebé tres anys de guerra, la gent podia canviar molt físicament. Tot seguit li vaig descriure l'Encarna i aquest cop sí, finalment, no s'ho havia engolit tot la terra. La dona em va xerrar que la veia entrar i sortir de tant en tant.

Quan ja em començava a cansar d'anar-hi a hores diferents i no trobar-l'hi mai, una tarda de ple estiu, la verdulaire gairebé em va assaltar, tota excitada, no podia ni parlar, assenyalava cap al pis i xiuxiuejava:

—És a dalt!

—Quina de les dues?

I em va tornar a descriure l'Encarna. Les cames li feien figa, però es va recuperar quan li vaig agrair els serveis en nom de la Pàtria i a més li vaig deixar anar discretament un grapat de bitllets...

Vaig pujar al pis i vaig tornar a trucar a la porta. L'Encarna va obrir i em va veure. Ens vam quedar tots dos quiets i muts. De sobte em va abraçar i es va posar a plorar. Vam començar a parlar alhora, a batzegades, com si tinguéssim por de ser escoltats. No feia mala cara, l'Encarna. Fins i tot tenia una mica de color a les galtes. Li vaig somriure:

—Com estàs?

—Bé. Ateses les circumstàncies.

—I la Maria?

—La Maria? I tu, m'ho preguntes?

Jo estava massa nerviós per entendre res. Què volia dir?

Va anar cap a l'interior i jo la vaig seguir. Va seure a la taula d'aquell menjador que recordava tan bé i que se m'havia quedat incrustat a la memòria per sempre més. Em va assaltar el record de l'olor de la Maria... Em va servir una mica d'anís. Estava com desorientada. L'hi vaig repetir:

—On és la Maria? És viva?

Em va mirar amb ulls cansats i interrogants.

—De debò no en saps res?

—És clar que no!

—Però com pot ser? Fa un mes, aproximadament, va anar-te a buscar!

Se'm va tallar la respiració:

—A mi?

—Sí, almenys això és el que em va dir. Deia que eres l'únic que la podria ajudar.

—Ajudar? A què? Però i en Pere?

—No hi és.

—Mort?

—Suposem que sí. Se'n va anar al front i no n'hem sabut mai més res. Per això va pensar en tu, perquè l'ajudessis. Va anar a casa dels teus pares i va trobar-se el pis deshabitat, però un veí li va dir que ja havíeu tornat i li va donar la teva nova adreça.

Vaig començar a tremolar de cap a peus.

—I va anar-hi?

—Però per què m'ho preguntes, si ho saps perfectament!

—Que no en sé res, et dic!

—Però... I la teva dona? Amb ella, almenys, segur que hi va parlar perquè em va explicar la conversa fil per randa...

Estava suant. No m'ho podia creure. Què significava, tot allò? Em vaig descordar el botó del coll.

—Et juro que no en sabia res...

Va mirar a terra. Era evident que no s'ho creia. Vaig veure-li les sabates desgastades, d'hivern, en ple estiu i ella se'n va adonar. Li era igual.

—Però on és, ara? —li vaig preguntar.

—No ho sé. L'últim que em va dir és que tu l'havies ajudat a marxar. I un dia vaig arribar i hi havia una carta dient-me adéu. I que com que no sabia on anava, no em deixava cap adreça. Que a més, era pensant en la meva seguretat.

—No entenc res de res. Potser és mentida. La meva dona no me n'ha dit res.

Llavors l'Encarna em va fer una descripció exacta de la Roser. No era difícil de descriure, la Roser. Jo continuava sense entendre res. I la demanda inútil dels detalls. Més que res per parlar, per no quedar en silenci i pensar. I l'Encarna, fosca i llunyana. No l'havia vista mai així:

—Ella ha sobreviscut a la guerra en molt males condicions. Vaig tornar a Barcelona a principis de gener, amb tots els refugiats, i vaig trobar-me-la mig morta de gana, molt malalta. No parava de tossir, escopia sang, tenia molta febre, gairebé no s'aguantava dreta... Em vaig quedar per ella. Al final de la guerra va patir molt.

—No la va visitar cap metge?

—No va voler. Tenia por. Jo, de tant en tant, venia i li portava alguna medicina que em donava el meu antic patró. Treballava en una farmàcia, abans de la guerra...

—Però per què aquesta fal·lera per anar-se'n, si estava tan malalta?

—Ja t'ho he dit: Tenia molta por. La buscava la policia. A més, no em volia comprometre. Va patir molt. No sortia d'aquí.

Abans que pogués reaccionar a la nova informació, es va aixecar i va anar a la seva habitació arrossegant els peus. Va tornar amb un full rebregat a les mans i me'l va donar. Era una còpia a carbó d'un informe.

—Té, li va portar expressament una de les antigues companyes de can Ponsich...

Vaig agafar el paper i el vaig llegir ràpidament. Era una carta amb l'encapçalament de can Ponsich adreçada al senyor delegat del ministeri de Treball. N'havia vistes una pila, últimament, totes eren iguals: Exageraven les possessions d'abans de la guerra, deien que ho havien perdut tot per culpa de l'acció roig-separatista i justificaven l'acomiadament de la meitat dels treballadors, acusant-los de desafectes al Règim. En aquest cas, la llista de can Ponsich es complementava amb un full adjunt:

«...amb els elements més destacats de la primera llista, alguns dels quals podrien ser fins i tot susceptibles de responsabilitats criminals...»

I acabava amb els «vivas» i «arribas» de rigor. El nom de la Maria figurava a les dues llistes. I a la d'elements perillosos estava marcada amb dues creus. No podia ser cert.

—Però què va fer? —vaig insistir.

Em va mirar amb cara de llàstima.

—Què va fer? Creus que hauria pogut fer alguna cosa? Segons ella era una revenja personal. Dels Ponsich.

No em va estranyar, l'afany de venjança era un dels sentiments que movien la vida barcelonina, en aquells moments. L'Encarna va continuar, sense mirar-me:

—Es va quedar clavada aquí, al llit, morta de por i esperant que la vingués a buscar la policia.

Havia de tocar el dos d'aquell pis. M'estava ofegant. Ni tan sols no li havia preguntat per ella. Ho vaig fer, però va respondre'm que ja no valia la pena parlar-ne, que se n'havia sortit, que segurament tornaria al poble, amb els pares...

—Et puc ajudar? —li vaig dir.

—No, gràcies. Estic bé.

Vaig donar-li una targeta meva i vaig repetir-li que, per qualsevol cosa, no dubtés a trucar-me. Potser la Maria es posaria en contacte amb ella. La va acceptar, però mai no em va trucar.

No vaig voler pensar en la Maria, que potser ja s'havia mort de misèria. De la seva i de la dels altres. Ni en el Pere, desaparegut. El millor era no pensar.

La Roser no m'havia dit res sobre la Maria, res sobre aquella visita, res sobre el fet que fins i tot l'havia ajudat. Per què?

No vaig tenir el coratge de preguntar-l'hi. Vaig passar una set-
mana fatal. Cada cop que ella em mirava, em feia l'efecte que ho
trauria. I què? No hi havia res a amagar... La sogra em pregun-
tava si em trobava malament i li deia al marit en veu baixa que
ara m'estaven sortint els dos anys i mig de tancament en una ha-
bitació, com un animal. Per sort, en Bartomeu no li feia cas...

I els anys han anat passant, fins a cinquanta, i no n'hem
parlat mai. La Roser no ha sabut mai que jo ho sabia. O sí, tant
se val. Jo, els primers temps, vaig estar esperant que la Maria
reaparegués, hi havia dies que pensava, ara te la trobaràs de
sobte, en una parada del tramvia, o t'estarà esperant, mig ama-
gada a la porta de la fàbrica... Més d'un cop em va semblar
conèixer-la entre la gentada del carrer... A la fi vaig decidir
que el més probable era que s'hagués mort.

El trasbals i la por per totes aquelles notícies em va durar la
resta d'aquell estiu i vaig frenar en sec les investigacions.

Després de passar-hi l'estiu, les dones i el nen encara es van
quedar a la masia de Duesaigües tot el setembre, fent compa-
nyia a la meva mare. En Bartomeu i jo vam tornar a Barcelona
a treballar.

El dia del meu aniversari el vaig passar caminant, donant
voltes, pensant, com sempre en aquesta data, en la Maria i en
el Pere. Era divendres, el sogre ja era camí del poble i jo estava
sol a casa. Sense adonar-me'n, em vaig dirigir al magatzem on
s'havien casat. No existia, juntament amb l'escala del costat.
Estaven apuntalats i només en quedava la façana. Els pics i les
pales encara no havien acabat la feina que una bomba havia
començat. Al portal del costat hi havia missatges escrits en
guix a la paret: «La família tal, que va viure al pis tal d'aquesta
escala entre tal any i tal altre, ara viuen a tal adreça.» Em va
agafar el rampell i me'n vaig anar com una fletxa cap a la pen-
sió on havia estat vivint en Pere. Vaig pujar i vaig trucar a la
porta tot i un cartell ben visible que hi deia: TANCAT. Quan el
vell em va obrir no el vaig reconèixer, brut i espellifat, amb

una bata blava plena de llànties. Ell ni tan sols no se'n recorda-va, de mi. Em va fer seure a la taula de la cuina. L'hule era lle-fiscós i el terra s'enganxava a la sola de les sabates. No escolta-va, només xerrava:

—M'han tancat la pensió durant tres mesos. Un falangista de paisà va entrar per casualitat a llogar un balcó per veure passar una processó. Va captar de què anava el negoci i em va denunciar. Va dir-me que era intolerable aquell trànsit de putes, sobretot, «en fiesta de guardar». Era la patrona de no sé què. Vaig dir-li «Potser és que sóc un vell imbècil, però en què es basa el senyoret per distingir si les senyores que entren i surten són de la vida o no?». Va deixar-me anar un mastegot, a mi, que podria ser el seu avi, i va veure el pot amb el meu dit i el va esclafar contra la paret. I em va llençar el dit al vàter. I va dir-me vell degenerat i que no em denunciaria per respecte als meus cabells blancs. Però que rectifiqués. Vaig prometre-li que ho faria, però igualment, l'endemà, es van presentar dos poli-cies i em van tancar la pensió.

Li vaig preguntar pel Pere. Sense mirar-me em va dir:

—És mort.

Em va agafar de sorpresa. Mort? El concepte em va retopar. No me l'esperava. Un segon entre tot i res? Allò era tot? Què cony volia dir, mort? Un mot i ja està? Quin cony d'engany era, tot plegat?

I com l'Encarna un mes i mig abans, el senyor March va desaparèixer pel passadís i va tornar amb un paquet. El va llançar sobre la taula.

—Són les seves coses. M'ho va enviar algú des d'Alacant, sense nom...

—Devien ser els militars...

—Els militars no et fan arribar paquets per mitjà d'una companyia de transports. No, això és un particular... I prou important, perquè també hi va incloure el certificat de defun-ció. Com el devia aconseguir?

Va allargar-me el paper. Vaig llegir en veu alta: Hemorràgia interna múltiple.

—Saps què significa? —va fer el vell.

—No...

—Una altra manera de dir que l'han afusellat. No hi consta cap acció judicial si no és la mínima d'aixecament del cadàver. Saps què significa?

—No...

—Que el van pelar com un gos, contra una tàpia.

Vaig mirar la data del certificat: El 14 d'abril. Uns quants falangistes es devien haver dedicat a celebrar l'aniversari de la república a la seva manera. Era fastigós. Vaig recordar en Pere, amb els pantalons lligats al turmell i fent el fatxenda. El vell em mirava, tot absent:

—Queda't les seves coses. Ningú no ho ha reclamat. Ningú no ho reclamarà mai.

I va empentar-ho amb les mans cap a mi. Vaig veure què era: Un rellotge, unes quantes cartes, una cartera amb una foto d'ell i la Maria... També un quadern d'escola escrit del seu puny i lletra. Vaig començar a llegir-lo: «Al principi vaig tenir una mica de decepció. En comptes d'enviar-me al front a disparar em van destinar a telecomunicacions, a la reraguarda...» La Maria li devia haver dit que, fos on fos, no deixés d'escriure el seu diari, que, mentre ho fes, seríem importants i únics. Ell, pobre, li havia fet cas.

I ara ja no hi eren. Ni ell ni ella. Pràcticament no n'havia quedat cap rastre, com si no haguessin existit mai. Ho vaig deixar córrer. Li vaig dir que m'enduria la llibreta, la foto i el certificat de defunció.

—Com vulguis... I la bici?

—Què?

—Emporta't la bici, home. Què n'haig de fer, jo? Regala-la...

Vaig tornar a casa pedalant damunt la bici d'en Pere i amb la seva llibreta ficada entre el pit i la camisa. I dintre la llibreta, la foto. Tots tres en un. Jo era ells i ells eren jo. Suava i pedalava. Vaig entrar en una taverna i vaig beure una mica. Anava amb la bicicleta i cridava: «*Carring, carring,* pas que vinc, pas que vinc...»

Un cop a casa, vaig ser incapaç de llegir el quadern d'en Pere. Els vaig ficar dins d'un sobre i els vaig guardar al meu armari, al costat de les cartes del besavi i dels altres escrits de l'any 36, que no he llegit fins ara, fins aquesta nit de celebració.

Vaig aconseguir l'adreça dels seus pares i els vaig enviar anònimament el certificat de defunció.

Vaig deixar la bici repenjada en un racó del nostre magatzem. I allí es va estar, anys i anys, sempre a la vista, sense que ningú no la toqués, com un ocell de mal averany. Es va anar omplint de pols i un dia, no sé com ni per què, va desaparèixer.

La foto d'ells dos la tinc ara mateix al davant. Riuen i es miren als ulls. I jo els miro a ells. És una còpia color sèpia d'aquelles que tenien les vores trepanades. Vaig fer la foto jo mateix.

Hauria de ser capaç d'aixecar-me i complir la meva promesa.

Em trec les ulleres. Faig un altre cop d'ull pel damunt dels meus tresors: Els quaderns d'en Pere, els fulls de la Maria, algunes fotos de l'època, el disc de Ràdio Barcelona... Ho deixo tot al costat de les cartes del besavi. Han sobreviscut dues generacions i una guerra. Les més velles tenen gairebé noranta anys. N'hi ha dues-centes setanta-sis...

Miro el rellotge i intento pensar, però ho deixo córrer. Em sento el batec del cor a les temples. Uns fulls que tenia a les mans, se m'escapen i em cauen a terra i s'escampen. Tanco els ulls i deixo passar una estona. Estic tremolant.

Els tubs de la calefacció tornen a remorejar. M'aixeco a beure un glop d'aigua. Arreplego els fulls de qualsevol manera. De sobte, es fa el silenci i noto que no em trobo sol a l'habitació. Em giro i veig la Roser, amb la bata posada i una carpeta a la mà. A la vellesa, és més bonica que mai. Sembla una mena d'Anna Magnani o, més aviat, de Maria Callas. Li demano que s'acosti i quan és al meu costat li dic el que no li havia dit en tota una vida:

—Per què no m'ho vas dir, que la Maria et va venir a visitar?

Sense avís, li he disparat un tret, una fletxa enverinada amb quaranta-nou anys d'antiguitat. L'ha entomada sense problemes. M'ha captat a l'instant. Em respon, seriosa:

—I tu, per què no m'ho vas dir, que l'havies estat buscant?

Té tota la raó. Com sempre. L'estimo. Continua sent com quan era jove, lànguida i alhora decidida. Porta una temporada que li agafa per obrir el calaix del pa d'una estrebada. M'encanta veure com va cap al bufet i l'obre amb una energia que sembla sorgida del no-res. Llavors, amb parsimònia, treu el pa, el ganivet de serra, la fusta… i aleshores en fa llesques tan delicadament com si estigués tallant el més fi dels pernils. Tot seguit va a buscar la panera i s'acaba l'operació. També m'agrada molt parar taula amb ella perquè no reparteix els tovallons fins que no té ben allisades les arrugues de les estovalles…

—És veritat que la vas ajudar a escapar? —li dic.

—Sí. Es va presentar un dia a casa…

—No m'ho expliquis, si no vols.

—És que sí que vull…

Li agafo una mà entre les meves i ella em somriu. Déu meu, donaria la vida, per aquesta dona… La faig seure, mira cap al sostre i mig tanca els ulls per fer memòria. És la nit dels records, avui:

—Estic segura que va esperar que no hi fossis, per venir. Es va quedar impressionada pel nostre pis, grandiós, ple de catifes i mobles d'estil. Era com un ocellet, amb tota la cara afilada i esblaimada. Semblava molt malalta. Vaig excusar-me per haver-la fet esperar. Maneres de senyoreta. Era una dona desconeguda que es presentava a casa meva preguntant per tu. Li vaig dir que acabava de fer adormir el nen. Em va repetir el seu nom i em vaig quedar quieta un moment, de sobte vaig recordar perfectament quin era i què significava, però de seguida vaig recuperar el control. Som gent molt ben ensenyada. Li vaig explicar que no hi eres, que tornaries al migdia. Va dir que no tenia temps, que havia de sortir de viatge, no sabia quan tornaria i tan sols et volia tornar unes quantes coses teves. No podia anar gaire carregada i, a més, no es trobava gaire bé. Me la mirava amb més curiositat que malfiança. Va començar a tossir i vaig seure al seu costat. Li vaig tastar el front. Bullia. Va dir-me que estava una mica refredada, però no m'ho vaig creure. Aquella tos era d'alguna cosa molt més greu. Vaig demanar a la minyona que fes un te i que portés una aspirina. Mentre ens el preníem, ens vam estar mirant en silenci, sense amagar-ho. Va dir-me que ni tan sols sabia que t'haguessis casat. Jo vaig dir-li: «Ja ho veu, durant la guerra. Tenim un nen…» Em va felicitar tota polida, però jo no l'hi vaig ensenyar perquè em va fer por que no li encomanés res dolent. L'hi vaig dir així mateix i ho va entendre: «Són molt delicades, aquestes criatures…» M'agradava molt, aquella dona. Potser ens diríem moltes mentides, però tot i amb això acabàvem de somriure'ns, sense esforç tot i que no hi estàvem gens obligades. Vam experimentar totes dues alhora la necessitat de somriure'ns. No tenia cap pressa per fer-li preguntes. Jo sí que vaig explicar-li totes les circumstàncies de la guerra que havia passat amb tu. Ens trobàvem còmodes. Vam estar intercanviant frases sense importància. Sense pressa. Era una dona malalta, però curiosament optimista. L'hi vaig comentar i em va dir que no es planyia mai del passat, que era una fe que tenia i que ignorava d'on li venia i que no tenia res a veure amb la religió, que anava seguint el rumb de la vida, que totes les coses que passaven eren per a millor. Una dona ben curiosa, recordo que, més o menys, febrosa com estava, em va explicar que el mal era l'aparença de les coses, però que les coses, totes, amagaven un bé i es tractava de trobar-lo...

»Quan estàvem més bé va entrar el pare des del carrer i els vaig presentar. Ell, però, havia observat el seu pentinat, el seu vestit, les seves sabates, i havia tret les seves pròpies conclusions. Li va sortir tota la grolleria tan insuportable d'aquells dies i li va dir que per què no es deixava de romanços i deia de debò per què havia vingut. Ja saps com era, el meu pare...

»Ella, sorpresa, va intentar explicar-se embarbussadament. Però ell era com un gos, tenia la presa pel coll i no la volia deixar: "Vol que l'hi digui jo, què desitja, d'en Gregori? Per la porta de casa meva només hi entren dues classes de persones. Les conegudes i les desconegudes. Les segones, com vostè, només ho fan perquè necessiten un aval", va dir.

»Ella ho va negar amb un punt d'agressivitat i el pare va vacil·lar. Va deixar-se caure pesadament en un dels sofàs. I va mormolar que en un mes havien passat per aquell menjador gairebé quinze persones demanant un aval. I que jo era tan tova com ma mare, que donàvem avals a tort i a dret, a la babalà. I que per sort, les autoritats, que vigilaven de prop, ja havien començat a avisar que imposarien sancions severes a tots els avaladors massa crèduls o caritatius... Tot seguit va preguntar-li, si no era indiscreció, què havia fet durant la guerra. Ella va respondre amb fermesa: "Treballar. A la mateixa empresa de sempre. Va ser col·lectivitzada. Què hi podia fer? I no me'n vaig pas perquè m'hagin depurat. Me'n vaig perquè vull. I perquè no em trobo gaire bé. Estic malalta. Em penso que salta a la vista. He perdut el meu marit..." Ell li va preguntar si era roig i ella va respondre-li que sí, que estava desaparegut i que mentrestant, els sogres, que vivien a Ripoll, li havien ofert d'estar-se amb ells. "I ja té el salconduit?", li va demanar el pare amb tota la mala idea. M'estava morint de vergonya. No tant com ella, evidentment. Va contestar-li que no tenia res a amagar i que si es pensava que aniria molestant gent com nosaltres si no tingués els papers en regla. I tot seguit va començar a regirar a la butxaca com si el busqués. Jo estava a punt de plorar. Vaig cridar l'atenció al meu pare. Es va adonar que havia anat massa lluny i li va demanar per favor que deixés de buscar i que el perdonés... Em va donar el paquet que duia per a tu, va dir que se li havia fet tard, va donar-me les gràcies pel te i l'aspirina i se'n va anar...

»No sé d'on li sortia aquell afany de revenja, al pare. L'endemà, la Maria va tornar quan jo era sola. Va dir-me sense embuts que el pare havia tingut raó, que necessitava ajut, avals, salconduits, el que fos. També em va pregar que no et digués res. Vaig convèncer el pare i vaig aconseguir-li el salconduit per arribar a la frontera. El dia que el va venir a recollir, quan se n'anava, feia molta calor. Jo no havia suat ni una gota mentre que ella, amb el trasbals, estava xopa. Vam encaixar sense dir-nos que ens havia alegrat de conèixer-nos. Quan ja enfilava escales avall, la vaig cridar i li vaig desitjar de tot cor que tingués molta sort. Ella em va contestar que jo ja la tenia i que tu eres un bon home. Vaig dir-li que t'estimava molt i que no voldria que et passés mai res de dolent. Ella em va mirar i em va dir: "Seran molt feliços." I jo li vaig contestar: "Ja ho som." I la vaig mirar fixament. Jo em comportava amb una passió soterrada, com si estigués ferida. Vaig tenir la sensació que m'havia defensat bé, sense saber de què.

Feia temps que no veia la Roser tan trasbalsada. Li faig un petó.

—Per què la vas ajudar?

—I per què no havia de fer-ho?

I ens hem tornat a mirar. No n'havíem parlat mai.

Silenci.

—L'has tornada a veure, durant aquest temps? —em pregunta amb veu tremolosa.

—No, mai, t'ho juro —li responc.

Probablement hi ha estat pensant quaranta-nou anys, però no m'ho ha preguntat mai. Com un pacte implícit: Si no en diem res, no existeix. I no solament no he vist mai més la Maria, ni tan sols l'he buscada.

—Roser, i tu, no n'has tingut mai més notícies?

—No...

—Som un parell de carcamals...

—Sí.

—Quaranta-nou anys són molts anys.

—Té, això és teu...

I em dóna la carpeta. Diu:

—M'ho va donar la Maria amb l'encàrrec que t'ho fes arribar. No tenia cap dret a quedar-m'ho, però ho vaig fer.

—Ho has llegit?

—No. No m'interessa.

Obro la carpeta i em trobo els fulls amb la lletra de les monges de la Maria: «No me'n vaig adonar i, en un tres i no res, em vaig quedar tota sola. Després d'en Pere, l'Encarna també se'n va anar de seguida...»

Em giro per donar-li les gràcies, i ella em somriu i diu que se'n torna a dormir.

Tot d'una sé el que haig de fer. Miro el rellotge: La una i vint. Deixo la carpeta al costat del sobre i em poso l'abric i la gorra. Des del caire de la porta li dic:

—Me'n vaig.

—On?

—Al Brasil... —faig amb una impertinència immerescuda.

Agafo les claus del cotxe i surto corrents.

Hi arribo a les dues menys deu. L'edifici ja no existeix. L'han enderrocat i ara hi ha una plaça dura, amb bancs i arbrets. La nova fal·lera d'obrir espais encara que semblin nínxols ciutadans. Gairebé no ho havia reconegut. És el lloc ideal per esperar, tot i el fred. Sec en un dels bancs i intento no pensar en res. Compto els arbrets, n'hi ha sis, dues vegades tres.

No n'he sabut mai més res, d'ella. Si era viva o morta. Hauria pogut investigar, però no ho he fet. Quan l'any 39 vaig enviar als pares d'en Pere aquell certificat de defunció, ho vaig fer anònimament. Per si de cas la Maria era amb ells. No volia que ho interpretés com una proposta indirecta de restablir contactes. Em va fer por. Les coses anaven bé, m'estava fent una nova vida, volia esborrar el passat... L'hauria pogut ajudar i no ho vaig fer. Potser es va morir, com tanta gent en aquell moment...

Es fan les dues i, evidentment, no hi ha ningú. Sec en un dels bancs i m'abrigo al màxim. Sento algú que s'acosta. Em giro i és una parella tota enjogassada que torna d'una gresca i se'n va a una altra. És bona cosa, això que existeixin dates assenyalades, t'ho passes bé i t'estalvies de pensar, que sempre és el que interessa més.

Què passarà, si ve? Què ens direm? En quaranta-nou anys, alguna vegada, he fantasiejat. Què hauria passat si ella i jo haguéssim acabat junts, si se n'hagués anat amb mi en comptes de fer-ho amb en Pere...

No em trec del cap la visita que va fer a casa meva. La Roser me l'acaba d'explicar. Potser és un dels trets de la meva vida, faig les coses així, jo. Aquells moments de sexe i amor amb la Maria, el meu sentiment, encara que fos part del passat, eren una de les coses més reals que havia viscut... Però, sabent com sabia que estava fotuda i malalta, no la vaig ajudar. No volia que li passés res, però alhora em molestava la pertorbació que podia introduir en la meva nova vida, en la meva rutina. Ho volia tot, com sempre.

Què passarà, si ve? Torno a sentir algú acostant-se. Són talons de dona. El meu banc queda en la penombra de la claror del fanal. És una noia que està passejant el gos a les... —miro el rellotge— dues i cinc del dia de cap d'any. S'entretè per la placeta. Em mira. Seu en un altre banc. Deixa anar el gos. Em torna a mirar. S'adona que sóc un vell estrafolari. Deu tenir por que m'agafi una embòlia o que em quedi congelat al banc. Ella només ha baixat un moment a passejar el gos i no té cap ganes que un vell li amargui la festa obligant-la a dur-lo a urgències, a demanar una ambulància... Crida el gos, el torna a lligar i em mira. Li faig adéu amb la mà... La veritat és que tot i l'abric, els guants, la bufanda i la gorra estic agafant fred... Són les dues i deu. Ja veig que no podré fer cau i net... Era absurd.

Per la meva covardia d'aquell moment, ni tan sols tindré el consol de saber que és morta, que potser es va morir llavors. Moltíssima gent es va morir de malaltia, els mesos que van seguir el final de la guerra... Vaig conèixer una família en què el fill gran havia sobreviscut a la guerra fent el soldat. El van poder rescatar del camp de concentració. Va tornar amb el tifus. El va encomanar a dos dels seus germans petits, desnodrits i sense defenses. Es van morir tots tres l'un darrere l'altre abans de Nadal...

O potser no, potser és ben viva. Potser se'n va anar a l'estranger i es va fer una nova vida... Potser va poder aclarir la seva situació i ha estat vivint sempre a Barcelona...

Ara ja és igual.

És un quart de tres i fa un aire glaçat que se't fica als ossos.

Estic content d'haver vingut.

Hi ha un bar obert a l'altra banda de la vorera. Tot de gent riu i s'engresca. N'hi ha que deuen tenir l'agenda a punt, nova de trinca. Neta i immaculada, preparada per escriure-hi totes les bones intencions per a l'any que comença. Com jo. No hi ha res de nou sota la capa del sol. Un parell d'homes i una dona, per separat, miren el programa de cap d'any de la tele... Anys enrere, per motius de feina, vaig haver de passar una nit de cap d'any tot sol a Barcelona. La família era a Duesaigües ja feia dies, com era tradicional. Vaig anar al cinema amb un cert sentit de vergonya i vaig descobrir que la sala no era buida, ni molt menys...

Des del bar es domina bé la plaça. Potser hi hauria d'anar a prendre alguna cosa ben calenta. Quan m'aixeco torno a sentir algú que s'acosta i torno a seure. M'hi fixo: És una vella. No la veig bé. El cor em puja a la boca. Podria ser ella, no n'estic segur. I els anys, amables sense motiu, m'alliberen i, com la fumera blanca que em surt de la boca pel fred, s'enlairen fins al cimall d'algun dels arbrets de la plaça i esperen. Sembla com si la dona tampoc no s'hagués esperat l'existència de la plaça i dubta. Forço la vista al màxim, però sóc incapaç de bellugar un múscul. Em veu en la penombra. Està desorientada. Allí, enmig del carrer ens mirem. Em tremolen les mans. Hauria d'aixecar-me i anar-hi... Té el seu caminar...

S'esquerda la paperina amb regalèssia on guardàvem els millors records amb gust de regalèssia, d'aquella vegada que vam tocar el cel. Però res més. És un segon.

Se m'omplen els ulls de llàgrimes. Ens estem mirant una bona estona sense que cap dels dos no es mogui, l'un davant de l'altre, tractant d'endevinar qui sap què.

Tot d'una, la dona fa una passa endavant. Gairebé no puc respirar. Ella no es mou. Jo tampoc. Finalment, fa mitja volta i se'n va.

I jo em quedo clavat a terra i no li vaig darrere. No he estat mai especialment valent, no ho començaré a ser ara, a les velleses.

Els anys baixen de cop des del cimall dels arbrets on s'esperaven.

Fa fred i estic marejat. Suo. Em calen uns quants segons per recuperar-me. Quan torno a mirar, la dona ja no hi és.

Faig un altre cop d'ull a la plaça. Els llocs haurien de ser com aquesta placeta dura: Simplement llocs i només hauríem de creuar-hi per damunt l'element temporal si aquest era el present: en aquesta plaça, ara. I res més. Però els obliguem a anar cap al passat i els compliquem la vida amb un futur hipotètic.

Tinc tema fins que em mori: Per què no m'he aixecat i he anat a trobar aquella vella?

Quan arribo al cotxe, la mà em tremola tant que haig d'agafar-me-la amb l'altra per encertar el pany amb la clau. Però cada cop estic més tranquil i més content, més tranquil i més content...

Si era la Maria, que no estava tan clar, semblava en forma, caminava ràpid i tibada, havia arribat bé als seixanta-vuit.

Un cop a casa, agafo tot el material amb les nostres confessions i el fico en una de les capses de sabates. No ho penso llençar. I juntament amb les cartes del besavi Tonet i el disc de pedra de Ràdio Barcelona se n'anirà tot a dalt de l'armari. Ja ho trobarà un o altre...

Entro a l'habitació i tot és en silenci, però jo sé que ella no dorm. La calefacció manté la casa a una temperatura confortable i això fa que no hàgim de dormir amb tres mantes. El pare es va morir de fred i de pena. Jo no em penso morir ni d'una cosa ni de l'altra. Em despullo i em poso el pijama. Des de la finestra continua arribant la remor de la gent que celebra l'arribada d'un nou any. Cada any com un rellotge, es celebra, això. És d'idees fixes, la gent.

Han tornat les veus, els sons, les olors, els sentiments... Miro enrere, en un moment, han passat cinquanta anys i tothom se m'ha anat morint igualment: La mare, en Bartomeu Salines, la seva dona. Ja fa temps vaig llegir que el futur no pertanyia pas als morts, sinó als qui feien parlar els morts, als qui explicaven perquè eren morts...

La Roser i jo hem tingut dos fills i tenim tres néts. No sembla pas que cap d'ells se'n vulgui anar al Brasil. Ara són altres temps. En qualsevol cas, no sóc ningú per retreure'ls-ho: Jo tampoc no hi he anat. No he deixat mai de comptar coses i comprovar si n'hi ha tres, he continuat tenint por dels avions, dels telefèrics, dels ascensors i de les altures en general, he continuat no volent gats i sent una mica supersticiós (per tant, he continuat tenint una llista de paraules impronunciables). I cada 21 de setembre he tingut un record per a la Maria i en Pere. Mai no vaig acabar la carrera d'advocat ni m'he dedicat a escriure res, ni tan sols un poema de Nadal. Gràcies al meu sogre vaig tenir empreses, hisenda i respectabilitat social. Em vaig convertir en el seu successor en els negocis del paper de fumar i del tabac (com a heroi de guerra, quan es va fundar la Tabacalera va obtenir un tracte preferencial que el va fer milionari). Vaig treballar amb ell fins que es va morir. Després, quan el govern andorrà va decidir que havia d'implantar massivament el conreu del tabac a les valls, gràcies al meu assessorament (i a les inversions subsegüents), vaig fer que la fortuna familiar augmentés fins a límits immorals i que la gent oblidés el nom del meu sogre i fixés el meu a la memòria. Van així, les coses. No m'he jubilat ni penso fer-ho. Vet aquí cinquanta anys resumits en poques línies.

I malgrat tot, la vida té coses bones. Hi ha el meu amor per la Roser i hi ha els records, que ens ajuden a viure. I els morts no són morts perquè els tenim al record, no pas per res més. Torno al temps dels divuit anys i recordo amb intensitat aquells moments fugaços de felicitat plena que mai més no he retrobat. Només per aquells moments ja val la pena haver viscut: Érem importants, nosaltres. Érem únics, nosaltres tres. Érem bona gent.

Em fico al llit i noto que la Roser tremola. Fins i tot em sembla que plora fluixet. M'arrauleixo fort contra la seva espatlla i l'envolto amb els braços perquè es tranquil·litzi. Li dic, dolcet, dolcet a l'orella que ja ho veu, que no he tingut els pebrots d'anar-me'n al Brasil, com els meus avantpassats... I que moltes gràcies. I ella em diu que per què, sense tombar-se. Ja ho sap, per què: M'ha tornat aquell trosset dels meus records quan podria no haver-ho fet. També en tenim, nosaltres dos, de records, com quan de joves, la Roser m'explicava que, de petita, els pares sempre havien comentat que havien volgut un nen i no pas una nena. I jo, per amorosir-li el record, li llepava la boca, les dents, el nas, tot el que l'havia fet sentir poc femenina. Després els cossos s'enganxaven com musclos i ja no calia preocupar-se de res. Com ara.

I penso que no vull veure-la morir, almenys a ella no. És egoista: el tràngol que no vols per a tu, li entatxones a l'altre.

Li faig un petó a l'esquena i als cabells.

—Feliç any nou, Roser.

—Feliç any nou.

I mentre m'adormo veig la Maria i en Pere, joves i som-rients. I jo amb ells. I juro solemnement que cinquanta anys més tard, ens retrobarem tots per celebrar l'entrada de l'any 2036. I aquesta vegada, siguem on siguem, segur que torna-rem a estar junts.

—I que ens morim del mal més lleig, si no complim la pro-mesa —faig jo alçant la copa.

—I que un llamp ens clavi a terra i ens trenqui en dues parts si no complim la promesa —diuen ells alçant la seva copa.

I brindem fort per nosaltres.

Barcelona, setembre de 1995- juliol de 1998